PASSAGER POUR FRANCFORT

Agatha Christie

PASSAGER POUR FRANCFORT

Traduction de Janine Lévy
entièrement révisée

ÉDITIONS DU MASQUE
17, rue Jacob, 75006 PARIS

Titre de l'édition originale :

Passenger to Frankfurt

Publiée par HarperCollins

ISBN : 978-2-7024-3805-3

À Margaret Guillaume

*Le leadership, en plus d'être une
grande force créatrice,
peut être diabolique…*
Jan Smuts

AVANT-PROPOS DE L'AUTEUR

Que ce soit par la poste ou bien de vive voix, la première question qu'on pose invariablement à un romancier, c'est :

— Où allez-vous donc chercher tout ça ?

Grande est la tentation de répondre : « Chez *Harrods*, bien sûr », ou : « Une fois sur deux, je me fournis à *La Belle Jardinière* » ou alors, d'un ton hargneux : « Essayez donc *Marks & Spencer*. »

Tout un chacun paraît en effet convaincu qu'il existe une source magique d'idées que les écrivains trouvent le moyen de périodiquement ponctionner.

Difficile de renvoyer le questionneur à l'époque élisabéthaine et à Shakespeare :

Dis-moi, où cultive-t-on l'imagination,
Est-ce dans le cœur, est-ce dans la tête,
Engendrée comment, nourrie comment ?
Réponds, réponds.

Alors vous vous contentez d'affirmer :

— Dans ma tête.

Ce qui, bien entendu, ne satisfait personne.

Pour peu que votre questionneur vous inspire de la sympathie, vous vous laissez attendrir et poursuivez :

— Si une idée vous séduit et vous semble utilisable, vous la retournez dans tous les sens, vous jouez avec elle, vous la dorlotez, vous l'amadouez et, petit à petit, elle prend forme. Ensuite, il faut évidemment s'échiner à la coucher sur le papier. Ce qui n'est plus drôle du tout et se transforme même en rude labeur. À moins que vous ne préfériez la mettre soigneusement de côté, que vous ne l'entreposiez pour l'exploiter un ou deux ans plus tard.

La seconde question – une constatation, plutôt – risque fort d'être la suivante :

— Vos personnages, je suppose que vous les prenez pour la plupart dans la vie courante ?

Vous repoussez avec indignation cette monstrueuse suggestion :

— Jamais, au grand jamais ! Je les *invente*. Ils sont *à moi*. Ce sont *mes* personnages, ils font ce que *je veux* qu'ils fassent, ils sont ce que *je veux* qu'ils soient, ils vivent *pour moi*, avec leurs propres idées parfois, mais uniquement parce que j'ai réussi à leur donner une réalité.

Une fois réglé le compte des idées et des personnages, apparaît un troisième passage obligé : le décor. Les deux premiers sont d'origine interne, mais le troisième est extérieur, il doit être là, déjà prêt, en attente. Le décor, on ne l'invente pas, il est là et bien là, il est réel.

Peut-être vous a-t-il été donné de faire une croisière sur le Nil. Vous vous en souvenez très bien, c'est exactement le décor qu'il vous faut pour l'histoire que vous vous préparez à travailler. Vous avez un jour déjeuné dans un bistrot de Chelsea où s'est produite une dispute : une fille a arraché une poignée de cheveux de la tignasse de sa voisine. Voilà un excellent départ pour votre prochain roman. Vous voyagez à bord de l'Orient-Express... ce serait amusant d'en faire le lieu de l'intrigue que vous êtes en train de nouer. Vous allez prendre le thé chez une amie. Au moment où vous arrivez, son frère referme le livre qu'il était en train de lire et le pose en s'exclamant : « Ce n'est pas mal. On a passé tout le monde en revue, mais pourquoi pas Evans ? »

Vous décidez bien évidemment aussitôt que le roman que vous vous apprêtez à écrire s'intitulera : *Pourquoi pas Evans ?* Vous ne savez pas encore qui sera Evans ? Qu'importe ! Evans fera son apparition en temps et en heure... Le titre en tout cas est trouvé.

Vous n'inventez donc pas les lieux où se déroulera l'action. Ils existent hors de vous, tout autour de vous, vous n'avez qu'à tendre la main et à choisir : un train, un hôpital, un hôtel londonien, une plage des Antilles, un village au fin fond de la campagne, un cocktail entre amis, un pensionnat de jeunes filles...

Mais ce qui est indispensable, c'est que personnages et décors soient là, c'est qu'ils existent. Que ce soient de vrais personnages, de vrais endroits. Dans un lieu précis, à un moment précis. Et maintenant que vous êtes dans le bain, d'où allez-vous tirer vos renseignements, en dehors du simple témoignage de vos yeux et de vos oreilles ? La réponse est d'une effarante simplicité.

Elle se trouve dans ce que la presse vous livre quotidiennement à la une de votre journal du matin à la rubrique « Faits divers ». Que se passe-t-il dans le monde aujourd'hui ? Qu'est-ce qu'on dit ? Qu'est-ce qu'on fait ? Qu'est-ce qu'on pense ? Tendez un miroir à l'Angleterre de 1970.

Cette une des journaux, lisez-la tous les jours pendant un mois, prenez des notes, épluchez-les, classez-les.

Pas un jour sans qu'il se commette un crime quelconque.

Une jeune fille a été étranglée. Une vieille femme a été attaquée et dépouillée de ses maigres économies. Des jeunes gens, voire des gamins, vous agressent ou sont agressés. Des immeubles et des cabines téléphoniques sont mis à sac ou parfois même dynamités. La drogue circule à tout va. Cambriolages et attaques à main armée sont monnaie courante. Des enfants disparaissent, et leurs cadavres sont retrouvés non loin de leur domicile.

Se peut-il que ce soit là le visage de l'Angleterre ? L'Angleterre est-elle *réellement* comme ça ? On se refuse à cette idée. On se dit que non, non... pas encore... *mais que pourtant aucune horreur n'est plus impossible*.

La peur vous étreint, la peur de ce qui pourrait se produire. Moins en raison d'événements qui se seraient déjà effectivement produits qu'en raison de leurs causes profondes. Les unes connues, les autres inconnues, mais si facilement *perceptibles*. Et pas seulement dans notre pays. À d'autres pages, des entrefilets vous donnent des nouvelles d'Europe, d'Asie, d'Amérique. Des nouvelles du monde entier... Détournements d'avions. Kidnappings. Violences. Émeutes. Haine. Anarchie galopante.

Tous crimes perpétrés par amour de la destruction, pour le plaisir de faire souffrir...

Qu'est-ce que cela signifie ? De nouveau me reviennent des vers élisabéthains au sujet de la vie, laquelle

... est une histoire
Pleine de bruit et de fureur,
Racontée par un idiot
Et qui ne veut rien dire.

Et pourtant, chacun sait – et le sait d'expérience – combien fleurissent en ce bas monde abnégation et générosité, combien y sont fréquentes les manifestations de bienfaisance et multiples les exemples de services rendus !

Alors pourquoi cette atmosphère apocalyptique qui caractérise les nouvelles du jour ? ... Tous ces événements qui se sont bel et bien passés et sont sans contredit des *faits* ?

Qui souhaite écrire une histoire, en cet an de grâce 1970, doit s'accommoder de la conjoncture présente. Or, si l'on veut bien admettre que ladite conjoncture est délirante, l'histoire se doit d'en tenir compte et être aussi délirante que faire se peut – quitte à aller jusqu'à l'extravagance. Et l'effarante réalité de l'actuelle vie quotidienne doit faire partie intégrante du tableau.

Peut-on envisager une cause extravagante ? L'existence, par exemple, d'un complot visant à la domination de la planète ? Peut-on poser comme postulat que l'actuelle folie destructrice ne serait que

le prélude à l'instauration d'un monde nouveau ?
Peut-on, allant un peu plus loin encore, suggérer
que notre civilisation puisse être éventuellement
sauvée par des moyens fantastiques et qui paraissent
impossibles ?

Rien n'est impossible, la science nous l'a prouvé.

Cette histoire est parfaitement fantaisiste. Elle ne
prétend à rien d'autre.

Mais presque tout ce qui s'y passe est en train
d'arriver – ou à tout le moins menace de le faire.

Cette histoire n'est donc pas impossible, elle ne
fait que relever du plus pur fantastique.

PREMIÈRE PARTIE

UN VOYAGE INTERROMPU

1

PASSAGER POUR FRANCFORT

— Veuillez attacher vos ceintures, s'il vous plaît.

Les passagers de l'avion furent lents à obéir. Il leur semblait impossible qu'ils soient déjà arrivés à Genève. Ceux qui somnolaient grognèrent et bâillèrent. Faisant preuve d'autorité, une hôtesse de l'air fut obligée de secouer gentiment les autres, qui avaient dépassé le stade de la somnolence :

— Votre ceinture, s'il vous plaît.

La voix impérative leur parvint de nouveau par l'Interphone. Elle leur expliqua en allemand, en français et en anglais qu'ils allaient pénétrer dans une zone de turbulences. Sir Stafford Nye ouvrit tout grand la bouche, bâilla et redressa le dossier de son fauteuil. On venait de l'arracher à un rêve bienheureux : il était en train de pêcher à la ligne dans une rivière anglaise.

Quarante-cinq ans, taille moyenne, teint mat, visage lisse et rasé de près, c'était un homme qui ne répugnait pas à une certaine excentricité vestimentaire. Fort bien né, il était de ce fait à même de se sentir à l'aise dans n'importe quelle tenue fantaisiste. Que lesdites tenues fassent parfois tiquer ses collègues habillés de façon plus conventionnelle n'était pour lui que source de malin plaisir. Il y avait en lui quelque chose de l'élégant du XVIIIe siècle : il aimait à se faire remarquer.

En voyage, le manteau de bandit qu'il avait un jour acheté en Corse était sa principale coquetterie. D'un bleu-violet très foncé, doublé d'écarlate, il était doté d'une espèce de capuchon qui pouvait se ramener sur la tête – pour se protéger des courants d'air, entre autres.

Sir Stafford Nye avait beaucoup déçu les milieux diplomatiques. Très doué et appelé dans sa jeunesse à un bel avenir, il avait singulièrement failli à ses promesses. Son sens de l'humour, tout personnel autant que diabolique, prenait immanquablement le dessus chaque fois qu'il eût fallu faire preuve de gravité, voire de solennité. Au sacro-saint ennui, il préférait toujours une fine et malicieuse plaisanterie. S'il était connu, il n'avait cependant jamais atteint la véritable célébrité. Bien qu'incontestablement brillant, il donnait l'impression qu'il n'était pas – et ne serait sans doute jamais – un homme circonspect. Or, en ces temps où la politique et les relations avec l'étranger étaient particulièrement compliquées, mieux valait de loin – surtout si l'on briguait un poste d'ambassadeur – se montrer circonspect plutôt que brillant. Sir Stafford Nye avait donc été relégué à l'arrière-plan, encore qu'on acceptât de lui confier à l'occasion, pour peu qu'elle ne soit ni trop importante ni trop en vue, une mission nécessitant l'art de l'intrigue. Les journalistes faisaient d'ailleurs parfois allusion à lui comme à une espèce d'éminence grise de la diplomatie.

Nul ne savait si sir Stafford était déçu par sa carrière. Pas même lui, probablement. Non dépourvu d'une certaine vanité, il prenait cependant un immense plaisir à se laisser aller à sa propension à la malice.

Il rentrait présentement de Malaisie où il avait participé à une commission d'enquête sans grand intérêt. À son avis, l'opinion de ses collègues était déjà faite avant même leur arrivée sur le terrain. Rien de ce qu'ils avaient pu voir ou entendre n'était parvenu à battre en brèche leurs idées préconçues. Sir Stafford leur avait bien mis quelques bâtons dans les roues, mais plus pour le plaisir que par conviction. À tout le moins, cela avait créé un peu d'animation. Si seulement il avait pu le faire plus souvent ! Hélas ! ses collègues de la commission étaient des hommes sûrs, pondérés, dignes de confiance et extraordinairement ennuyeux. Même la célèbre Mme Nathaniel Edge – seul membre féminin de la commission, bien connue pour l'araignée qui lui hantait le plafond – avait su garder toute sa tête chaque fois qu'on en était venu aux faits. Elle avait écouté, observé et joué la prudence.

Il l'avait déjà rencontrée dans l'une des capitales balkaniques à l'occasion d'un autre problème à résoudre, à propos duquel il n'avait pu se retenir de lancer quelques intéressantes suggestions. Dans *Inside News*, feuille à scandales bien connue, on avait insinué que la présence de sir Stafford Nye dans cette capitale des Balkans était intimement liée aux problèmes desdits Balkans, et qu'il avait été investi d'une mission secrète des plus délicates. Un ami attentionné lui avait fait parvenir l'article avec

21

le passage en question dûment souligné. Sir Stafford n'en avait pas été le moins du monde interloqué. Il l'avait lu avec un sourire ravi. Constater à quel point, en cette occasion, les journalistes pouvaient être loin de la vérité l'avait plongé dans une joie sans mélange. Car sa présence à Sofia n'avait été due qu'à un très innocent intérêt pour certains spécimens rarissimes de la flore sauvage et à l'insistance d'une vieille amie à lui, lady Lucy Cleghorn, infatigable dans sa recherche de ces raretés et prête à tout moment, à la seule vue d'une fleurette dont le nom latin était inversement proportionnel à la taille, à escalader une falaise ou à plonger avec enthousiasme dans une fondrière.

Une petite troupe de fanatiques poursuivait cette exploration botanique aux flancs des montagnes depuis près de dix jours quand il était venu à l'esprit de sir Stafford qu'il était bien dommage que cet article fût sans fondement. Il était un peu – oh ! juste un tout petit peu – las des fleurs sauvages et, malgré toute l'affection qu'il portait à cette chère Lucy, la façon dont, en dépit de ses soixante ans passés, elle grimpait à toute allure jusqu'au sommet des collines, le laissant loin derrière elle, commençait à l'agacer. Il avait toujours devant les yeux son fond de pantalon d'un bleu roi éclatant. Bien qu'assez squelettique par ailleurs, Lucy avait décidément les hanches trop larges pour porter un pantalon de velours côtelé bleu roi. Ah ! s'était-il dit, être impliqué, fourrer son nez dans un bon petit panier de crabes international...

La voix métallique de l'Interphone retentit de nouveau dans l'avion. Elle informa les passagers que, en raison du brouillard qui recouvrait Genève, l'appareil allait être dérouté sur Francfort, d'où on les acheminerait vers Londres. Quant aux passagers pour Genève, ils repartiraient de Francfort dès que possible. Pour sir Stafford Nye, cela ne changeait rien à rien. S'il y avait du brouillard à Londres, leur avion serait sans nul doute à nouveau dérouté, cette fois sur Prestwick. Et ça, il espérait bien que non. Il n'avait que trop souvent atterri à Prestwick. La vie, songea-t-il, et les voyages en avion étaient vraiment par trop ennuyeux. Si seulement... ah ! si seulement... *quoi* ?

*

Il faisait chaud dans la salle de transit de l'aéroport de Francfort. Sir Stafford Nye avait rejeté de côté les pans de son manteau, laissant ainsi la doublure cramoisie le draper spectaculairement des épaules aux genoux. Il buvait un demi de bière tout en écoutant d'une oreille distraite les annonces successives que déversaient les haut-parleurs :

— Vol 4387 à destination de Moscou... Vol 2381 à destination de l'Égypte et de Calcutta...

Des voyages tout autour du globe... Cela aurait pu être tellement romanesque ! Mais il y avait un je-ne-sais-quoi, dans l'atmosphère des salles d'attente d'aéroport, qui tuait toute idée de romanesque. Il y avait trop de monde, trop de marchandises à acheter, trop de sièges de la même couleur, trop de plastique, trop d'êtres humains, trop d'enfants pleurnichards. Qui donc avait écrit :

J'aimerais tant aimer le genre humain
J'aimerais tant aimer son ridicule visage.

Chesterton peut-être ? Quoi qu'il en soit, c'était indéniablement bien vu. Mettez ensemble un certain nombre de gens, ils vous ont un de ces airs de ressemblance si pénible que c'en est difficilement supportable. Ah ! un visage intéressant là, maintenant, songeait sir Stafford, voilà qui changerait tout... Il regarda sans bienveillance deux jeunes femmes divinement pomponnées et revêtues du costume national de leur contrée d'origine – l'Angleterre à n'en pas douter –, à savoir de jupes plus mini que mini, ainsi qu'une autre de leurs congénères mieux pomponnée encore et, en fait, très jolie, qui portait ce qu'il pensait être un complet culotte. Elle était déjà un peu plus en avance sur la mode.

Les jolies filles qui ressemblaient à toutes les autres jolies filles ne l'intéressaient pas outre mesure. Il aurait préféré quelqu'un d'un peu différent. Le visage de la personne qui s'assit à côté de lui, sur sa banquette de Skaï, attira aussitôt son attention. Pas précisément parce qu'il était différent, mais parce qu'il avait l'impression de bien le connaître. Ce visage, il l'avait déjà vu quelque part. Il ne se rappelait ni où ni quand, mais il lui était familier. Vingt-cinq ou vingt-six ans, jaugea-t-il. Le nez aquilin et une épaisse chevelure noire qui lui tombait sur les épaules. Elle avait un magazine sur les genoux mais ne le regardait pas. En fait, ce qu'elle regardait avec énormément d'intérêt, c'était lui. Et tout à coup, d'une voix de contralto presque aussi profonde que celle d'un homme et avec un très léger accent étranger, elle lui demanda :

— Puis-je vous parler ?

24

Il l'examina un instant avant de répondre. Non, ce n'était pas ce qu'on aurait pu craindre, ce n'était pas du racolage. C'était autre chose.

— Je ne vois aucune raison pour que vous ne le fassiez pas, dit-il avec un sourire. Ce n'est pas le temps à perdre qui nous manque.

— Brouillard, expliqua la jeune femme. Brouillard sur Genève, brouillard sur Londres sans doute. Brouillard partout. Je ne sais pas quoi faire.

— Bah ! ne vous inquiétez pas, rétorqua-t-il d'un ton rassurant. Ils vous déposeront bien quelque part. Ils sont très efficaces, vous savez. Où allez-vous ?

— J'allais à Genève.

— Eh bien, je veux croire que vous finirez par y arriver.

— C'est *maintenant* qu'il faut que j'y arrive. À Genève, tout ira bien. Quelqu'un sera là pour m'y contacter. Je serai sauvée.

— Sauvée ? répéta-t-il, amusé.

— Sauvée, voilà six lettres qui n'ont que peu de poids aujourd'hui. Et pourtant, elles peuvent signifier beaucoup. Et elles signifient beaucoup pour moi. Vous comprenez, continua-t-elle, si je ne peux pas atteindre Genève, si je dois quitter cet avion ici, ou si je dois poursuivre jusqu'à Londres sans arrangements préalables, je vais me faire tuer. Je suppose que vous ne me croyez pas, ajouta-t-elle en lui jetant un coup d'œil perçant.

— J'ai bien peur que non.

— C'est pourtant vrai. Cela arrive, vous savez. Des gens se font tuer tous les jours.

— Qui peut vouloir vous tuer ?

— Cela a-t-il de l'importance ?

— Pas pour moi.

— Vous pouvez me croire si vous êtes disposé à le faire. Je dis la vérité. J'ai besoin de secours. J'ai besoin qu'on m'aide à arriver saine et sauve à Londres.

— Et pourquoi m'avoir choisi, moi, pour ça ?

— Parce que je pense que la mort ne vous est pas étrangère. Vous la connaissez, vous l'avez peut-être même déjà vue de près.

Il lui jeta un rapide coup d'œil :

— C'est la seule raison ?

— Non. Pour ça aussi, répondit-elle en désignant les plis de son volumineux manteau.

Son intérêt, pour la première fois, s'éveilla :

— Qu'est-ce que vous entendez par là ?

— C'est inhabituel... c'est très particulier. Ce n'est pas ce que tout un chacun se met sur le dos.

— Très juste. Disons que c'est coquetterie de ma part.

— Coquetterie qui peut m'être très utile.

— Que voulez-vous dire ?

— Je vais vous demander de me rendre un service, et vous allez probablement me le refuser. Mais il y a quand même une chance pour que vous acceptiez, parce qu'il me semble que vous êtes homme à prendre des risques. Tout comme je suis femme à le faire.

— Je veux bien vous écouter, répondit-il avec un léger sourire.

— Je voudrais mettre votre manteau. Je voudrais votre passeport et votre carte d'embarquement. Dans une vingtaine de minutes, on va appeler le vol pour Londres. Avec votre manteau et votre passeport, j'arriverai saine et sauve à Londres.

— Vous voulez dire que vous voudriez vous faire passer pour moi ? Ma pauvre enfant !

Elle ouvrit son sac à main et en sortit un petit miroir carré.

— Regardez, lui dit-elle. Regardez-moi et regardez-vous ensuite.

Il vit alors ce qui l'avait vaguement titillé jusque-là : sa sœur Pamela, morte vingt ans auparavant. Pamela et lui s'étaient toujours beaucoup ressemblé. Ils avaient un air de famille très prononcé. Elle avait des traits un peu masculins et les siens, dans sa jeunesse, avaient peut-être eu un soupçon de féminité. Ils avaient le même nez fin et busqué, la même courbe de sourcils, le même sourire en coin. Pamela était grande, elle mesurait 1,75 mètre et lui 1,80 mètre. Il regarda la femme qui lui avait tendu le miroir et reprit :

— Nous nous ressemblons, c'est ce que vous avez voulu dire, n'est-ce pas ? Mais, ma chère enfant, cela ne pourrait pas tromper quelqu'un qui me connaît, ou qui vous connaît !

— Bien sûr que non. Vous ne comprenez donc pas ? Ce n'est pas nécessaire. Je suis en pantalon. Vous avez voyagé avec votre capuchon sur la tête. Il suffit que je me coupe les cheveux, que je les enveloppe dans une feuille de journal et que je les jette dans une de ces corbeilles à papier. Je mettrai alors votre capuchon sur la tête, j'aurai votre carte d'embarquement, votre billet et votre passeport. À moins qu'un ami à vous ne se trouve dans l'avion – ce qui ne doit pas être le cas, sinon il vous aurait déjà adressé la parole –, je pourrai voyager en toute sécurité sous votre identité. Je montrerai mon passeport quand cela sera nécessaire, je garderai votre manteau sur le dos et votre capuchon sur la tête, on ne verra que le bout de mon nez, ma bouche et mes yeux. Et après l'atterrissage, je pourrai m'en aller tranquillement, car personne ne saura que j'étais dans cet avion. M'en aller et disparaître à Londres, dans la foule.

— Et moi, qu'est-ce que je fais dans tout ça ? demanda sir Stafford avec l'ombre d'un sourire.

— Je peux vous proposer une solution, si vous avez le courage de l'accepter.

— Proposez toujours, répondit-il. J'adore les propositions.

— Vous vous levez d'ici et vous allez dans une des boutiques acheter un magazine, un journal, ou un cadeau quelconque. Vous laissez votre manteau sur votre siège. En revenant, vous vous asseyez ailleurs, disons en face, au bout de la banquette. Vous trouverez ce demi de bière devant vous. Il contiendra une substance qui vous plongera dans le sommeil. Vous dormirez tranquille dans votre coin.

— Et ensuite ?

— Vous aurez été la victime présumée d'un vol, déclara-t-elle. Quelqu'un aura ajouté quelques gouttes de somnifère dans votre demi de bière et vous aura subtilisé votre portefeuille. Une histoire de ce genre. Vous vous ferez connaître et expliquerez qu'on vous a pris votre passeport et tout ce qui s'ensuit. Vous n'aurez aucun mal à établir votre identité.

— Vous savez qui je suis ? Je veux dire, vous connaissez mon nom ?

— Pas encore, dit-elle. Je n'en ai aucune idée. Je n'ai pas vu votre passeport.

— Alors pourquoi pensez-vous que je pourrai facilement établir mon identité ?

— Je sais juger les gens. Je vois qui est important et qui ne l'est pas. Vous, vous êtes quelqu'un d'important.

— Et pourquoi ferais-je tout ça ?

— Pour sauver la vie d'un être humain, peut-être ?

— Vous ne dramatiseriez pas un peu ?

— Je sais, c'est difficile à croire. Et pourtant... vous me croyez, n'est-ce pas ?

Il la regarda d'un air songeur.

— Vous savez à qui vous me faites penser ? À la classique belle espionne de roman d'aventure.

— Qui sait ? Sauf que je ne suis pas belle.

— Et que vous n'êtes pas une espionne ?

— Si, on pourrait voir ça sous cet angle-là. Je détiens certains renseignements. Des renseignements que je dois absolument sauvegarder. Il faut me croire sur parole. Ces renseignements peuvent être très utiles à votre pays.

— Vous ne pensez pas que vous poussez un peu ?

— Si, bien sûr. Couché sur le papier, cela paraîtrait grotesque. Mais tant de choses grotesques n'en sont pas moins vraies, non ?

Il la regarda de nouveau avec attention. Elle ressemblait beaucoup à Pamela. Mis à part son léger accent étranger, elle avait la même voix. Ce qu'elle lui proposait était ridicule, absurde, presque impossible et probablement dangereux. Dangereux pour lui. Hélas, c'était précisément ce qui l'attirait ! Quel culot de lui proposer une chose pareille ! Qu'est-ce qui pouvait sortir de tout ça ? Évidemment... ce serait intéressant de le découvrir.

— Et qu'est-ce que ça me rapportera ? demanda-t-il. J'aimerais bien le savoir.

Elle le regarda, suggéra :

— De la distraction ? Un changement dans la routine quotidienne ? Un antidote à l'ennui, peut-être ? Nous n'avons pas beaucoup de temps. À vous de décider.

— Et votre passeport à vous, que devient-il ? Est-ce qu'il faut que je m'achète une perruque, si toutefois on vend ça ici ? Est-ce que je dois me déguiser en femme ?

— Non, il n'est pas question d'échanger nos places. Vous avez été drogué et on vous a fait les poches, mais vous êtes toujours vous-même. Réfléchissez. Le temps presse. Il faut encore que j'opère ma transformation.

— Vous avez gagné, déclara-t-il. On ne doit pas laisser passer l'extraordinaire quand il se présente.

— C'est ce que j'espérais... mais c'était pile ou face.

Stafford Nye sortit son passeport de sa poche et le glissa dans la poche extérieure de son manteau. Il se leva, bâilla, regarda autour de lui, consulta sa montre et se dirigea vers la boutique de cadeaux. Il ne jeta même pas un regard en arrière. Il acheta un livre de poche, tripota quelques animaux en peluche – on peut toujours offrir cela à un enfant – et choisit finalement un panda. Il jeta un coup d'œil dans la salle de transit et retourna d'où il était venu. Le manteau n'y était plus, la fille non plus. Un demi de bière à moitié vide se trouvait encore sur la table. « C'est maintenant, se dit-il, que je risque gros. » Il attrapa le demi, s'éloigna un peu et but. Pas vite, oh ! non. Très lentement. Sa bière avait le même goût.

— Je me demande quand même..., marmonna sir Stafford. Je me demande quand même...

Il marcha jusqu'au fond de la salle. Une famille assez bruyante, installée dans un coin, riait et parlait à tue-tête. Il s'assit à côté, bâilla et appuya la tête sur le dossier de la banquette. On annonça un vol pour Téhéran. De nombreux passagers se levèrent pour aller faire la queue à la porte indiquée. La salle de transit était encore à moitié pleine. Il ouvrit son livre... bâilla de nouveau... Il avait vraiment sommeil, maintenant, oui, très sommeil... Tout ce qu'il lui restait à faire, c'était de décider où il serait le mieux pour dormir. Quelque part où il pourrait rester...

Trans-European Airways annonça l'embarquement immédiat de son vol 309 à destination de Londres.

*

Bon nombre de passagers s'étaient levés pour répondre à cet appel mais, dans l'intervalle, d'autres voyageurs, pour d'autres destinations, étaient arrivés dans la salle de transit. Il y eut encore quelques annonces concernant le brouillard à Genève et divers autres contretemps. Un homme mince, de taille moyenne, portant un manteau d'un bleu-violet très foncé doublé d'écarlate, un capuchon ramené sur son crâne aux cheveux courts mais guère plus mal soignés que la plupart des chevelures des jeunes gens d'aujourd'hui, alla prendre place dans la queue. Après avoir montré sa carte d'embarquement, il franchit la porte n° 9.

D'autres annonces suivirent : Swissair à destination de Zurich. BEA pour Athènes et Chypre... Puis vint un appel d'un type différent :

— Mlle Daphné Theodofanous, passagère pour Genève, est priée de se présenter au contrôle. Le vol pour Genève étant différé en raison du brouillard, les voyageurs emprunteront le vol pour Athènes où ils feront escale. Embarquement immédiat.

D'autres annonces suivirent encore, pour le Japon, l'Égypte, l'Afrique du Sud, les lignes aériennes couvrant le monde entier. M. Sidney Cook, passager pour l'Afrique du Sud, fut prié de se présenter d'urgence au comptoir de la compagnie où un message l'attendait. Daphné Theodofanous fut réclamée de nouveau : « Dernier appel avant le décollage du vol 309. »

Une fillette regardait l'homme en complet sombre qui s'était assoupi dans un coin, la tête renversée sur le dossier de la banquette, un panda en peluche sur ses genoux. La fillette chercha à attraper le panda. Sa mère l'en empêcha :

— Non, Joan, ne touche pas à ça. Ce pauvre monsieur s'est endormi.

— Où il va ?

— Peut-être en Australie lui aussi, comme nous.

La fillette soupira, l'œil rivé sur le panda. Sir Stafford Nye dormait toujours. Il était en train de rêver qu'il essayait d'abattre un léopard. « Un animal très dangereux, expliquait-il au guide qui l'accompagnait dans ce safari. Un animal très dangereux, c'est ce que j'ai toujours entendu dire. On n'est jamais sûr de rien, face à un léopard. »

Son rêve se transforma à ce moment-là, comme le font d'ordinaire tous les rêves, et il se retrouva en train de prendre le thé avec sa grand-tante Matilda, à essayer de se faire entendre d'elle. Décidément, elle était plus sourde que jamais ! Elle n'avait entendu aucune des annonces, excepté l'appel pour Mlle Daphné Theodofanous.

— Cela m'a toujours intriguée, vous savez, ces passagers qui manquent à l'appel, commenta la mère de la fillette. On cherche toujours quelqu'un, dans les aéroports. Quelqu'un qui n'a pas entendu l'appel, ou qui n'est pas dans l'avion, ou Dieu sait quoi encore. Je me demande immanquablement qui ça peut bien être, ce qu'ils font et pourquoi ils ne viennent pas. Cette Mademoiselle Je-ne-sais-trop-qui aura tout bonnement raté son avion. Qu'est-ce qu'ils vont faire d'elle, dans un cas pareil ?

Personne ne put répondre à sa question parce que personne n'en savait rien.

2

LONDRES

Sir Stafford Nye habitait un appartement fort agréable donnant sur Green Park. Il brancha sa cafetière électrique et alla voir ce que le facteur avait pu lui apporter ce matin-là. Apparemment, rien de bien passionnant : des factures, un accusé de réception, quelques lettres sans le moindre cachet de poste qui fasse rêver. Il posa le tout sur la table, avec le courrier des deux derniers jours. Il faudrait bien qu'il s'attelle de nouveau à la tâche. Son secrétaire devait passer dans l'après-midi.

Il retourna à la cuisine, se versa une tasse de café, l'emporta à table et prit les quelques lettres qu'il avait trouvées en rentrant la veille au soir. L'une d'elles le fit sourire :

— Onze heures trente. Une heure tout ce qu'il y a de convenable. Je devrais peut-être mettre mes idées en ordre et me préparer à rencontrer Chetwynd.

Il entendit qu'on glissait quelque chose dans la boîte aux lettres. C'était le journal du matin, bien pauvre en nouvelles : une crise politique, une rubrique de dépêches de l'étranger qui se voulaient inquiétantes mais qui, à son avis, ne l'étaient pas. Tout au plus le journaliste faisait-il monter la sauce et essayait-il d'accorder aux événements une importance qu'ils n'avaient en rien. Il fallait bien fournir aux lecteurs leur dose de grand frisson ! Une jeune femme avait été étranglée dans le parc. Les jeunes femmes se faisaient toujours étrangler. Une par jour, se dit-il, jouant les insensibles. En revanche, pas d'enfant kidnappé ou violé, ce matin : quelle agréable surprise ! Il se fit griller un toast et but son café.

Un peu plus tard, il sortit de chez lui et, souriant intérieurement, traversa le parc en direction de Whitehall. Dieu sait pourquoi, la vie, ce matin, semblait valoir doublement la peine d'être vécue. Puis il se mit à repenser à Chetwynd. Le type même de l'imbécile heureux. Pénétré de son importance, portant beau, la mine compassée et l'esprit délicatement soupçonneux. Brave Chetwynd ! N'empêche qu'il aurait plaisir à bavarder avec lui.

Il atteignit Whitehall avec un honorable retard de sept minutes. Il n'en devait pas moins, se dit-il, à sa propre importance incomparablement supérieure à celle de Chetwynd.

Plastronnant comme toujours quand il en avait l'occasion, celui-ci trônait derrière un bureau couvert de papiers. Une secrétaire l'assistait.

— Salut, Nye ! s'exclama Chetwynd en se fendant d'un sourire radieux avant tout destiné à rendre la beauté de son visage plus impressionnante encore. Heureux d'être de retour ? Comment était la Malaisie ?

— Chaude, répondit Stafford Nye.

— Oui. Je veux bien croire que c'est invariablement le cas. Chaleur atmosphérique, j'imagine, pas politique ?

— Oh ! purement atmosphérique, confirma Stafford Nye.

Il accepta une cigarette et s'assit.

— Rien de fascinant à signaler ? interrogea encore Chetwynd.

— Rien qui mérite ce qualificatif. J'ai envoyé mon rapport. Un océan de baratin, comme d'habitude. Comment est Lazenby ?

— Oh ! assommant pour ne pas changer. Il ne changera d'ailleurs jamais.

— Non, ce serait trop demander. À propos, je ne m'étais jamais trouvé en mission avec Bascombe. Il peut se montrer très drôle, quand il veut.

— Ah bon ? Je ne le connais guère. Enfin... euh... tant mieux.

— Bien, bien, bien. Mais quoi de nouveau sous le soleil, ici ? Rien à signaler ?

— Non, rien. Rien qui puisse vous intéresser.

— Vous ne m'avez pas clairement dit dans votre lettre pour quelle raison vous vouliez me voir.

— Bah ! juste pour bavarder un peu, c'est tout. Au cas où vous auriez rapporté certains tuyaux, comprenez-vous. L'annonce d'un pépin quelconque auquel nous devrions nous préparer et qui pourrait nous valoir d'éventuelles interpellations aux Communes. Vous voyez le genre.

— Oui, bien sûr.

— Vous êtes rentré par avion, n'est-ce pas ? Au prix de quelques anicroches, si j'ai bien compris ?

Stafford Nye adopta l'expression qu'il avait préparée à l'avance : mine penaude, teintée d'un léger ennui.

— Ah ! vous en avez eu vent ? répondit-il. Une histoire idiote.

— Oui, oui, je me mets à votre place.

— C'est incroyable la façon dont rien n'échappe jamais aux oreilles de la presse, soupira Stafford Nye. Il y avait un entrefilet à ce sujet ce matin, dans les nouvelles de dernière minute.

— Vous auriez évidemment préféré qu'il n'en soit pas fait mention ?

— Ma foi, je passe vraiment pour un crétin, non ? Il faut bien voir ce qui est. Et à mon âge, en plus !

— Qu'est-ce qui s'est passé au juste ? Le journaliste n'a pas exagéré ?

— Bof ! il en a tiré le maximum, c'est tout. Vous savez comment sont ces voyages. Fastidieux au possible. Qui plus est, l'avion a été dérouté parce qu'il y avait du brouillard sur Genève. Et il nous a fallu poireauter deux heures à Francfort.

— C'est là que c'est arrivé ?

— Oui. On s'ennuie à périr dans ces aéroports. Des avions atterrissent. Des avions décollent. Les haut-parleurs braillent sans discontinuer : « Vol 302 à destination de Hong Kong, vol 109 à destination de l'Irlande, vol machin-truc-chose à destination de Pétaouchnock... » J'en passe et des meilleures. Des péquenots se lèvent et s'en vont. D'autres péquenots qui leur ressemblent comme deux gouttes d'eau arrivent et s'asseyent. Et vous, vous restez planté là à bâiller dans votre coin.

— Qu'est-ce qui s'est passé au juste ? répéta Chetwynd.

— Eh bien, j'avais une bière en face de moi, une Pilsner pour être précis. J'avais fini de lire tout ce que j'avais emporté, alors je me suis traîné jusqu'au kiosque pour acheter un livre de poche quelconque. Je crois que j'ai pris un roman policier. Plus un animal en peluche pour ma nièce. Puis je suis retourné à ma place, j'ai fini ma bière, ouvert mon bouquin... et je me suis endormi.

— Oui, je vois. Vous vous êtes endormi.

— Ma foi, rien de plus normal, non ? Je suppose qu'on a dû appeler mon vol, mais je n'ai rien entendu. Et si je n'ai rien entendu, il doit y avoir une raison à ça. Je suis capable de m'endormir à tout moment dans un aéroport, mais cela ne m'a jamais empêché d'entendre une annonce qui me concernait.

Cette fois, tel n'a pas été le cas. Quand je me suis réveillé – ou quand je suis revenu à moi, comme vous préférez –, j'étais l'objet des soins attentifs du corps médical. Selon toute vraisemblance, quelqu'un avait drogué ma bière pendant que je faisais mes achats.

— C'est plutôt extraordinaire, non ?

— Ma foi, ça ne m'était encore jamais arrivé, convint Stafford Nye, et j'espère que cela ne m'arrivera jamais plus. On se sentirait godiche à moins, vous savez. Sans compter le mal de crâne. Il y avait là un médecin et une espèce d'infirmière. Enfin, il n'y avait pas trop de bobo, apparemment. À ceci près que mon passeport s'était volatilisé, ainsi que ma carte d'embarquement et mon portefeuille qui, heureusement, ne contenait pas beaucoup d'argent. Mes chèques de voyage étaient dans une poche intérieure de mon veston. Il faut toujours faire tout un tas de déclarations officielles quand on perd son passeport mais, Dieu merci, j'avais des lettres et d'autres papiers pour prouver mon identité. L'affaire a été rapidement réglée et j'ai pu poursuivre ma route.

— C'est quand même embêtant pour vous. Pour quelqu'un dans votre position, veux-je dire, souligna Chetwynd, désapprobateur.

— Oui, reconnut Stafford Nye, cela ne me donne pas le beau rôle, hein ? Cela ne fait pas aussi brillant que devrait le paraître un type dans ma... euh... position.

L'idée paraissait soudain l'enchanter.

— Cela arrive souvent, ce genre de... contretemps ? fit mine de s'enquérir Chetwynd. Vous vous êtes renseigné ?

38

— Je ne pense pas que ce soit monnaie courante. Mais, de vous à moi, comment un pickpocket digne de ce nom pourrait-il résister face à un type endormi ? Il lui glissera forcément une main dans la poche et, avec un minimum de doigté, en extraira le contenu.

— C'est plutôt gênant de perdre son passeport.

— Oui. Il va falloir que je m'en fasse faire un nouveau. Et que je fournisse sans doute un tas d'explications. Comme je l'ai déjà dit, c'est une histoire idiote. Et, il faut bien l'avouer, qui ne me couvre pas de gloire, n'est-ce pas ?

— Bah ! vous n'y êtes pour rien, mon cher ami, vous n'y êtes pour rien. Cela aurait pu arriver à n'importe qui, rigoureusement n'importe qui.

— C'est très gentil à vous de le prétendre, répliqua Stafford Nye avec son sourire le plus aimable. En tout cas, c'est une bonne leçon, non ?

— Vous ne pensez pas que... que ce que quelqu'un aurait pu vouloir, c'est précisément *votre* passeport ?

— Non, vraiment pas. Pourquoi quelqu'un voudrait-il mon passeport ? À moins de chercher expressément à me créer des embêtements, ce qui paraît peu probable. Ou de s'être entiché de ma photo, ce qui relève alors carrément de l'invraisemblable !

— Vous n'avez rencontré personne de connaissance dans ce... où dites-vous que vous étiez ? À Francfort ?

— Non, non. Absolument personne.

— Vous avez parlé à quelqu'un ?

— Pas spécialement. J'ai échangé quelques mots avec une grosse dondon gentille comme tout qui essayait de distraire sa gamine. Elle venait de Wigan, je crois bien. Et elle allait en Australie. Je ne me rappelle personne d'autre.

— Vous en êtes sûr ?

— Maintenant que j'y repense, il y avait aussi une hurluberlu qui voulait savoir quoi faire pour étudier l'archéologie en Égypte. Je lui ai répondu que je n'en avais aucune idée. Qu'elle ferait bien d'aller se renseigner au British Museum. Et j'ai dû échanger également quelques mots avec un antivivisectionniste. Un passionné du sujet.

— Ce genre d'histoire donne toujours le sentiment de cacher quelque chose, fit observer Chetwynd.

— Quel genre d'histoire ?

— Eh bien, celle qui vous est arrivée.

— Je ne vois pas bien ce qu'il pourrait y avoir derrière, s'offusqua sir Stafford. Mais il faut reconnaître qu'un journaliste serait tout à fait capable de construire un roman autour, ils sont très doués dans ce domaine. Quoi qu'il en soit, c'est une histoire idiote. Pour l'amour de Dieu, essayons de l'oublier. Maintenant qu'on en a parlé dans les journaux, tous mes amis vont me bombarder de questions... Pendant que j'y pense, comment va ce vieux Leyland ? De quoi s'occupe-t-il à présent ? J'en ai entendu raconter de vertes et de pas mûres à son sujet, là-bas. Il a toujours eu la langue un peu trop bien pendue.

Ils discutèrent encore boutique pendant une dizaine de minutes, puis sir Stafford se leva :

— J'ai encore beaucoup à faire ce matin. Des cadeaux à acheter pour amis et connaissances. L'ennui, quand on revient de Malaisie, c'est que tout le monde s'attend à recevoir une babiole exotique. Je vais aller faire un tour chez Liberty. Ils ont tout un stock d'objets d'Extrême-Orient.

En sortant, il croisa deux personnes de sa connaissance dans le couloir. Il les salua gaiement.

Après son départ, Chetwynd appela sa secrétaire :

— Priez le colonel Munro de venir.

Celui-ci arriva, accompagné d'un homme de grande taille, d'une quarantaine d'années.

— Je ne sais pas si vous vous connaissez..., dit-il. Horsham, de la Sécurité du territoire.

— Je crois que nous nous sommes déjà rencontrés.

— Nye sort d'ici, n'est-ce pas ? demanda le colonel Munro. Il n'y a rien dans cette histoire de Francfort ? Je veux dire, rien à signaler pour nous ?

— Il ne semble pas, répondit Chetwynd. Il se sent un peu gêné. Il pense que ça lui donne l'air d'un imbécile. Ce en quoi il n'a pas tort, évidemment.

Le dénommé Horsham hocha la tête.

— C'est comme ça qu'il le prend, hein ?

— Ma foi, il essaie de faire bonne figure, expliqua Chetwynd.

— Quoi qu'il en soit, rétorqua Horsham, c'est loin d'être un imbécile, et vous le savez.

Chetwynd haussa les épaules :

— Ce sont des choses qui arrivent.

— Je sais, admit le colonel Munro, oui, oui, je sais. N'empêche, Nye m'a toujours donné l'impression d'être passablement imprévisible.

— Et de n'avoir jamais d'opinions très orthodoxes, renchérit Chetwynd.

Horsham reprit la parole :

— Personne n'a jamais rien eu contre lui. Rigoureusement rien, autant que nous le sachions.

— Oh ! Je ne voulais insinuer rien de tel, se défendit Chetwynd. Absolument pas. C'est simplement que... comment dire ? ... Il ne prend pas toujours les choses très au sérieux.

Horsham avait une moustache. Elle lui était très utile, quand il n'arrivait pas à retenir un sourire.

— Ce n'est pas un imbécile, déclara Munro. C'est un cerveau, vous savez. Vous ne pensez pas que... enfin quoi, vous ne pensez pas qu'il puisse y avoir dans tout ça un élément douteux ?

— De sa part ? Il ne semble pas.

— Vous avez fait le tour de la question, Horsham ?

— Nous n'avons pas encore eu assez de temps. Cela dit, jusqu'ici, tout va bien. Mais son passeport a bel et bien été utilisé.

— Utilisé ? Comment ça ?

— Il a été présenté au contrôle de police à l'aéroport d'Heathrow.

— Vous voulez dire que quelqu'un s'est fait passer pour sir Stafford Nye ?

— Non, non, répondit Horsham, rien d'aussi ostensible. Ç'aurait été trop beau. Le passeport a été présenté à la descente d'avion au milieu d'une centaine d'autres. L'alarme n'avait pas encore été donnée, comprenez-vous. Sir Stafford devait dormir sous l'effet de la drogue ou de Dieu sait quoi, à ce moment-là. Et en tout cas, il n'avait pas encore quitté Francfort.

— Alors quelqu'un a très bien pu lui voler son passeport, histoire de prendre l'avion et d'entrer grâce à lui en Angleterre ? s'inquiéta Chetwynd.

— Oui, répondit Munro, c'est notre hypothèse. Ou bien quelqu'un aura volé un portefeuille qui se trouvait contenir de l'argent, une carte d'embarquement et un passeport, ou bien quelqu'un avait besoin d'une carte d'embarquement et d'un passeport, et aura trouvé que sir Stafford Nye était la personne adéquate. Un demi de bière attendait sur une table, il y aura jeté quelques gouttes de je ne sais quoi, aura attendu que sa victime s'endorme, lui aura subtilisé passeport, carte d'embarquement et portefeuille, histoire de faire bon poids, et puis aura tenté sa chance.

— Quand même, un passeport, on le regarde. On aurait dû s'apercevoir que le passager n'était pas le bon, objecta Chetwynd.

— Ma foi, il devait certainement y avoir une vague ressemblance, répliqua Horsham. Mais ce n'était pas comme si ce passeport avait été signalé manquant ; on n'avait aucune raison de lui prêter une attention particulière. Il y a foule dans un avion dont les passagers ont été déroutés. Il suffit qu'un individu ressemble en gros à la photographie de son passeport et le tour est joué. Un bref coup d'œil, on le lui rend, et allez-y. De toute façon, on fait beaucoup plus attention aux étrangers qui entrent qu'aux Britanniques. Des cheveux noirs, des yeux bleu foncé, imberbe, 1,80 mètre environ, et voilà. Ne figure pas sur une liste d'étrangers indésirables, rien de ce genre.

— Je sais, je sais. Cela dit, si quelqu'un fauche un portefeuille et s'il y trouve, outre l'argent, une carte d'embarquement et un passeport, il ne va pas les utiliser, non ? Ce serait trop risqué.

— Oui, rétorqua Horsham. C'est justement ça le côté intéressant de l'affaire. Et c'est d'ailleurs pourquoi, bien entendu, nous continuons nos investigations.

— Et quelle est votre opinion personnelle ?

— Je ne tiens pas à me prononcer pour l'instant, répondit Horsham. J'ai besoin d'un peu de temps, comprenez-vous. Il ne faut jamais rien brusquer.

— Ils sont tous pareils, grommela le colonel Munro quand Horsham fut parti. Toujours bouche cousue, ce maudit personnel de la Sécurité. Ils ne reconnaîtront jamais qu'ils sont sur une piste.

— C'est normal, remarqua Chetwynd. Ils peuvent se tromper.

C'était là le point de vue typique d'un politique.

— Horsham est très fort, tint à préciser Munro. On le tient en haute estime au quartier général. Se tromper ne doit pas être dans ses habitudes.

3

LE MONSIEUR DE LA TEINTURERIE

Quand sir Stafford Nye retourna chez lui, une femme plantureuse sortit en trombe de la cuisine pour lui souhaiter la bienvenue.

— Vous êtes bien rentré, monsieur ? Avec ces affreux avions, on n'est comme qui dirait jamais sûr de rien, pas vrai ?

— Vous parlez d'or, madame Worrit, répondit sir Stafford Nye. Le mien a eu deux heures de retard.

— C'est du pareil au même qu'avec les voitures, non ? On ne sait jamais ce qui va vous arriver. Seulement, c'est encore plus tourmentant quand on est là-haut dans les airs, pas vrai ? Parce qu'on peut pas juste donner un coup de volant pour serrer sur le bas-côté. Je veux dire, on est coincé, quoi ! Pour rien au monde vous me verriez mettre les pieds dans un avion. J'ai commandé un tas de choses, enchaînat-elle sans même respirer. J'espère que ça ira. Des œufs, du beurre, du café, du thé...

Elle avait l'élocution précipitée d'un guide du Moyen-Orient faisant visiter une tombe pharaonique.

— Voilà, dit-elle après avoir repris son souffle, je pense que c'est tout ce dont vous aurez besoin. Je vous ai aussi commandé de la moutarde française.

— Pas de la Dijon, j'espère ? Ils essaient toujours de vous refiler la Dijon.

— Je ne sais pas de qui vous parlez, mais celle-là c'est de la Esther Dragon. C'est bien celle que vous aimez, pas vrai ?

— Exactement, approuva sir Stafford. Vous êtes merveilleuse.

Visiblement satisfaite, Mme Worrit se prépara à réintégrer sa cuisine, cependant que sir Stafford Nye se dirigeait vers sa chambre.

— J'ai bien fait de donner vos affaires au monsieur qui a téléphoné, n'est-ce pas, monsieur ? repartit de plus belle la servante. Vous ne m'en aviez pas parlé.

— Quelles affaires ? demanda sir Stafford en s'immobilisant, la main sur la poignée de la porte.

— Deux complets. C'est pour eux que le monsieur a appelé. Twiss & Bonywork, je crois bien me souvenir. Nous avions eu une petite dispute avec la teinturerie White Swann, si je ne me trompe.

— Deux complets ? répéta sir Stafford. Lesquels ?

— Eh bien, celui que vous portiez au retour, monsieur. J'ai pensé que ça devait être celui-là. Je n'étais pas sûre pour l'autre, mais il y avait le bleu rayé qui avait bien besoin d'un petit nettoyage, et aussi d'une réparation au poignet droit. Sûr que j'aurais préféré que vous soyez là… Les initiatives, ce n'est pas mon genre, insista Mme Worrit avec un air de vertu effarouchée.

— Alors ce type, quel qu'il soit, les a emportés ?

— J'espère que j'ai bien fait, monsieur, répondit Mme Worrit, soudain inquiète.

— Le bleu rayé, cela m'est égal. C'est même très bien. Mais le complet avec lequel je suis rentré, ma foi...

— Il est un peu léger pour la saison, vous savez, monsieur. Ça convenait bien pour là où vous étiez, où il fait chaud. Et un petit nettoyage ne fait jamais de mal. Ce monsieur a dit que vous aviez téléphoné spécialement pour ces complets. Voilà ce qu'il a dit quand il est venu les prendre.

— Est-ce qu'il est allé les chercher lui-même dans ma chambre ?

— Oui, monsieur, je me suis dit que ça valait mieux.

— Très intéressant, déclara sir Stafford. Oui, très, très intéressant.

Il entra dans sa chambre et regarda autour de lui. Tout était propre et net. Le lit était fait, la main de

Mme Worrit était partout visible, son rasoir électrique était branché, ses affaires de toilette bien disposées.

Il examina l'intérieur de son placard, ouvrit les tiroirs de la grande commode qui se trouvait contre le mur, près de la fenêtre. Tout était en ordre. Mieux rangé, en vérité, qu'il n'eût été normal. Il avait déballé quelques affaires, la veille au soir, mais à la hâte. Il avait jeté chemises et sous-vêtements n'importe comment dans les tiroirs, avec l'intention de les plier proprement aujourd'hui ou demain. Il ne comptait pas sur Mme Worrit pour ça. Il attendait d'elle qu'elle laissât son linge tel qu'elle le trouvait. Ensuite, quand il rentrait de l'étranger, venait le moment des réaménagements et des réajustements, en fonction du climat des régions visitées, de la saison présente ou de l'humeur du moment. Par conséquent, le « monsieur de la teinturerie » avait passé sa chambre en revue, sorti ses affaires des tiroirs, les avait examinées dans la précipitation et, en raison même de cette précipitation, les avait remises en place beaucoup plus proprement qu'il n'aurait dû. Du travail vite fait, bien fait, après quoi il était parti avec deux complets et une explication plausible. Un complet manifestement porté par sir Stafford pendant le trajet de retour et un autre en tissu léger qu'il avait pu emporter avec lui en voyage. Mais pourquoi ?

« Parce que, se dit sir Stafford, le « monsieur de la teinturerie » cherchait quelque chose. Mais quoi ? Et qui peut bien être cet individu ? Et pour le compte de qui travaille-t-il ? »

Oui, tout ça était très intéressant.

Il s'installa dans un fauteuil pour réfléchir. Puis ses yeux se posèrent sur sa table de chevet où trônait, l'air mutin, le panda en peluche. Ce qui déclencha chez lui tout un enchaînement d'idées. Il alla composer un numéro de téléphone.

— Allô ! C'est vous, tante Matilda ? Stafford à l'appareil.

— Ah ! mon cher enfant, tu es de retour ? J'en suis bien aise. J'ai lu hier, dans le journal, qu'il y avait le choléra en Malaisie, du moins je crois qu'il s'agissait de la Malaisie. Je m'embrouille toujours, avec ces pays. J'espère que tu vas bientôt venir me voir ? Ne fais pas semblant d'être trop occupé. Tu ne peux pas être occupé tout le temps. N'avoir pas une seconde de libre, c'est bon pour les gros bonnets, pour les chefs d'industrie, tu sais, ceux qui sont plongés dans les fusions et les prises de contrôle. Je n'ai d'ailleurs jamais compris ce que cela voulait dire. De mon temps, un chef d'entreprise comblé, c'était quelqu'un qui faisait son travail comme il faut, mais maintenant la mode est à la bombe atomique et aux constructions en béton armé, fulmina tante Matilda. Et à ces horribles ordinateurs qui vous font des calculs complètement faux, sans compter qu'ils ont des formes impossibles. Vraiment, on nous rend la vie bien difficile, de nos jours. Si je te disais ce qu'ils ont fait à mon compte en banque, tu ne me croirais pas. Et à mon adresse postale également. Enfin, je suppose que je n'ai que trop vécu.

— Balivernes ! Est-ce que je peux venir la semaine prochaine ?

— Demain, si tu veux. En principe, j'ai le pasteur à dîner, mais je peux facilement le décommander.

— Oh ! voyons, c'est inutile.

— Si, si, c'est très utile. Il est exaspérant, sans compter qu'il voudrait un nouvel orgue. Celui qu'il a est très suffisant. Ce qui ne va pas, ce n'est pas l'orgue, c'est l'organiste. Un musicien exécrable. Le pasteur l'a pris en pitié parce qu'il a perdu sa mère, qu'il aimait beaucoup. Vraiment ! Aimer sa mère n'a jamais aidé à jouer de l'orgue, non ? Enfin quoi, il faut voir les choses comme elles sont.

— Très juste. Cela dit, je ne pourrai pas venir avant la semaine prochaine. J'ai un certain nombre de problèmes à régler avant. Comment va Sybil ?

— La chère enfant ! Infernale, mais tellement drôle !

— Je lui ai rapporté un panda en peluche.

— Ma foi, c'est très gentil de ta part, mon petit.

— J'espère qu'il lui plaira, hasarda sir Stafford, légèrement mal à l'aise sous le regard du panda.

— Bah ! quoi qu'il en soit, elle a néanmoins de très bonnes manières, repartit tante Matilda – réponse équivoque qui laissa sir Stafford dubitatif quant à l'accueil qui serait réservé à son cadeau.

Tante Matilda lui conseilla les trains les plus commodes pour la semaine suivante, tout en le prévenant qu'il arrivait souvent qu'ils modifient leurs horaires ou qu'ils ne partent tout bonnement pas, et lui demanda d'apporter un camembert et un demi stilton.

— Impossible désormais de dénicher ici quoi que ce soit, se plaignit-elle. Notre épicier – un homme si charmant, si attentif et qui avait tant de goût pour les produits que nous aimons tous – a brusquement cédé la place à un supermarché six fois plus grand, refait à neuf, avec des chariots métalliques qu'il faut remplir de denrées dont on ne veut pas, et des mères hystériques tout le temps en train de perdre leur marmaille et de pleurer dans les coins. C'est épuisant. Bon, je t'attends, mon cher enfant.

Elle raccrocha.

Le téléphone sonna aussitôt.

— Allô ! Stafford ? Eric Pugh à l'appareil. Le bruit court que vous êtes rentré de Malaisie. Que diriez-vous de dîner ensemble ce soir ?

— Ce serait avec plaisir.

— Bon... Limpits Club ? 20 h 15 ?

Mme Worrit arriva, haletante, au moment où sir Stafford raccrochait.

— Il y a un monsieur en bas qui veut vous voir, monsieur. Du moins, je suppose que c'est quelqu'un de convenable. De toute façon, il a dit comme ça que vous n'y verriez certainement pas d'inconvénient.

— Comment s'appelle-t-il ?

— Horsham, monsieur, comme ce patelin sur la route de Brighton.

— Horsham, répéta sir Stafford, légèrement surpris.

Il sortit de sa chambre, descendit au rez-de-chaussée et poussa la porte du salon. Mme Worrit ne s'était pas trompée. C'était bien Horsham, tel qu'il l'avait entrevu une demi-heure auparavant, robuste, inspirant confiance, menton fendu, joues rubicondes, moustache grise en broussaille et l'air imperturbable.

— J'espère que cela ne vous ennuie pas, dit-il aimablement en se levant.

— Que quoi ne m'ennuie pas ?

50

— Me revoir si vite. Nous nous sommes croisés devant la porte de M. Gordon Chetwynd, vous vous en souvenez ?

— Je m'en souviens, et je ne vois aucune objection à votre présence chez moi, répondit sir Stafford Nye. Asseyez-vous.

Il poussa vers son visiteur un coffret de cigarettes et reprit :

— Chetwynd et moi avons oublié un détail ? Omis d'aborder un sujet quelconque ?

— Un homme exquis, ce M. Chetwynd, déclara Horsham. Nous l'avons tranquillisé, je crois. Ainsi que le colonel Munro. Ils étaient tous deux un peu troublés, voyez-vous. À votre sujet, cela va sans dire.

— Vraiment ?

Sir Stafford Nye s'assit également. Il sourit, alluma une cigarette et regarda Henry Horsham d'un air songeur :

— Qu'attendez-vous de moi ? s'enquit-il.

— Puis-je me permettre de vous demander précisément, si ce n'est toutefois pas faire preuve de curiosité déplacée, ce que vous comptez faire au juste... maintenant ?

— Ravi de vous en faire part, répondit sir Stafford Nye. J'ai l'intention d'aller effectuer un bref séjour chez l'une de mes tantes, lady Matilda Cleckheaton. Je vous fournirai son adresse, pour peu que vous la désiriez.

— Je la connais, répondit Henry Horsham. Ma foi, c'est une excellente idée. Elle sera ravie de constater que vous êtes rentré sain et sauf. Vous l'avez échappé belle, non ?

— C'est ce que pensent le colonel Munro et Mr Chetwynd ?

— Ma foi, vous savez ce que c'est, monsieur. Vous ne le savez que trop. Ils sont toujours dans leurs petits souliers, les messieurs de ce service. Ils ne sont jamais sûrs de pouvoir se fier à vous.

— Se fier à moi ? fit mine de s'offusquer sir Stafford. Qu'entendez-vous par là, monsieur Horsham ?

Pas le moins du monde décontenancé, M. Horsham répondit :

— C'est que, voyez-vous, vous avez la réputation de manquer de sérieux.

— Oh ! Moi qui craignais qu'ils ne m'accusent d'être un déviant ou un agent double !

— Non, monsieur, ils se méfient plutôt de votre propension à la légèreté. Ainsi que de votre goût pour les facéties.

— On ne peut pas passer sa vie à prendre les autres et soi-même au sérieux, riposta sir Stafford Nye.

— Certes pas, mais comme je l'ai déjà laissé entendre, vous avez frôlé la catastrophe, non ?

— Du diable si je sais de quoi vous parlez.

— Je vais vous le préciser. Les meilleures entreprises tournent parfois mal, monsieur, et pas toujours par la faute de leurs participants. Le Tout-Puissant peut y mettre la main, et son collègue aux pieds fourchus également.

Sir Stafford Nye commençait à s'amuser.

— Vous faites allusion au brouillard sur Genève ? s'enquit-il.

— Très juste, monsieur. Il y avait du brouillard sur Genève, ce qui bouleversait les plans de certains.

Quelqu'un, en particulier, s'est trouvé dans de sales draps.

— Racontez-moi ça par le menu, s'enthousiasma sir Stafford Nye. Le sujet me passionne.

— Eh bien, il manquait une passagère, hier, lors de l'embarquement de l'avion que vous auriez dû prendre pour quitter Francfort. Cette jeune personne a été appelée à plusieurs reprises mais ne s'est pas présentée au contrôle. L'avion a, pour autant que nous le sachions, fini par décoller sans elle. Quant à vous, vous aviez bu votre bière et ronfliez paisiblement dans votre coin.

— Ça, je ne le sais que trop bien. Et votre fameuse passagère ? Qu'en est-il advenu ?

— Il serait intéressant de le savoir. Quoi qu'il en soit, si vous n'êtes pas – et pour cause – arrivé à Heathrow, votre passeport, lui, y a bien été présenté aux services de police.

— Et où est-il maintenant ? Est-ce que je suis censé l'avoir récupéré ?

— Non, je ne pense pas. Ce serait trop rapide. De bonne qualité, cette drogue qui vous a été administrée. Juste ce qu'il fallait, si je puis m'exprimer ainsi. Elle vous a mis hors circuit sans entraîner d'effets secondaires.

— Elle m'a donné une sacrée migraine, remarqua sir Stafford.

— Bah ! Ça, compte tenu des circonstances, c'était inévitable.

— Que serait-il arrivé, puisque vous semblez omniscient, si j'avais refusé la proposition qu'on m'a peut-être – je dis bien peut-être – faite ?

53

— Il est probable que ce refus aurait sonné le glas de Mary Ann.

— Mary Ann ? Qui est Mary Ann ?

— Mlle Daphné Theodofanous.

— Il me semble que c'est le nom que j'ai entendu appeler, celui de la passagère manquante ?

— Oui, c'est celui sous lequel elle voyageait. Pour nous, c'est Mary Ann.

— Qui est-elle ? Oh ! ... simple curiosité.

— Dans sa partie, elle occupe le haut de l'échelle.

— Et quelle est sa partie ? Elle est des nôtres ou elle est des leurs, si vous voyez ce que j'entends par « leurs » ? Je dois reconnaître que j'ai un peu de mal moi-même à m'y retrouver.

— Non, ce n'est pas facile, hein ? Avec les Chinois, les Russkofs, l'étrange bande qui manipule les mouvements étudiants, la nouvelle Mafia, les énergumènes d'Amérique du Sud et le charmant panier de crabes formé par ces messieurs de la finance qui semblent toujours avoir un petit tour en réserve dans leurs manches... Non, ce n'est pas facile à dire.

— Mary Ann, répéta sir Stafford Nye, songeur. Bizarre pseudonyme pour quelqu'un qui s'appelle en réalité Daphné Theodofanous.

— Que voulez-vous, sa mère est grecque, son père était anglais et son grand-père sujet autrichien.

— Que serait-il arrivé si je ne lui avais pas... prêté certain vêtement ?

— Elle aurait pu être exécutée.

— Allons ! allons ! Comme vous y allez !

— L'aéroport d'Heathrow nous inquiète. Il s'y est récemment produit des incidents dont nous aimerions avoir l'explication. Si l'avion était passé par

54

Genève comme prévu, cela aurait été parfait. Elle aurait bénéficié d'une entière protection. Mais par l'autre chemin... le temps nous aurait manqué pour organiser son accueil, sans compter qu'on ne sait jamais qui est qui, de nos jours. Tout le monde joue double, triple ou quadruple jeu.

— Vous me donnez la chair de poule, frissonna sir Stafford Nye. Mais elle s'en est sortie, n'est-ce pas ? C'est ce que vous vouliez me faire savoir ?

— J'ose l'espérer. Pour l'instant, nous n'avons aucune preuve du contraire.

— Si cela peut vous être d'une quelconque utilité, répliqua sir Stafford Nye, quelqu'un est passé chez moi ce matin pendant que je bavardais avec mes petits camarades, à Whitehall. Ce monsieur a prétendu venir de la part d'une teinturerie à laquelle j'aurais soi-disant téléphoné et il a emporté, non seulement le costume que je portais hier, mais aussi un autre. Évidemment, mes complets ont pu lui taper dans l'œil, ou il a la manie de collectionner les vêtements ayant appartenu à des gens rentrant de l'étranger, ou... bon, vous avez peut-être un autre « ou » à ajouter ?

— Il cherchait probablement un document, un indice quelconque...

— Oui, c'est ce que je crois. Un individu quelconque est venu chercher chez moi un indice quelconque et a tout remis bien proprement en place. Mais pas comme je l'avais laissé. D'accord, il cherchait un indice, comme vous le dites si bien. Mais quel genre d'indice ?

— Je donnerais cher pour le savoir, répondit Horsham, pensif. Il se trame quelque chose...

quelque part. On en voit dépasser de-ci de-là des morceaux épars, comme d'un paquet mal ficelé, voyez-vous. Un instant vous pensez que cela se passe au festival de Bayreuth, la minute suivante vous êtes convaincu que cela vient d'une hacienda d'Amérique du Sud, et puis vous voilà avec un fil conducteur vers les États-Unis. Il se mijote tout un tas d'affaires louches dans différents endroits, qui tendent toutes vers un but, mais lequel ? Politique peut-être, mais peut-être tout à fait autre. Probablement pécuniaire. Vous connaissez M. Robinson, n'est-ce pas ? ajouta-t-il. En tout cas, lui, il vous connaît, c'est ce qu'il m'a affirmé.

— Robinson ? répéta Stafford Nye en réfléchissant. Robinson... joli nom anglais... Corpulent, le teint jaune ? Gros ? Avec des intérêts dans la finance ? interrogea-t-il. Est-ce qu'il est lui aussi du côté des anges – si c'est bien ce que vous voulez me dire ?

— Pour ce qui est des anges, je ne sais pas, répondit Henry Horsham. Mais il nous a tirés plus d'une fois de fort mauvais pas. Les gens comme M. Chetwynd ne l'apprécient guère. Ils le trouvent trop cher, sans doute. Il est un peu regardant, M. Chetwynd. Imbattable pour ce qui est de réaliser des économies là où il ne faut pas.

— « Pauvre mais honnête », telle est la formule consacrée, répliqua sir Stafford Nye. Si je comprends bien, vous préféreriez « coûteux mais honnête » pour décrire notre M. Robinson. Ou disons peut-être plutôt « honnête mais coûteux ». Si seulement vous pouviez m'expliquer de quoi il s'agit, poursuivit-il d'un ton plaintif. Me voilà embringué dans une aventure dont j'ignore absolument tout.

Il leva sur Horsham un regard plein d'espoir, mais celui-ci secoua la tête :

— Personne ne le sait, chez nous. Personne ne le sait au juste.

— Qu'est-ce que je suis censé cacher qui peut donner à quelqu'un l'envie de venir fouiller ici ?

— Franchement, je n'en ai pas la moindre idée, sir Stafford.

— Ma foi, c'est bien dommage, parce que je n'en ai pas la moindre idée non plus.

— Pour autant que vous le sachiez, vous n'avez rien reçu ? Personne ne vous a rien confié à garder, à porter quelque part, à protéger ?

— Absolument rien. Si c'est à Mary Ann que vous faites allusion, elle prétendait seulement vouloir sauver sa vie, rien d'autre.

— Et à moins que le journal du soir ne nous apporte un démenti, vous lui avez effectivement sauvé la vie.

— Et par conséquent, le chapitre est clos, c'est ça ? Quelle misère... Ma curiosité a été éveillée et je donnerais dix ans de mon existence pour connaître la suite de l'histoire. Vous semblez bien pessimistes, vous et les vôtres.

— C'est exact, nous le sommes. La situation se dégrade, dans ce pays. Il n'y a rien là-dedans qui vous étonne ?

— Je comprends ce que vous voulez dire. Je me pose parfois moi-même des questions...

4

DÎNER AVEC ÉRIC

— Ça ne vous embête pas que je vous dise un truc, mon vieux ? demanda Eric Pugh.

Sir Stafford Nye le regarda. Il le connaissait depuis de longues années mais ils n'avaient jamais été très intimes. Ce brave Eric, de l'avis de sir Stafford, était par trop ennuyeux. D'un autre côté, on pouvait se fier à lui. Et, bien qu'il ne fût pas amusant, il avait l'art d'être au courant de tout. Les gens lui confiaient des tas de renseignements qu'il n'oubliait pas et au contraire emmagasinait précieusement. Pour vous sortir parfois du lot une information très utile.

— De retour de ce congrès en Malaisie ?

— Oui, répondit sir Stafford.

— Il ne s'est rien passé de particulier là-bas ?

— Le train-train habituel.

— Oh ! je me demandais si par hasard quelque chose... enfin, vous voyez ce que je veux dire. Rien qui aurait fait entrer le loup dans la bergerie ?

— Quoi, au congrès ? Non, rien que de tristement prévisible. Chacun a tenu le discours attendu, à ceci près qu'il le débitait, hélas ! beaucoup plus lentement que vous l'auriez cru possible. Je me demande pourquoi j'assiste à ces réjouissances.

58

Eric Pugh fit quelques remarques fastidieuses à propos des intentions véritables des Chinois.

— Je ne crois pas qu'ils mijotent réellement quoi que ce soit, répliqua sir Stafford. Il court toujours les mêmes rumeurs au sujet des maladies de ce pauvre vieux Mao et des intrigues qu'on mène contre lui.

— Et les relations israélo-arabes ?

— Elles suivent leur cours, comme prévu. Comme prévu par eux, bien entendu. De toute façon, quel rapport avec la Malaisie ?

— Ma foi, je ne pensais pas tellement à la Malaisie.

— Vous ressemblez à la Tortue d'*Alice au pays des merveilles*, remarqua sir Stafford. « Soupe du soir, Belle soupe ! » Pourquoi cette mine funèbre ?

— Eh bien, je me demandais seulement... vous me pardonnerez, promis ? Vous... vous n'avez rien fait qui puisse en aucune façon salir votre réputation, n'est-ce pas ?

— Moi ? s'écria sir Stafford, l'air profondément surpris.

— Ma foi, vous vous connaissez, Staff. Vous adorez choquer parfois un tantinet votre monde.

— Ma conduite a été ces derniers temps absolument irréprochable, riposta sir Stafford. De quels bruits fâcheux avez-vous eu vent à mon sujet ?

— J'ai entendu dire qu'il s'était passé un incident bizarre dans un aéroport, à votre retour.

— Ah ! Et d'où tenez-vous ça ?

— Eh bien, j'ai vu ce vieux Cartison...

— Cet épouvantable casse-pieds ! Il passe son temps à imaginer l'inimaginable.

59

— Oui, je sais. C'est tout lui. Mais il disait seulement que quelqu'un... Winterton ou Dieu sait qui, paraissait penser que vous mijotiez un coup fourré.

— Que je mijotais un coup fourré ? J'aimerais bien ! rit de bon cœur sir Stafford Nye.

— Il y a une affaire d'espionnage en train quelque part et il est inquiet au sujet de certaines personnes.

— Ils me prennent pour qui ? Pour un autre Philby ou quoi ?

— Vous savez très bien que vous n'êtes pas la prudence même et que vous résistez mal au désir de faire une plaisanterie.

— Reconnaissez avec moi que c'est parfois bien difficile. Tous ces politiciens, diplomates et leurs pareils sont tellement pompeux ! Comment se retenir de les aiguillonner de temps à autre ?

— Vous avez un sens de l'humour très biscornu, mon garçon. Si, si ! Je me fais quelquefois du souci pour vous. Ils vous ont posé des questions à propos d'un incident qui se serait produit lors de votre vol de retour, et ils ont l'air d'estimer que vous n'avez pas... eh bien... que ce que vous leur avez dit ne correspond peut-être pas à l'exacte vérité.

— Alors, c'est ce qu'ils pensent ? Très intéressant. Il va falloir que je voie ça de plus près.

— Soyez prudent, surtout.

— Il faut bien que je m'amuse de temps en temps !

— Écoutez, mon vieux, n'allez quand même pas compromettre votre carrière au seul bénéfice de votre sens de l'humour !

— D'où j'en conclus que rien n'est plus ennuyeux que de faire carrière.

60

— Je sais, je sais. Ça toujours été votre point de vue, ce qui vous a empêché d'aller aussi loin que vous auriez dû. Vous étiez sur les rangs pour Vienne, à un moment donné. Cela me fait de la peine de vous voir tout gâcher.

— Je vous assure que ma conduite est des plus vertueuses et des plus raisonnables, assura sir Stafford Nye, et il ajouta : Déridez-vous, Eric. Vous êtes un véritable ami, mais je ne suis réellement coupable d'aucune facétie.

Sceptique, Eric Pugh secoua la tête.

La soirée était belle. Sir Stafford rentra à pied, par Green Park. Comme il traversait la rue, à Birdcage Walk, une voiture qui arrivait à toute allure passa à quelques centimètres de lui. Grâce à ses qualités d'athlète, sir Stafford put faire un bond et il se retrouva sain et sauf sur le trottoir. La voiture disparut au bout de la rue, mais il se mit à se poser des questions. Il aurait juré que cette voiture avait volontairement tenté de le renverser. Idée fort intéressante. Pour commencer, son appartement avait été fouillé et, à présent, il venait tout juste de risquer de se faire passer sur le corps... Simple coïncidence, probablement. Cependant, il avait été amené à fréquenter, au cours de son existence, bien des endroits peu recommandables. Et l'odeur, la sensation du danger ne lui étaient pas étrangères. Il les reniflait, les reconnaissait maintenant. Quelqu'un, quelque part, l'avait pris en chasse. Mais pourquoi ? Pour quel motif ? Il ne voyait pas où et en quoi il avait pu se fourrer dans un pétrin quelconque...

Il rentra chez lui et ramassa le courrier qui traînait par terre. Pas grand-chose : deux factures et un numéro de *Lifeboat*. Il jeta les factures sur son bureau et déchira la bande du magazine. Absorbé comme il l'était dans ses pensées, il se mit à le feuilleter distraitement. Soudain, il s'arrêta net. Un objet était collé entre deux pages. Retenu par une bande adhésive, c'était son passeport qu'on lui retournait de cette façon inattendue. Il l'arracha et le regarda avec attention. Le dernier tampon datait de Heathrow, la veille. Elle s'en était servie et, arrivée saine et sauve à bon port, avait choisi ce moyen pour le lui rendre. Où était-elle maintenant ? Il aurait bien voulu le savoir.

La reverrait-il jamais ? Qui était-elle ? Où était-elle allée et pourquoi ? Il avait l'impression d'attendre le second acte d'une pièce de théâtre. En vérité, il lui semblait que le premier n'était pas encore terminé. À quoi lui avait-il été donné d'assister ? À un lever de rideau ringard au possible. Au spectacle d'une fille ridiculement désireuse de se travestir en garçon et qui était passée à Heathrow par le contrôle des passeports sans se faire remarquer, avant de se perdre dans Londres. Non, il ne la verrait sans doute plus jamais. Et ça l'ennuyait. Mais pourquoi ? se demanda-t-il. Pourquoi avait-il envie de la revoir ? Elle n'était pas particulièrement séduisante. Elle n'était rien. Non, ce n'était pas tout à fait exact. Il fallait qu'elle soit quelqu'un pour avoir réussi sans pression particulière, sans jouer de son sexe, sans rien sinon une simple demande de secours, à lui faire faire ce qu'elle voulait. Oui, elle s'était tout bonnement contentée d'un appel, d'un simple appel d'être humain à être humain, tout en lui laissant entendre à demi-mot qu'elle le croyait disposé à prendre des risques pour aider son prochain. Et il avait effectivement pris un risque. Elle aurait pu verser n'importe quoi dans sa bière. Si elle l'avait voulu, on l'aurait retrouvé mort dans un coin de la salle de transit de l'aéroport de Francfort. Et pour peu qu'elle ait eu de bonnes notions de chimie, son décès aurait été attribué à une crise cardiaque causée par l'altitude ou par un défaut de pressurisation. Bah ! à quoi bon y penser ? Il n'était pas près de la revoir, et ça l'ennuyait.

Oui, ça l'ennuyait, et ça l'ennuyait d'être ennuyé. Il réfléchit quelques minutes, puis rédigea une petite annonce destinée à être passée à trois reprises : *Passagère pour Francfort. 3 novembre. Prière d'entrer en contact avec voyageur pour Londres.* Rien de plus. Ou elle voudrait bien, ou elle ne voudrait pas. Si cette petite annonce lui tombait sous les yeux, elle comprendrait qui en était l'auteur. Elle avait été en possession de son passeport, elle connaissait donc son nom et son adresse. Elle pourrait passer le voir. Il entendrait peut-être parler d'elle, peut-être pas. Probablement pas. Dans ce cas, le lever de rideau resterait à jamais un lever de rideau, une petite pièce stupide destinée à divertir les premiers spectateurs en attendant que commence réellement la soirée. Cela se faisait beaucoup avant la guerre. Cela dit, selon toutes probabilités, il n'entendrait jamais plus parler d'elle, pour la bonne raison que, ayant mené à bien ce qu'elle était venue faire à Londres, elle avait peut-être déjà quitté le pays, volant vers Genève, le Moyen-Orient, la Russie, la Chine, l'Amérique du Sud ou les États-Unis. « Pourquoi adjoindre l'Amérique du Sud à cette liste ? » se demanda sir

Stafford. Il devait y avoir une raison à ça. Pourtant, elle n'en avait jamais parlé. Personne n'avait jamais parlé de l'Amérique du Sud. Mis à part, il est vrai, Horsham. Et même lui ne l'avait mentionnée que parmi beaucoup d'autres.

Le lendemain matin, rentrant chez lui après être allé déposer son annonce, il parcourut lentement St James Park tout en jetant un œil distrait sur les parterres de fleurs automnales. Des chrysanthèmes, raides et tout en tiges pour le moment, surmontés de boutons d'or et de bronze. Leur odeur lui parvenait vaguement, une odeur de chèvre, à son avis, qui lui rappelait les collines de Grèce. Il fallait qu'il pense à regarder les annonces personnelles. Pas maintenant. Il faudrait au moins deux ou trois jours avant que ne passe sa propre annonce et que quelqu'un ait le temps de faire paraître la sienne en réponse. Mais si réponse il y avait, il ne devrait surtout pas la rater. Après tout, c'était vraiment agaçant de ne pas savoir... de n'avoir aucune idée de ce que tout cela signifiait.

Il essaya de se rappeler, non pas la fille de l'aéroport, mais le visage de Pamela. Elle était morte depuis longtemps. Il se la rappelait bien. Il se la rappelait, bien sûr, mais il n'arrivait pas vraiment à revoir son visage, ce qui l'irritait fort. Il s'arrêta au moment de traverser une rue. La circulation était pratiquement nulle, à l'exception d'une voiture qui roulait lentement en brinquebalant, avec l'allure solennelle d'une douairière de méchante humeur. Une vieille voiture, se dit-il. Une limousine Daimler démodée. Il haussa les épaules. Qu'est-ce qu'il fabriquait là, sans bouger, stupidement perdu dans ses pensées ?

Comme il faisait un pas en avant pour traverser, la douairière – ou la Daimler – accéléra soudain avec une vigueur surprenante et fonça sur lui avec une telle rapidité qu'il eut tout juste le temps de bondir sur le trottoir d'en face avant qu'elle ne disparaisse en un éclair au tournant de la rue.

« Décidément, on m'en veut, se dit sir Stafford. Y aurait-il donc réellement quelqu'un à qui ma tête ne revient pas ? Quelqu'un qui me suit, qui m'observe, qui guette l'occasion adéquate ? »

*

Le colonel Pikeaway, tout son embonpoint débordant largement de son fauteuil dans le petit bureau de Bloomsbury où il siégeait sept jours sur sept de 10 heures à 17 heures tapantes avec un court intervalle pour le déjeuner, était entouré comme à l'habitude d'un épais nuage de fumée de cigare. Il avait les yeux clos, et seul un clignotement de ses paupières montrait par instants qu'il n'était pas endormi. Il levait rarement la tête. Quelqu'un avait dit un jour qu'il ressemblait au fruit des amours coupables d'un bouddha et d'un crapaud-buffle avec en plus, comme l'avait ajouté un jeune insolent histoire de faire bonne mesure, quelques gènes hérités d'un lointain ancêtre hippopotame.

Le léger bourdonnement de l'Interphone le tira de son assoupissement. Par trois fois, ses paupières clignotèrent et il ouvrit les yeux. Puis il saisit le combiné d'une main lasse :

— Oui...

— Le ministre est ici et demande à vous voir, lui annonça sa secrétaire.

— Il est là ? Et de quel ministre s'agit-il ? Le ministre du culte baptiste de l'église du coin ?

— Oh ! non, colonel Pikeaway. Il s'agit de sir George Packham en personne.

— Dommage, grinça le colonel Pikeaway avec un halètement d'asthmatique. Tout à fait dommage. Le révérend McGill est beaucoup plus amusant. Il baigne avec une telle volupté dans le merveilleux halo des tourments de l'enfer...

— Je peux le faire entrer, colonel Pikeaway ?

— J'imagine qu'il s'attend à être introduit séance tenante. Les sous-secrétaires d'État sont beaucoup plus susceptibles encore que les secrétaires d'État, déplora tristement le colonel Pikeaway. Tous ces ministres frisent l'apoplexie dès lors qu'on ne déroule pas le tapis rouge et qu'on ne se prosterne pas à leurs pieds.

On introduisit sir George Packham. Comme la plupart des visiteurs, celui-ci se mit à tousser et à respirer avec peine. Les fenêtres étaient hermétiquement fermées, l'atmosphère à la limite du supportable. Dans les cercles officiels, on baptisait cette pièce « la petite maison close ».

— Ah ! mon cher ami, s'exclama sir George, qui s'exprimait avec une gaieté et une vivacité difficilement conciliables avec son aspect triste et ascétique. Il y a un siècle que nous ne nous sommes vus !

Complètement barbouillé de cendre de cigare, le colonel Pikeaway se renversa dans son fauteuil.

— Asseyez-vous, asseyez-vous. Un cigare ?

Sir George frissonna quelque peu :

— Non merci. Merci... beaucoup.

Il jeta en direction de la fenêtre un regard appuyé. Le colonel Pikeaway ne parut pas saisir l'allusion. Sir George s'éclaircit la gorge et toussa encore une fois avant de parler :

— Euh... Je crois que Horsham est venu vous voir.

— Oui, Horsham est venu et m'a raconté son histoire, répondit le colonel Pikeaway en refermant lentement les yeux.

— J'ai pensé que c'était ce qu'il y avait de mieux à faire. Je veux dire, de venir vous voir ici. Il est important que ces affaires-là ne s'ébruitent pas.

— Bah ! fit le colonel Pikeaway. Elles s'ébruiteront quand même, n'est-ce pas ?

— Je vous demande pardon ?

— Elles s'ébruiteront quand même, répéta le colonel Pikeaway.

— J'ignore ce que vous savez au juste... euh... eh bien... à propos de ce malheureux incident.

— Nous savons tout, ici, répliqua le colonel Pikeaway. C'est notre raison d'être.

— Ah ! ... oh ! oui, oui, certainement. Et en ce qui concerne sir S.N... vous voyez bien entendu à qui je fais allusion ?

— Un passager en provenance récente de Francfort, confirma le colonel Pikeaway.

— Une affaire extravagante. Tout à fait extravagante. C'est à se demander... en fait, on s'interroge, on n'ose imaginer...

Le colonel Pikeaway était tout ouïe.

— De vous à moi, qu'en penser ? poursuivit sir George. Vous le connaissez personnellement ?

— Je l'ai rencontré une ou deux fois.

— Comment ne pas s'interroger...

Le colonel étouffa avec peine un bâillement. Il était las de ce que sir George pouvait penser, se demander ou imaginer. Il n'avait d'ailleurs qu'une piètre opinion des facultés de raisonnement du ministre. L'homme était la pusillanimité incarnée, on pouvait compter sur lui pour diriger son département avec prudence. Mais ce n'était certes pas un esprit brillant. Ce qui valait peut-être mieux, se disait le colonel Pikeaway. Quoi qu'il en soit, ceux qui pensent, se posent des questions et ne sont sûrs de rien n'ont, en général, pas grand-chose à craindre là où Dieu et les électeurs les ont placés.

— On ne saurait tout à fait oublier, poursuivit sir George, les déconvenues que nous avons connues dans le passé.

Le colonel Pikeaway sourit avec bienveillance.

— Charleston, Conway et Courtauld, énumérat-il. Tous trois jugés parfaitement fiables, testés, contrôlés, éprouvés. Et cependant, tous trois ont vendu leur âme au diable et ont rejoint l'autre bord.

— Je me demande parfois si on peut vraiment faire confiance à quiconque, remarqua tristement sir George.

— La réponse est on ne peut plus simple, dit le colonel. On ne peut pas.

— Prenez Stafford Nye, repartit sir George. Bonne, excellente famille. J'ai connu son père et son grand-père.

— Ça se gâte souvent à la troisième génération, remarqua le colonel Pikeaway.

Ce qui n'eut pas le don de réconforter sir George.

— Je ne peux m'empêcher de douter... Car enfin, les trois quarts du temps, il manque outrageusement de sérieux.

— Quand j'étais jeune, j'ai un beau jour emmené mes deux nièces visiter les châteaux de la Loire, déclara de manière inattendue le colonel Pikeaway. Un homme pêchait sur la rive du fleuve. J'avais moi aussi ma canne à pêche à la main. Il m'a apostrophé dans la langue du cru : *Vous n'êtes pas un pêcheur sérieux. Vous avez des femmes avec vous.*

— Ainsi vous estimez que sir Stafford...

— Non, non, il n'a jamais été mêlé à des histoires de femmes. C'est son sens de la dérision qui lui joue des tours. Il n'aime rien tant que choquer et se montrer caustique. Et il ne peut pas résister au plaisir de river son clou au voisin.

— Ma foi, cela ne doit quand même pas apporter tellement de satisfactions intimes, si ?

— Pourquoi pas ? riposta le colonel Pikeaway. Et puis, de notre point de vue tout au moins, mieux vaut les gens qui aiment la plaisanterie que ceux qui préfèrent jouer les transfuges.

— Si on pouvait être sûr qu'il est vraiment franc du collier... Qu'en pensez-vous ? Quelle est votre opinion personnelle ?

— Franc comme l'or, répondit le colonel Pikeaway. Si toutefois l'or est franc. Il représente des francs, mais ce n'est pas la même chose, non ? dit-il en souriant aimablement. À votre place, je cesserais de me tourmenter, ajouta-t-il.

*

Sir Stafford Nye repoussa sa tasse de café, prit son journal, survola les grands titres puis l'ouvrit à la page des annonces personnelles. Cela faisait sept jours déjà qu'il épluchait cette rubrique. Il était déçu mais pas surpris. Pourquoi diable espérer une réponse ? Il parcourut les divers avis qui rendaient toujours cette page particulièrement fascinante. Ils n'étaient pas tellement personnels. La moitié d'entre eux, sinon plus, étaient des offres déguisées de vente ou d'achat. Ils auraient sans doute dû figurer dans une autre rubrique, mais avaient trouvé là un chemin qui leur permettait d'attirer l'œil beaucoup plus sûrement. Il y en avait aussi quelques-uns pour exprimer rêves ou velléités :

Jeune homme refusant travailler dur et souhaitant couler existence agréable accepterait sinécure à sa convenance.

Jeune femme désire voyager au Cambodge. Refuse de s'occuper d'enfants.

Arme à feu utilisée à Waterloo. Faire offre.

Splendide manteau imitation fourrure. Urgent. Départ pour l'étranger.

Connaissez-vous Jenny Capstan ? Ses gâteaux sont divins. On vous attend 14, Lizzard Street, S.W.3.

Stafford Nye s'arrêta un instant sur cette dernière annonce. Jenny Capstan. Ce nom lui plaisait. Existait-il une Lizzard Street ? Sans doute, encore qu'il n'en ait jamais entendu parler. Avec un soupir, il poursuivit sa lecture pour s'arrêter de nouveau presque aussitôt.

Jeudi 11 novembre... C'était... mais oui, c'était aujourd'hui. Sir Stafford se carra contre le dossier de son fauteuil et but une gorgée de café. Et soudain l'excitation le gagna, doublée d'un espoir insensé. Hungerford Bridge. Le pont d'Hungerford. Il se leva et gagna la cuisine. Mme Worrit était en train de couper des pommes de terre en lamelles qu'elle jetait dans une bassine d'eau fraîche. Elle le regarda, un peu surprise :

— Vous désirez quelque chose, monsieur ?

— Oui, répondit sir Stafford Nye. Si quelqu'un vous parlait du pont d'Hungerford, où iriez-vous ?

— Où que j'irais ? répéta Mme Worrit en se creusant la cervelle. Vous voulez dire, si j'avais l'intention d'y aller, c'est ça ?

— Nous pouvons tabler sur cette supposition.

— Eh bien, dans ce cas, je pense que j'irais à Hungerford Bridge, non ?

— Vous voulez dire que vous iriez à Hungerford, dans le fin fond du Berkshire ?

— Où c'est, ce patelin ? s'enquit Mme Worrit.

— À douze kilomètres au-delà de Newbury.

— J'ai entendu causer de Newbury. Même que mon homme avait misé sur un cheval, là-bas, l'année dernière. Et que ça avait marché.

— Ainsi, vous iriez à Hungerford, près de Newbury.

— Non, bien sûr que non, répliqua Mme Worrit. Aller si loin, pour quoi faire ? J'irais à Hungerford Bridge, bien sûr.

— C'est-à-dire... ?

— Eh bien, à deux pas de Charing Cross. Vous savez où c'est. En travers de la Tamise.

— Oui, acquiesça sir Stafford Nye. Oui, je sais très bien où c'est. Merci, Mme Worrit.

C'était un peu comme jouer à pile ou face. Une annonce dans un journal du matin à Londres indiquait Hungerford Railway Bridge à Londres. Par conséquent, c'était sans doute ce que l'annonceur avait voulu dire, même si sir Stafford Nye n'aurait pas pu répondre de la personne qui avait passé cette annonce. Ses idées, d'après le peu qu'il connaissait d'elle, étaient plutôt originales. Elles n'étaient pas de celles auxquelles on peut communément s'attendre. Mais que faire, sinon ? Sans compter qu'il y avait probablement d'autres Hungerford, également avec des ponts, dans différentes régions d'Angleterre. Enfin, aujourd'hui, eh oui, aujourd'hui même, il en aurait le cœur net.

La soirée était froide et venteuse, avec de brusques averses de crachin. Sir Stafford Nye remonta le col de son imperméable et continua courageusement son chemin. Ce n'était pas la première fois qu'il traversait Hungerford Bridge et il n'avait jamais considéré ce chemin comme une promenade d'agrément. Le fleuve coulait en dessous et, sur le pont, circulaient de nombreuses silhouettes pressées comme la sienne. Emmitouflés dans leur imperméable, chapeau vissé sur le crâne, tous n'avaient qu'une hâte : rentrer chez eux le plus tôt possible, à l'abri du vent et de la pluie. Ce ne serait pas commode, se dit sir Stafford Nye, de reconnaître quelqu'un dans cette foule. 19 h 20... pas le moment idéal pour un rendez-vous quel qu'il soit. Il s'agissait peut-être de Hungerford Bridge dans le Berkshire ? De toute façon, c'était très bizarre.

Il continua d'avancer d'un pas égal, sans rattraper ceux qui le précédaient et en écartant ceux qui venaient en sens inverse. Il allait assez vite, cependant, pour n'être pas rejoint par ceux qui se trouvaient derrière lui, mais qui auraient pu le faire pour peu qu'ils en aient eu envie. « C'est une plaisanterie, peut-être », se disait Stafford Nye. Pas de la veine des siennes, évidemment, mais peut-être y avait-il des gens pour trouver ça drôle...

Et pourtant, non, ce n'était pas non plus son genre d'humour à elle. Des silhouettes pressées le croisèrent de nouveau, le poussant de côté. Une femme en imperméable arriva, marchant lourdement. Elle le heurta, glissa et tomba à genoux. Il l'aida à se relever :

— Pas trop de mal ?

— Non, merci à vous.

Elle repartit aussi vite qu'elle était arrivée pour se fondre à nouveau dans la foule. Mais tandis qu'il la soutenait pour la remettre sur ses pieds, elle lui avait glissé dans la main un petit objet plat en lui refermant les doigts dessus. Stafford Nye ne pouvait pas la rattraper. Elle n'avait d'ailleurs manifestement pas envie de l'être. Il poursuivit donc son chemin et arriva ainsi au bout du pont, côté Surrey.

Quelques instants plus tard, il entra dans un bar, s'assit et commanda un café. Il regarda alors ce qu'il tenait dans la main. C'était une très fine pochette de plastique. Laquelle renfermait une enveloppe blanche des plus ordinaires, qu'il ouvrit également.

Ce qu'il trouva à l'intérieur porta son étonnement à son comble. C'était un billet.

Un billet d'entrée pour le concert du lendemain soir, au Festival Hall.

5

UN *LEITMOTIV*

Sir Stafford Nye se cala dans son fauteuil et prêta l'oreille au martèlement insistant des Nibelungen par quoi commençait le concert. Bien qu'amateur de Wagner et du *Ring* en particulier, il ne plaçait pas *Siegfried* au rang de ses opéras préférés. L'*Or du Rhin* et le *Crépuscule des dieux* étaient ses favoris. Au lieu de l'emplir d'une mélodieuse satisfaction, la musique du jeune Siegfried écoutant le chant des oiseaux avait toujours eu le don de l'irriter. Peut-être parce qu'il avait assisté, à Munich et il y avait de cela fort longtemps, à une représentation où le ténor, certes superlatif, était hélas ! affligé de rondeurs tout aussi superlatives, et qu'il n'était alors pas assez mûr pour dissocier la musique du spectacle d'un jeune Siegfried effectivement jeune. Voir un ténor éléphantesque se rouler par terre dans des accès d'infantilisme suraigu l'avait horrifié. Il n'était pas non plus particulièrement amateur de murmures de forêts ou d'oiseaux. Non, qu'on lui donne plutôt les filles du Rhin, même si à Munich, à la même époque, les filles du Rhin avaient pesé leur poids de graisse tout autant que de décibels. Mais c'était moins grave. Emporté par le flot mélodique de l'eau et le joyeux chant des naïades, il n'avait jamais laissé l'élément visuel lui gâcher son plaisir auditif.

De temps à autre, il regardait négligemment autour de lui. La salle était comble, comme d'habitude. L'entracte arriva. Sir Stafford se leva et jeta un coup d'œil alentour. Seul le siège à côté du sien était resté vide. Quelqu'un devait venir et n'était pas venu. À moins qu'on n'ait refusé l'entrée à un retardataire, ce qui se pratiquait encore quand il s'agissait de la musique de Wagner.

Il sortit, marcha un peu, but une tasse de café, fuma une cigarette et, à la sonnerie, regagna sa place. Cette fois, le siège voisin était occupé. L'exaltation préalablement ressentie s'en vint le submerger de nouveau et il alla s'asseoir. Oui, il s'agissait bien de la femme de la salle de transit de Francfort. Elle ne le regardait pas. Elle regardait droit devant elle. De profil, ses traits étaient aussi purs et précis que dans son souvenir. Elle tourna légèrement la tête, posa les yeux sur lui sans le moindre signe de reconnaissance. Une absence de reconnaissance si marquée qu'elle tenait lieu d'avertissement : rien ne devait trahir cette rencontre. Du moins, pour l'instant. Les lumières commencèrent à baisser. La femme se tourna vers lui :

— Excusez-moi, pourrais-je jeter un coup d'œil à votre programme ? J'ai perdu le mien...

— Bien sûr, dit-il en le lui tendant.

Elle l'ouvrit et l'étudia. Les lumières baissèrent encore. La seconde partie du concert commença avec l'ouverture de *Lohengrin*. Après quoi elle lui rendit son programme, prononçant quelques mots :

— Merci beaucoup. C'était très aimable de votre part.

Alors que s'entendaient les murmures de la forêt, il consulta le programme qu'elle lui avait rendu et remarqua qu'une annotation au crayon y avait été portée, au bas d'une page. Il n'essaya pas de la déchiffrer, la lumière aurait d'ailleurs été insuffisante. Il le referma et le garda à la main. Il était absolument certain de n'y avoir rien écrit lui-même. Pas dans le sien. Mais elle devait en avoir un tout prêt, plié dans son sac à main, sur lequel elle avait déjà tracé un message à son intention. Quoi qu'il en soit, il sentait encore autour de lui une atmosphère de secret, de danger. Ce rendez-vous sur Hungerford Bridge, cette enveloppe contenant un billet qu'on lui avait fourrée dans la main, et maintenant cette femme silencieuse assise à côté de lui... Il lui jeta le coup d'œil rapide et négligent qu'un étranger pose sur son voisin. Elle était mollement appuyée à son dossier. Sur le col montant de sa robe de crêpe noir, elle portait un tour de cou ancien en or. La coupe très courte de ses cheveux noirs épousait la forme de son crâne. Elle ne le regardait pas, ne lui retourna pas son regard. Quelqu'un, dans la salle du Festival Hall, les observait-il, elle ou lui ? se demanda-t-il. Cherchant à voir s'ils se parlaient ? Probablement, ou en tout cas c'était une possibilité. Elle avait répondu à son appel dans le journal. C'était déjà ça. Sa curiosité n'était pas satisfaite, mais du moins savait-il maintenant que Daphné Theodofanous – alias Mary Ann – était à Londres. Il pouvait espérer désormais en apprendre davantage sur ce qui se tramait. Mais c'était à elle d'établir le plan de campagne. À elle de prendre la direction des opérations. Comme il lui avait obéi à l'aéroport, il devait lui obéir maintenant et – force lui était de le reconnaître – la vie lui était brusquement devenue beaucoup plus intéressante. Cela valait cent fois mieux que les assommants congrès de la vie politique. Est-ce qu'une voiture avait réellement tenté de le renverser l'autre soir ? Il le pensait. Et par deux fois, même. Mais les gens conduisaient de nos jours avec tant d'imprudence qu'on pouvait facilement voir de la malignité là où il n'y avait que maladresse. Il plia son programme sans plus le regarder. La musique prit fin. Sa voisine prononça un lambeau de phrase. Sans tourner la tête, sans avoir l'air de lui parler, elle déclara tout haut, avec un petit soupir entre les mots, comme si elle s'adressait à elle-même ou à son autre voisin :

— Le jeune Siegfried...

Après quoi elle soupira de nouveau. Le programme s'était achevé avec la marche des *Maîtres chanteurs*. Après des applaudissements frénétiques, le public commença à évacuer la salle. Il attendit de voir si elle allait lui donner une indication quelconque, mais elle n'en fit rien. Elle remit son manteau, sortit de sa travée de fauteuils et, d'un pas légèrement plus pressé, se fondit dans la foule.

Stafford Nye regagna sa voiture et rentra chez lui. Arrivé là, il posa le programme sur son bureau et, après avoir mis sa cafetière électrique en marche, l'examina attentivement.

Il fut pour le moins déçu. Il ne contenait apparemment aucun message. Seuls s'y trouvaient, après la liste des morceaux, les quelques traits de crayon qu'il avait déjà remarqués. Mais il ne s'agissait ni de mots, ni de lettres, ni même de chiffres. C'était une simple notation musicale. Comme si quelqu'un avait gribouillé une phrase musicale avec un crayon mal adapté. Stafford Nye se demanda s'il n'y avait pas là un message secret que la chaleur ferait apparaître. Avec précaution, tout en ayant un peu honte de son imagination mélodramatique, il le tint près du radiateur électrique, mais sans résultat. Sa déception était justifiée. Toutes ces complications ! Ce rendez-vous sur un pont venteux ! Ce concert, assis à côté d'une femme à laquelle il aurait voulu poser une douzaine de questions... Et pour quel résultat ? Pour rien ! Cela s'arrêtait là. Et pourtant, elle lui avait donné rendez-vous. Mais pourquoi ? Si elle ne voulait ni lui parler ni convenir avec lui d'un autre rendez-vous, pourquoi diable était-elle venue ?

Son regard se posa machinalement sur le coin de sa bibliothèque réservé aux romans policiers et de science-fiction. Il secoua la tête. Décidément, la fiction était infiniment supérieure à la réalité. On y trouvait au moins des cadavres, on y recevait de mystérieux coups de téléphone, on y croisait de splendides espionnes étrangères. Quoi qu'il en soit, cette créature insaisissable n'en avait peut-être pas fini avec lui. La prochaine fois, se promit-il, ce serait lui qui mènerait la partie à sa façon. À ce petit jeu-là, ils pouvaient fort bien être deux à jouer.

Il but une tasse de café et alla à la fenêtre, son programme toujours à la main. Comme il baissait les yeux pour regarder dans la rue, il tomba de nouveau sur la phrase musicale qu'il se mit inconsciemment à déchiffrer. Il avait une bonne oreille et la chantonna sans difficulté. L'air lui parut vaguement familier. Il haussa un peu la voix. Qu'est-ce que cela donnait ? Tam, tam, tam tam, ti-tam. Tam. Tam. Oui, un air connu.

Il entreprit d'ouvrir son courrier. Il n'y avait rien d'intéressant. Deux invitations, l'une de l'ambassade américaine, l'autre de lady Athelhampton qui donnait chez elle un spectacle de variétés auquel devait assister la famille royale et qui laissait entendre que cinq guinées n'étaient vraiment pas une somme exorbitante pour avoir droit à une place. Il les mit de côté. Il n'avait envie de les accepter ni l'une ni l'autre. Plutôt que de rester à Londres, il décida, sans autre forme de procès, d'aller rendre visite comme il l'avait promis, à la tante Matilda. Même s'il n'allait pas très souvent la voir, il l'aimait beaucoup. Elle habitait, à la campagne, un appartement rénové dans une aile du grand manoir qu'elle avait hérité de son grand-père. Elle y disposait d'un salon de belles proportions, d'une petite salle à manger ovale, d'une cuisine moderne installée dans ce qui avait été la chambre de l'intendante, de deux chambres d'amis, d'une confortable chambre à coucher pour elle-même avec salle de bains attenante, et d'un lieu réservé au patient compagnon qui partageait sa vie de tous les jours. Ce qui restait d'un personnel fidèle était pourvu et bien logé. Le reste de la bâtisse dormait sous des housses. Stafford Nye adorait cet endroit où il avait passé des vacances étant enfant. La maison était alors très gaie. L'aîné de ses oncles y habitait avec sa femme et ses deux enfants. Oui, c'était un endroit bien plaisant. Les fonds ne manquaient pas, ni le personnel pour veiller à tout. À l'époque, il n'avait pas prêté particulièrement attention aux portraits et aux tableaux qui couvraient les murs. Il y avait une quantité de gigantesques représentations de l'art victorien, mais aussi des maîtres plus anciens : un Raeburn, deux Lawrence, un Gainsborough, un Lely, deux Van Dyck plutôt douteux. Deux Turner également. Il avait malheureusement fallu en vendre quelques-uns pour se procurer un peu de numéraire. Quand il était en visite là-bas, sir Stafford aimait à se promener parmi eux et à examiner les portraits de famille.

Sa tante Matilda était toujours heureuse de le voir. C'était un vrai moulin à paroles, mais il avait infiniment d'affection pour elle. Cependant, il n'était pas très sûr de la raison de cette soudaine envie de lui rendre visite. Pourquoi diable ces portraits de famille lui étaient-ils brusquement revenus à l'esprit ? Serait-ce à cause du portrait de sa sœur Pamela, œuvre d'un des artistes les plus en vogue des années vingt ? Il avait envie de revoir ce portrait, de le regarder de plus près. De vérifier la ressemblance qui existait entre elle et l'étrangère qui avait fait irruption dans sa vie de si désinvolte façon.

Avec un certain agacement, il ramassa de nouveau le programme du Festival Hall et se remit à fredonner l'air qui y était crayonné. Tam, tam, ti-tam... Soudain, il le reconnut. C'était un motif de *Siegfried*. Celui du cor. L'air du « jeune Siegfried », avait dit la jeune femme, hier soir. Pas directement à lui, apparemment à personne en particulier. Mais c'était un message, un message qui ne devait avoir aucune signification pour les gens qui l'entouraient puisqu'il paraissait faire allusion à ce qu'ils venaient d'entendre. Et cet air avait été également transcrit en signes musicaux sur son programme. Le jeune Siegfried. Cela devait bien avoir une signification. Bah ! des éclaircissements complémentaires viendraient peut-être plus tard. Le jeune Siegfried ? Que diable cela pouvait-il vouloir dire ? Pourquoi ? Comment ? Quand ? Quoi ? Absurde ! Absurdes, toutes ces questions !

Il appela tante Matilda au téléphone.

— Mais bien sûr, Staffy, mon petit, je m'en réjouis à l'avance. Prends le train de 16 h 30. Il existe toujours, mais il arrive ici une heure et demie plus tard. Et il quitte Paddington plus tard aussi, à 17 h 15. C'est leur façon d'améliorer les chemins de fer, je suppose. Il s'arrête en route dans tout un tas de gares improbables. Bon. Horace ira te chercher à King's Marston.

— Il est toujours là, alors ?

— Évidemment !

— Oui, bien sûr.

Autrefois garçon d'écurie, puis cocher, Horace avait survécu en tant que chauffeur et, apparemment, survivait toujours. « Il doit avoir au moins quatre-vingts ans », se dit sir Stafford en souriant.

6

PORTRAIT D'UNE DOUAIRIÈRE

— Tu es tout beau et tout bronzé, mon petit, remarqua tante Matilda en l'examinant avec satisfaction. C'est la Malaisie, je suppose. C'est bien en Malaisie que tu étais ? Ou était-ce au Siam ? Ou en Thaïlande ? Avec cette manie qu'ils ont de changer les noms de ces endroits, on ne s'y reconnaît plus. En tout cas, ce n'était pas le Vietnam, n'est-ce pas ? Tu sais, je n'aime pas du tout le Vietnam. C'est trop compliqué, Nord-Vietnam et Sud-Vietnam, Viêt-công et Viêt... quel que soit l'autre, qui veulent tous se battre et personne ne veut arrêter. Ils refusent de se rendre à Paris ou je ne sais où pour s'asseoir autour d'une table et parler raisonnablement. Est-ce que tu n'es pas d'avis, mon petit – j'y ai beaucoup songé et il me semble que ce serait une excellente solution –, que vous devriez aménager un certain nombre de terrains de football où ils pourraient aller se battre les uns contre les autres, mais avec moins de moyens d'extermination ? Sans cet horrible napalm. Tu vois ? Juste en se donnant des coups de pied et des coups de poing ? Ils seraient fous de joie, tout le monde serait content, et on pourrait faire payer l'entrée pour aller les voir. Je crois vraiment que nous ne comprenons pas ce que le peuple réclame.

— C'est une très bonne idée que vous avez là, tante Matilda, sourit sir Stafford Nye en embrassant sa joue rose pâle, ridée et plaisamment parfumée. Comment allez-vous, ma très chère ?

— Eh bien, je suis vieille, répondit lady Matilda Cleckheaton. Oui, je suis vieille. Évidemment, tu ne sais pas ce que c'est que d'être vieux. Si tu n'as pas mal quelque part, c'est que tu as mal ailleurs. Ce sont ou des rhumatismes, ou de l'arthrite, ou un asthme affreux, ou la gorge enflammée, ou une cheville foulée. Toujours quelque chose. Rien de bien méchant, mais quand même. Pourquoi es-tu venu me voir, mon petit ?

Sir Stafford fut un peu déconcerté par cette question directe.

— Mais je viens en général vous rendre visite chaque fois que je rentre de l'étranger, répondit-il.

— Il faut que tu rapproches ton fauteuil. Je suis encore un peu plus sourde que la dernière fois. Tu as changé... Pourquoi as-tu changé ?

— Parce que j'ai bruni. Vous l'avez dit vous-même.

— Ridicule, je ne pensais pas à ça. Ne me dis pas qu'il y a enfin une fille ?

— Une fille ?

— Ma foi, j'ai toujours été convaincue qu'il en surviendrait une un jour. L'ennui, c'est que tu as le sens de l'humour trop développé.

— Qu'est-ce qui vous fait croire ça ?

— Eh bien, c'est ce que les gens pensent de toi. Oh ! mais si, ils en sont convaincus. Ton sens de l'humour entrave ta carrière. Tu es embringué avec tous ces requins de la diplomatie et de la politique.

Hauts fonctionnaires en herbe, hauts fonctionnaires sur le retour, hauts fonctionnaires en fonction sinon en état de fonctionner. Et cette ribambelle de partis. En premier lieu, cet horrible, cet abominable Parti travailliste, fulmina-t-elle en relevant son nez conservateur. Ma foi, quand j'étais jeune fille, le Parti travailliste n'existait pas. Personne n'aurait compris de quoi on voulait parler. « Invraisemblable ! » aurait-on tranché. Dommage que cet invraisemblable soit devenu triste réalité. Et puis il y a les libéraux, bien sûr, mais ils sont d'une mollesse... Et puis, Dieu merci, il y a enfin nos tories, ou nos conservateurs comme ils s'appellent de nouveau. Encore que...

— Qu'est-ce qui ne va pas non plus chez eux ? demanda sir Stafford Nye avec un petit sourire.

— Trop de femelles bas-bleu dans leurs rangs. Ça leur ôte toute joie de vivre, tu comprends.

— Ah ! c'est sûr que les partis politiques ne sont pas particulièrement folichons de nos jours.

— Très juste, approuva tante Matilda. Seulement, c'est là que tu fais fausse route. Tu cherches à y mettre un peu de gaieté, alors tu te paies la figure des gens et, comme de bien entendu, ils n'aiment pas ça du tout. Et ils disent : *Ce n'est pas un garçon sérieux*, comme dans cette histoire de pêcheur à la ligne.

Sir Stafford Nye éclata de rire. Il regardait tout autour de lui.

— Qu'est-ce que tu regardes ?

— Vos tableaux.

— Tu ne veux pas me les faire vendre, non ? On dirait que tout le monde se débarrasse de ses tableaux, aujourd'hui. Le vieux lord Grampion, tu le connais. Eh bien, il a vendu ses Turner et quelques-uns de ses ancêtres par-dessus le marché. Et Geoffrey Gouldman, tous ses merveilleux chevaux. De Stubbs, non ? Quelqu'un comme ça. Les prix qu'ils en tirent ! Mais je ne veux pas vendre les miens. Je les aime. La plupart de ceux qui sont dans cette pièce ont un réel intérêt parce qu'ils représentent des ancêtres. Je sais, personne ne veut plus d'ancêtres aujourd'hui, mais je suis démodée. J'aime les ancêtres. Mes propres ancêtres, j'entends. Qu'est-ce que tu examines ? Pamela ?

— Oui. Je pensais justement à elle l'autre jour.

— C'est incroyable ce que vous pouvez vous ressembler, tous les deux. Pas comme si vous étiez jumeaux, bien sûr. Encore qu'il paraît que les jumeaux de sexes différents ont beau être jumeaux, ils ne peuvent pas être identiques, si tu vois ce que je veux dire.

— Alors, dans *La Nuit des rois*, Shakespeare a fait une erreur à propos de Viola et de Sebastian ?

— Eh bien, de simples frère et sœur peuvent quand même se ressembler, non ? Comme Pamela et toi, par exemple ; physiquement, s'entend.

— Et pas autrement ? Vous ne pensez pas que nous avions aussi le même caractère ?

— Alors là, absolument pas. C'est ce qu'il y a de drôle, justement. Pamela et toi aviez ce qu'on appelle un air de famille. Pas l'air Nye. L'air Baldwen-White. J'ai toujours pensé que vous ressembliez à Alexa, Pamela et toi.

Sir Stafford Nye n'avait jamais été à la hauteur, pour ce qui était des questions de généalogie.

— Qui était Alexa ?

— Votre arrière-arrière... encore une fois arrière je crois... grand-mère. Une Hongroise. Comtesse ou baronne hongroise de je ne sais quoi. Votre arrière-arrière-arrière-grand-père est tombé amoureux d'elle quand il était à l'ambassade de Vienne. Oui, hongroise. C'est ce qu'elle était. Très sportive, aussi. Ils sont sportifs, tu sais, les Hongrois. Elle chassait à courre. Magnifiquement.

— Elle figure dans la galerie de portraits ?

— Sur le premier palier. Juste en haut de l'escalier, un peu à droite.

— J'y jetterai un coup d'œil en montant me coucher.

— Vas-y tout de suite, comme ça tu pourras revenir me parler d'elle.

— Si vous voulez.

Il lui fit un sourire et prit l'escalier en courant. Oui, elle avait l'œil, la vieille Matilda. C'était bien ce visage. Le visage qu'il avait vu et qu'il se rappelait. Qu'il ne se rappelait pas pour sa ressemblance avec lui-même, ni pour sa ressemblance avec Pamela, mais pour sa ressemblance encore plus grande avec ce tableau. Une belle jeune fille ramenée par son ambassadeur d'arrière-arrière-arrière-grand-père, ce qui n'était déjà pas mal. Mais pour la tante Matilda, il en fallait plus. D'après elle, elle avait environ vingt ans quand elle était arrivée là, intelligente, montant magnifiquement, dansant divinement. Tous les hommes tombaient amoureux d'elle, mais l'histoire voulait qu'elle soit restée fidèle à son arrière-arrière-arrière-grand-père, membre sérieux et plein de bon sens des services diplomatiques. Elle l'avait suivi à l'étranger, dans diverses ambassades, était revenue ici, avait eu des enfants

– trois ou quatre lui semblait-il. Par l'entremise d'un de ses enfants, sa sœur et lui avaient hérité ses traits, son nez, la forme de son cou. Se pouvait-il que la jeune femme qui avait drogué sa bière, qui l'avait obligé à lui prêter son manteau et qui avait prétendu être en danger de mort soit apparentée, au cinquième ou sixième degré, à la femme qu'il contemplait là, sur le mur ? Ma foi, pourquoi pas ? Elles étaient peut-être compatriotes. Quoi qu'il en soit, elles avaient de nombreux traits communs. La façon dont elle était assise au concert, son profil bien dessiné, son nez fin et droit. Et l'atmosphère qui l'entourait...

— Tu l'as trouvée ? lui demanda lady Matilda quand il fut de retour dans le salon blanc, comme on l'appelait. Elle a un visage intéressant, n'est-ce pas ?

— Oui, et très joli aussi.

— Il vaut beaucoup mieux avoir l'air intéressant que joli. Mais tu n'es jamais allé en Hongrie ni en Autriche, n'est-ce pas ? Tu ne pourrais pas rencontrer quelqu'un comme elle en Malaisie... Ce n'était pas le genre à siéger autour d'une table, à prendre des notes ou à corriger des discours. C'était une créature sauvage, d'après ce qu'on dit. Avec de bonnes manières et tout ce qu'il faut, cela va sans dire. Mais sauvage. Sauvage comme un oiseau sauvage. Le danger ne lui faisait pas peur.

— Par quel miracle en savez-vous autant sur elle ?

— Oh ! je ne l'ai évidemment pas connue. Quand je suis née, elle était déjà morte depuis plusieurs années. N'empêche. Elle m'a toujours intéressée. Elle était audacieuse. D'une audace folle. On raconte sur elle des histoires très étranges, à propos d'événements auxquels elle aurait participé.

— Et comment mon arrière-arrière-arrière-grand-père réagissait-il à tout ça ?

— Je pense qu'il était mort d'inquiétude, répondit lady Matilda. On dit d'ailleurs qu'il était fou d'elle. À propos, Staffy, est-ce que tu as lu *Le Prisonnier de Zenda* ?

— *Le Prisonnier de Zenda* ? Ça me dit quelque chose.

— Évidemment, cela te dit quelque chose. C'est un roman.

— Oui, oui, j'avais compris que c'en était un.

— Tu ne le connais pas, j'imagine. C'était d'avant ton temps. Mais quand j'étais jeune fille, c'était le premier frisson auquel nous pouvions goûter en cachette. Pas de Beatles ni de chanteurs pop, en ces périodes reculées. Rien que des romans particulièrement échevelés. Encore que nous n'avions pas le droit d'en lire. En tout cas pas le matin. À l'extrême rigueur l'après-midi.

— Quelles règles extraordinaires ! Pourquoi était-ce mal de lire des romans le matin et pas l'après-midi ?

— Eh bien, vois-tu, les jeunes filles étaient censées faire œuvre utile, le matin. Soigner les fleurs ou nettoyer les cadres en argent, tout ce qui faisait partie de nos occupations à nous, les filles. Étudier un peu avec notre gouvernante, tu vois le genre. L'après-midi, nous avions le droit de nous asseoir et de lire une histoire, et *Le Prisonnier de Zenda* était en général la première qui nous tombait sous la main.

— Une intrigue gentillette et bien convenable, non ? Il me semble me rappeler vaguement ce bouquin. J'ai dû l'avoir en main. La décence même, j'imagine. Pas trop sexy ?

— Certainement pas. Nous n'avions pas de livres sexy. Nous avions des histoires romanesques. *Le Prisonnier de Zenda* était follement romanesque et nous tombions généralement amoureuses du héros, Rudolf Rassendyll.

— Oui, ce nom me dit quelque chose. Un peu romantique, non ?

— Ma foi, je le trouve encore la séduction même. Je devais avoir 12 ans. C'est toi qui m'y as fait penser, en grimpant là-haut pour contempler ce portrait. La princesse Flavia, ajouta-t-elle.

Stafford Nye remarqua :

— Vous êtes jeune, fraîche et sentimentale.

— C'est exactement comme ça que je me sens. Les filles n'éprouvent plus cela, aujourd'hui. Elles frôlent l'orgasme ou tombent dans les pommes dès que quelqu'un joue de la guitare ou donne de la voix, mais elles ne sont pas sentimentales. Moi, ce n'était pas de Rudolf Rassendyll que j'étais amoureuse. C'était de l'autre... son sosie.

— Parce qu'il avait un sosie ?

— Oh ! oui. Un roi. Le roi de Ruritania.

— Ah ! mais bien sûr. Ça me revient, maintenant. De là le mot Ruritania qu'on lance à tout propos. Oui, je l'ai lu. Rudolf Rassendyll, qui remplissait les fonctions de sosie du roi, tombe amoureux de la princesse Flavia, laquelle est officiellement fiancée au monarque.

Lady Matilda poussa un gémissement étouffé :

— Oui. Rudolf Rassendyll avait hérité ses cheveux roux d'une lointaine ancêtre et, à un moment donné, dans le roman, il s'incline devant son portrait et dit je ne sais trop quoi à propos de... je ne me rappelle plus le nom... la comtesse Amelia ou quelque chose comme ça, dont il a hérité les traits et le reste. Et comme je te regardais en te comparant à Rudolf Rassendyll, tu es monté voir le portrait d'une de tes ancêtres pour vérifier si elle te rappelait quelqu'un. C'est donc que tu es mêlé à une histoire romanesque quelconque, n'est-ce pas ?

— Qu'est-ce qui, diable, peut vous faire dire ça ?

— Ma foi, la vie n'offre pas tellement de modèles. On les catalogue facilement. C'est comme un manuel de tricot. Il n'y a pas plus de soixante-cinq points différents et, quand on en voit un, on le reconnaît tout de suite. Pour l'instant, ton point à toi, c'est l'aventure romanesque. Mais je suppose que tu ne me raconteras rien, ajouta-t-elle avec regret.

— Parce qu'il n'y a rien à raconter, assura sir Stafford.

— Tu as toujours su mentir. Bon, n'en parlons plus. Tu me l'amèneras un jour. C'est mon plus cher désir, avant que les médecins ne réussissent à me tuer avec un de leurs nouveaux antibiotiques. Si tu savais combien de comprimés de couleurs différentes je prends en ce moment !

— Je ne comprends pas de qui vous voulez parler.

— Vraiment ? Crois-moi, je n'ai aucune peine à reconnaître une personne de sexe féminin quand j'en subodore une. Et il y en a une, embusquée quelque part dans ta vie. Mais où as-tu bien pu la dénicher, voilà ce qui m'intrigue. En Malaisie, à une table de conférences ? C'est une fille d'ambassadeur, ou une fille de ministre ? Une jolie secrétaire qui fait partie du personnel de l'ambassade ? Non, rien de tout ça ne colle. Sur le bateau, au retour ? Non, personne ne prend plus le bateau de nos jours. Dans l'avion, alors ?

— Vous brûlez, ne put s'empêcher de dire sir Stafford.

— Ah ! Une hôtesse de l'air ? (Il secoua la tête.) C'est bon, garde ton secret. Mais sois tranquille, je finirai par le découvrir. J'ai toujours eu du nez pour ce qui te concerne. Et pour le reste aussi. Évidemment, je ne suis désormais plus dans le circuit, mais je vois encore de temps à autre mes vieux amis et il m'est ainsi donné d'avoir vent de ce qui se passe. Les gens sont inquiets. Tous, partout.

— Vous voulez dire que les gens sont globalement mécontents, angoissés ?

— Non, je ne veux pas dire ça du tout. Je parle des gens haut placés. Ils sont inquiets. Notre abominable gouvernement est inquiet. Ce cher vieil endormi de ministère des Affaires étrangères est inquiet. Il se passe des choses, des choses qui ne devraient pas être. Ça bouge.

— Des mouvements d'étudiants ?

— Bof ! Les mouvements étudiants, c'est juste la petite fleur à l'extrême bout du rameau. Elle fleurit partout et dans tous les pays, on dirait. Il y a une gentille fille qui vient me lire les journaux le matin. Je ne peux plus le faire moi-même. Elle a une jolie voix. Elle va poster mes lettres et me lit quelques articles. C'est une brave petite. Elle me lit ce que je veux savoir et ce qu'elle estime que je dois savoir.

91

Oui, tout le monde est inquiet et, crois-moi, je le tiens par surcroît d'un très vieil ami à moi.

— Un de vos vieux flirts, galonnés à la retraite ?

— Il est général de division, et effectivement à la retraite depuis de nombreuses années, mais encore au courant de tout. La jeunesse est, si l'on peut dire, l'avant-garde de tout ça. Mais ce n'est pas le plus inquiétant. Ils – quels qu'ils soient – se servent de la jeunesse. De la jeunesse de tous les pays. On l'excite. On lui fait entonner des slogans, des slogans qui lui paraissent enthousiasmants bien qu'elle n'en comprenne pas toujours le sens. C'est si facile de fomenter une révolution ! C'est un penchant naturel, chez les jeunes. Les jeunes entrent toujours en rébellion. Ils se révoltent, ils cassent tout, ils veulent changer le monde. Mais ils sont également aveugles. La jeunesse a les yeux bandés. Ils ne voient pas où tout cela les mène. Que va-t-il en résulter ? Qu'est-ce qui les attend ? Et qui les pousse par-derrière ? C'est cela qui est effrayant. Quelqu'un tient la carotte, tu vois, pour faire avancer l'âne, mais en même temps il y a quelqu'un derrière l'âne qui excite celui-ci avec un bâton.

— Vous avez une imagination extraordinaire !

— Ce n'est pas de l'imagination, mon cher enfant. C'est aussi ce qu'on disait à propos de Hitler. De Hitler et des Jeunesses hitlériennes. Mais cette guerre avait été minutieusement préparée. Une cinquième colonne avait été implantée dans tous les pays pour accueillir les surhommes. Les surhommes qui devaient être la fleur de la nation germanique. C'était leur credo et ils y adhéraient passionnément. Or, quelqu'un d'autre croit peut-être quelque chose d'équivalent en ce moment. Un credo qu'ils seront disposés à adopter si on leur offre avec suffisamment d'habileté.

— Mais à qui faites-vous allusion ? Aux Chinois, aux Russes ? À qui pensez-vous ?

— Je ne sais pas. Je n'en ai pas la moindre idée. Mais il se passe quelque chose quelque part, et de la même façon. Sur le même modèle, vois-tu. Toujours le modèle ! Les Russes ? Embourbés dans leur communisme, ils me semblent démodés. Les Chinois ? Je pense qu'ils ont perdu le nord. Trop de président Mao, peut-être. Je ne sais pas qui sont les gens qui ourdissent ces plans. Comme je l'ai déjà dit, l'actuelle grande question, c'est de savoir pourquoi, où, quand et *qui*.

— Très intéressant.

— C'est effrayant de voir que la même idée revient toujours. Que l'Histoire se répète. Le jeune héros, le surhomme... toujours la même antienne, comprends-tu. Le jeune Siegfried..., ajouta-t-elle après un instant.

7

LE CONSEIL DE TANTE MATILDA

La tante Matilda avait l'œil vif et perçant, Stafford Nye avait déjà eu l'occasion de le remarquer. Il s'en rendit de nouveau compte en cet instant.

— Alors, ce n'est pas la première fois que tu entends ça, à ce que je vois.

— Qu'est-ce que cela signifie ?

— Tu ne le sais pas ? demanda-t-elle en haussant les sourcils.

— Croix de bois, croix de fer, si je mens je vais en enfer !

— Tu es vraiment sérieux ?

— Je vous assure que je n'en sais rien du tout.

— Mais tu as déjà entendu ce nom ?

— Oui, quelqu'un l'a prononcé devant moi.

— Quelqu'un d'important ?

— Peut-être. C'est possible. Qu'entendez-vous par « quelqu'un d'important » ?

— Eh bien, tu as participé à diverses missions gouvernementales ces derniers temps, non ? Assis à bavasser autour d'une table, tu as représenté de ton mieux ce pauvre et misérable pays – et sans doute plutôt mieux que bien d'autres. Je me demande d'ailleurs s'il sort jamais quoi que ce soit de ces parlotes.

— Probablement pas, répondit Stafford Nye. Après tout, il n'y a pas lieu d'être optimiste, si on y réfléchit.

— Mais on fait de son mieux, rectifia lady Matilda.

— Principe très chrétien. Cependant, de nos jours, on dirait que c'est en faisant le pire qu'on réussit le meilleur. Mais où voulez-vous en venir, tante Matilda ?

— Je n'en sais rien moi-même, répondit-elle.

— Vous en savez pourtant long.

— Pas vraiment. Je butine de-ci de-là des bribes de vérité.

— Et... ?

— Il me reste quelques vieux amis, comprends-tu. Des amis encore dans la course. Bien sûr, ils sont pour la plupart sourds comme des pots, à moitié aveugles, un tantinet gâteux ou ne tiennent plus debout. Mais il y a encore quelques cellules qui fonctionnent chez eux. Disons là-haut, expliqua-t-elle en se tapotant le crâne. Eh bien, l'ambiance est à l'inquiétude et au découragement. Plus que d'habitude. C'est une des vérités que j'ai saisies.

— Est-ce que cela n'a pas toujours été le cas ?

— Oui, oui, mais c'est un peu plus que ça. C'est actif au lieu d'être passif, comme tu dirais. Nous avons l'impression depuis longtemps, moi de l'extérieur et toi certainement de l'intérieur, que le chaos règne. Mais maintenant, nous en sommes arrivés au point de penser qu'il faudrait peut-être s'occuper de plus près de ce chaos. Il recèle un danger. Car il se prépare du vilain, il se mijote du vilain. Pas seulement dans un pays. Dans tout un tas de pays. Ils ont leur propre armée, et le drame, c'est qu'elle est constituée de jeunes. Le genre d'individus prêts à aller n'importe où, à faire n'importe quoi et malheureusement à gober n'importe quoi. Tant qu'on leur offrira de démolir, de casser, de mettre des bâtons dans toutes les roues, ils seront convaincus que leur cause est juste et qu'ils vont changer le monde. L'ennui, c'est qu'ils ne créent rien, ils ne font que détruire. Les jeunes créateurs écrivent des essais ou des poèmes, composent de la musique, peignent des tableaux, comme ils l'ont toujours fait. Pour ceux-là, tout va bien... Mais quand on a pris le pli de démolir pour démolir, le chef machiavélique n'est pas loin.

— Quand vous dites « ils » ou « on », à qui pensez-vous ?

— J'aimerais bien le savoir, répondit lady Matilda. Oui, j'aimerais beaucoup le savoir. Vraiment. Si jamais je glane un renseignement précis, je te le communiquerai. Comme ça tu pourras t'atteler à la tâche.

— Moi, je n'ai, hélas ! personne à qui le communiquer à mon tour, je n'ai personne à qui transmettre le relais.

— Oui, d'autant qu'il ne faut surtout pas le transmettre à n'importe qui. On ne peut se fier à personne. Surtout pas à un de ces idiots qui sont au gouvernement, ou liés au gouvernement ou qui espèrent participer au prochain gouvernement, après qu'on se sera débarrassé de l'actuel. Les hommes politiques n'ont pas le temps de s'intéresser au monde dans lequel ils vivent. Ils ne voient que le pays qui est le leur, et qu'ils tiennent pour une vaste plate-forme électorale. Ils estiment avoir suffisamment de pain sur la planche comme ça. Ils croient sincèrement qu'ils vont améliorer la situation et sont très surpris de découvrir qu'ils ont échoué, pour l'excellente raison qu'ils n'ont pas fait ce que les gens attendaient d'eux. Et on ne peut s'empêcher d'en venir à la conclusion que les hommes politiques se sentent investis d'une espèce de droit divin, celui de mentir pour la bonne cause. Il n'y a pas si longtemps que M. Baldwin a fait sa fameuse remarque : « Si j'avais dit la vérité, je n'aurais pas été élu. » Les Premiers ministres pensent encore comme ça. De temps à autre nous avons, Dieu soit loué, un grand homme d'État. Mais c'est rare.

— Et que proposeriez-vous de faire ?

— C'est mon avis que tu demandes ? Le mien ? Tu sais l'âge que j'ai ?

— Vous allez sur vos quatre-vingt-dix ans, hasarda son neveu.

— Quand même pas tant, protesta lady Matilda, légèrement vexée. Est-ce que j'ai vraiment l'air si vieille ?

— Non, ma chère tante. On vous en donnerait soixante-dix, la forme en plus.

— Voilà qui est mieux, répliqua lady Matilda. Faux, mais mieux. J'apprendrai peut-être un détail par un vieil amiral, un vieux général ou même par un maréchal de l'air – des bruits leur parviennent, tu comprends, ils ont encore des camarades ici et là et ils se réunissent également entre eux. Le téléphone arabe a toujours existé et il existe toujours, quel que soit l'âge des interlocuteurs. Le jeune Siegfried. Il faut trouver la clef de cette expression. Je ne sais pas s'il s'agit d'une personne, d'un mot de passe, du nom d'un club, d'un nouveau messie ou d'un chanteur pop. Mais ces trois mots représentent *une réalité*. C'est aussi un motif musical. Seulement mes années wagnériennes sont bien loin, déplora-t-elle en fredonnant d'une voix chevrotante un air en partie reconnaissable. Siegfried sonnant du cor, c'est bien ça ? Tu devrais t'en acheter un, tu sais, je veux dire, pas le disque, mais ce truc que jouent les enfants. Un pipeau, une flûte à bec. On leur apprend ça à l'école. Je suis allée écouter une conférence l'autre jour. C'est notre pasteur qui l'avait organisée. Très intéressante.

Tu sais, racontant toute l'histoire de la flûte, et toutes les sortes de flûtes qui ont existé depuis l'époque élisabéthaine. Des grandes, des petites, dans des tons différents, avec des sons différents. Très intéressant. Intéressant à entendre de deux façons. D'abord les flûtes elles-mêmes. Certaines ont dc très jolies sonorités. Et ensuite, leur histoire... Oui. Bon, qu'est-ce que je disais ?

— Vous me conseilliez, je crois bien, de me procurer une flûte à bec.

— Oui. Achète une flûte et apprends à souffler l'air que Siegfried sonne avec son cor. Tu as toujours été très musicien. Tu dois être capable de ça, j'imagine ?

— Eh bien, ce n'est pas vraiment là un rôle titanesque à jouer dans le sauvetage de l'humanité, mais je crois qu'il est à ma mesure.

— Et tiens-toi prêt. Parce que, comprends-tu, insista-t-elle en tapant sur la table avec son étui à lunettes, tu pourrais en avoir besoin un jour pour impressionner l'adversaire. Cela serait susceptible de t'ouvrir des portes. Ils t'accueilleraient à bras ouverts, et alors tu pourrais en apprendre un peu plus long sur leurs menées.

— Ce ne sont certainement pas les idées qui vous manquent, remarqua sir Stafford avec admiration.

— Qu'est-ce que tu peux avoir d'autre quand tu atteins mon âge ? répliqua sa tante. Tu ne peux pas sortir. Tu ne peux pas fréquenter beaucoup de gens. Tu ne peux plus jardiner. Tout ce que tu es en mesure de faire, c'est rester cloué dans ton fauteuil et brasser des idées. Rappelle-toi ça quand tu auras quarante ans de plus.

— En fait d'idées, vous en avez exprimé une qui m'a beaucoup intéressé.

— Seulement une ? s'inquiéta lady Matilda. C'est peu au regard du délire verbal auquel je me suis livrée... Laquelle ?

— Vous m'avez suggéré d'impressionner l'adversaire avec ma flûte. Vous le pensez vraiment ?

— Ma foi, c'est un moyen comme un autre, non ? Les alliés n'ont pas d'importance. Mais les adversaires... eh bien, il faut en apprendre le maximum sur leur compte. Il faut les infiltrer. Un peu comme les larves de vrillettes, ou d'horloges de la mort, si tu préfères..., remarqua-t-elle, songeuse.

— Ainsi, je devrais provoquer des craquements et émettre des bruits inquiétants dans la nuit ?

— Eh bien oui, ce genre-là. Nous avons eu une invasion d'horloges de la mort, dans l'aile est de la maison. Nous débarrasser de ces bestioles nous a coûté une fortune. Remettre le monde sur pied ne sera pas moins onéreux.

— En fait, ce le sera beaucoup plus, affirma sir Stafford Nye.

— Ce qui est sans importance aucune, fit observer lady Matilda. Les gens ne regardent jamais à la dépense. Au contraire, qu'on jette l'argent par les fenêtres les impressionne. C'est quand vous cherchez à bien faire sans dépenser un sou qu'ils ne sont plus d'accord. Nous sommes toujours les mêmes, tu sais. Dans ce pays, veux-je dire. Nous sommes tels que nous avons toujours été.

— Qu'est-ce que vous entendez par là ?

— Nous sommes capables de grandes choses. Nous avons fort bien su gérer un empire. Et si nous n'avons pas été à même de le garder, c'est, vois-tu, que nous n'avions plus besoin d'un empire. Trop difficile à maintenir à flot. Nous avons eu le bon sens de le reconnaître. C'est Robbie qui m'a fait comprendre ça.

— Robbie ? répéta sir Stafford.

Le nom lui paraissait vaguement familier.

— Robbie Shoreham. Robert Shoreham. Un vieil ami à moi. Paralysé de tout le côté gauche. Mais il peut encore parler et il a un assez bon appareil auditif.

— Ainsi, ce n'est pas seulement le physicien le plus célèbre du monde, c'est encore un de vos vieux soupirants ?

— Je le connais depuis l'enfance, se défendit lady Matilda. Cela t'étonne, j'imagine, que nous puissions être amis, avoir des goûts en commun et plaisir à bavarder ensemble ?

— Ma foi, je n'aurais jamais pensé que...

— Que nous aurions beaucoup de sujets de conversation possibles ? Il est bien vrai que je n'ai jamais eu de penchant pour les mathématiques. Dieu merci, quand j'étais petite, on n'a jamais essayé de m'y intéresser. Chez Robbie, elles sont venues tout naturellement, quand il avait quatre ans, je crois. Il paraît qu'il n'y a rien là d'extraordinaire. Quoi qu'il en soit, il a toujours eu beaucoup à dire. Et tout enfant je lui plaisais déjà parce que j'étais frivole et que je le faisais rire. Et que je savais écouter, aussi. Vraiment, il dit parfois des choses très intéressantes.

— Je veux bien le croire, admit Stafford, ironique.

— Allons, ne prends pas ton air condescendant. Molière a bien épousé sa bonne, non ? Et ça a marché comme sur des roulettes, si c'est toutefois bien de Molière que je veux parler. Un homme au cerveau génial n'a aucune envie de parler à une femme qui aurait un cerveau génial elle aussi. Ce serait épuisant. Il préfère de loin une ravissante idiote qui l'amuse. Je n'étais pas mal, dans ma jeunesse, poursuivit lady Matilda avec satisfaction. Je n'ai pas de diplômes académiques, c'est d'accord. Je n'ai rien d'une intellectuelle. Mais Robert a toujours affirmé que j'étais pleine de bon sens.

— Vous êtes adorable ! Je suis toujours très heureux de vous voir et je me souviendrai de tout ce que vous m'avez dit. Je crois que vous pourriez m'en raconter encore beaucoup, mais vous n'y êtes visiblement pas disposée.

— Pas avant que le moment soit venu, répondit lady Matilda, mais j'ai tes intérêts à cœur. Tiens-moi de temps à autre au courant de tes faits et gestes. Tu dînes à l'ambassade américaine la semaine prochaine, n'est-ce pas ?

— Comment le savez-vous ? En effet, j'y ai été invité.

— Et, si je comprends bien, tu as accepté.

— Cela fait partie de mon travail, repartit-il en la regardant avec curiosité. D'où vient que vous soyez si bien informée ?

— Oh ! c'est Milly qui me l'a confié.

— Milly ?

— Milly Jane Cortman. L'épouse de l'ambassadeur. Une femme très séduisante, tu sais. Petite mais parfaite.

— Ah ! Vous voulez parler de Mildred Cortman ?

— Mildred est son nom de baptême, mais elle préfère Milly Jane. Je l'ai eue au téléphone à propos d'une vente de charité ou de je ne sais quoi. Elle est l'image même de ce qu'on appelait de mon temps une Vénus de poche.

— Une bien jolie expression, remarqua Stafford Nye.

8

UN DÎNER À L'AMBASSADE

Quand Mme Cortman, mains tendues, vint à sa rencontre, Stafford Nye se rappela ce que sa grand-tante lui avait dit à son sujet. Milly Jane Cortman devait avoir entre trente-cinq et quarante ans. Elle avait des traits délicats, de grands yeux gris-bleu, un visage en forme de cœur et des cheveux gris bleuté, d'une nuance qui lui allait particulièrement bien. Sa popularité était exceptionnelle en Angleterre. Grand, lourd et doté d'un certain embonpoint, Sam Cortman était très fier de sa femme. Quant à lui, il s'exprimait lentement et de façon trop appuyée. L'attention de ses interlocuteurs avait tendance à s'égarer quand il s'obstinait à élucider dans ses moindres détails un point qui ne paraissait guère le mériter.

— Vous étiez en Malaisie, n'est-ce pas, sir Stafford ? Ça a dû être très intéressant, encore que ce ne soit guère la saison que j'aurais choisie pour y aller. En tout cas, nous sommes tous enchantés de vous revoir. Voyons... Vous connaissez lady Aldborough et sir John, Herr von Roken, Frau von Roken, M. et Mme Staggenham...

Sir Stafford Nye connaissait plus ou moins tout le monde, mis à part un Hollandais accompagné de sa femme qu'il n'avait encore jamais vu, car il venait à peine d'entrer en fonction. M. Staggenham, lui, était le ministre de la Sécurité sociale. De l'avis de sir Stafford, sa femme et lui formaient un couple particulièrement inintéressant.

— Et la comtesse Renata Zerkowski. Elle pense vous avoir déjà rencontré.

— Il y a un an environ. La dernière fois que je me suis trouvée en Angleterre, confirma la comtesse.

C'était elle de nouveau, la passagère de Francfort. Très maîtresse d'elle-même, très à l'aise, très élégante dans son fourreau bleu-gris bordé de chinchilla. Coiffée en hauteur – une perruque ? – et avec un bijou ancien, une croix en rubis autour du cou.

— Signor Gasparo, le comte Reitner, M. et Mme Arbuthnot...

Environ vingt-six personnes en tout. Au dîner, Stafford Nye se trouva assis entre la lugubre Mme Staggenham et la signora Gasparo. Renata Zerkowski était juste en face de lui.

Un dîner à l'ambassade. Un dîner comme tous ceux auxquels il avait déjà si souvent assisté, avec le même genre d'invités. Divers membres du corps diplomatique, des sous-secrétaires d'État, quelques industriels et une poignée de membres de la haute société qu'on faisait venir parce qu'ils possédaient l'art de la conversation et qu'ils étaient d'un naturel agréable, même si deux ou trois d'entre eux ne correspondaient pas à cette définition. Tandis qu'il s'évertuait à donner la réplique à la signora Gasparo, charmante personne, intarissable et un rien coquette, son esprit vagabondait du côté où vagabondaient également ses yeux, mais de façon à peine perceptible. Personne n'aurait pu deviner les questions qu'il se posait en cet instant. Il avait été invité. Pourquoi ? Sans raison ou pour une raison particulière ? Parce que son nom s'était trouvé automatiquement sur la liste, que les secrétaires établissaient périodiquement, des membres du gouvernement dont le tour était venu ? Ou à titre de bouche-trou ? Il était toujours très demandé quand on avait besoin d'un bouche-trou.

— Oh ! oui, disait l'hôtesse, Stafford Nye fera merveilleusement l'affaire. On le mettra à côté de Mme Untelle, ou de lady Machinchouette.

Il avait peut-être été invité pour cette unique raison. Et pourtant, il en doutait. Par expérience, il comprenait qu'il devait y en avoir d'autres. Et par conséquent son œil, qui paraissait glisser poliment sur tout sans s'attarder sur rien, était en réalité très occupé.

Il y avait peut-être, parmi les invités, quelqu'un d'important à un titre quelconque. Quelqu'un qui n'avait pas été prié comme bouche-trou mais, bien au contraire, quelqu'un en fonction de qui les autres invités avaient été choisis. Quelqu'un qui comptait. Il se demandait... oui, il se demandait qui cela pouvait bien être.

Cortman était dans le secret, bien sûr. Milly Jane peut-être aussi. On ne sait jamais, avec les femmes.

Certaines étaient des diplomates plus avisées que leurs maris. On pouvait tabler sur le charme, l'adaptabilité, le désir de plaire, le manque de curiosité de certaines autres. Mais il y en avait aussi, déplora-t-il intérieurement, qui étaient de véritables catastrophes pour leurs maris. Des femmes qui avaient peut-être apporté, par mariage, prestige et argent à leur époux, mais qui étaient capables à tout instant de dire ou de faire précisément ce qu'il ne fallait pas et de créer des situations désastreuses. Pour s'en préserver, il fallait inviter un, voire deux ou trois de ceux qu'on pourrait appeler des « arrondisseurs d'angles » professionnels.

Ce dîner, ce soir, était-il purement mondain ? Son œil vif et observateur avait noté quelques personnes qu'il n'arrivait pas encore à situer. Un homme d'affaires américain. Pas brillant mais sympathique. Un professeur d'université du Middle West. Un couple dont le mari était allemand et la femme ostensiblement, presque agressivement, américaine. Une très belle femme, d'ailleurs. Avec beaucoup de sex-appeal, se dit sir Stafford. L'un d'entre eux avait-il quelque importance ? Des initiales lui traversèrent l'esprit. FBI, CIA... L'homme d'affaires était peut-être un membre de la CIA venu ici avec un but précis. Cela se passait comme ça de nos jours. Plus comme autrefois. Quelle était la formule, déjà ? Big Brother vous regarde... Oui, eh bien, maintenant, cela avait fait tache d'huile. C'était : le cousin d'outre-Atlantique vous regarde. La haute finance d'Europe centrale vous regarde. Certain diplomate qui posait des problèmes avait été convié ici afin que *vous* l'observiez, *lui*. Oh ! oui. Il y avait beaucoup de paravents et d'écrans de fumée, de nos jours. Mais s'agissait-il tout bonnement d'une nouvelle méthode, d'une nouvelle mode ? Ou bien ces écrans de fumée dissimulaient-ils davantage ? Comment parlait-on des événements d'Europe aujourd'hui ? On parlait du Marché commun. Oui, c'était ce qui convenait, cela concernait le commerce, l'économie et les relations internationales.

Ça, c'était le décor, la mise en scène. Mais que se passait-il derrière la scène ? Dans les coulisses ? Attendant la réplique ? Prêt à la donner si c'était nécessaire ? Que se passait-il chez les grands de ce monde ? Et qui y avait-il derrière les grands de ce monde ? Voilà ce qu'il se demandait.

Il connaissait certaines des réponses à ses questions, il en devinait d'autres, mais il y en avait, se disait-il, dont il ne savait rien et dont on tenait à ce qu'il ne sache rien.

Il posa un instant les yeux sur son vis-à-vis. Elle avait le menton levé, la bouche juste un peu incurvée dans un sourire poli. Leurs regards se rencontrèrent. Le sien ne lui apprit rien, son sourire non plus. Que faisait-elle là ? Elle était dans son élément, elle y était à l'aise, elle appartenait visiblement à ce milieu. Oui, elle était ici chez elle. Il pouvait se renseigner sans difficulté sur sa situation dans le monde diplomatique, mais comprendrait-il mieux pour autant où était réellement sa place ?

La jeune femme en pantalon qui l'avait brusquement abordé à Francfort avait un visage plein d'ardeur et d'intelligence. Représentait-elle la vraie femme, ou la vraie était-elle cette femme du monde conventionnelle ? Jouait-elle un rôle dans un cas ou dans l'autre ? Et si oui, dans lequel ? Et peut-être n'incarnait-elle pas seulement ces deux personnages ? Il voulait trouver la réponse à cette question. Après tout, la rencontrer ici n'était peut-être pas que pure coïncidence...

Milly Jane s'étant levée, les autres dames se levèrent aussi. Et soudain, une clameur inattendue retentit. Une clameur qui venait du dehors. Des cris. Des hurlements. Un bruit de vitre brisée. De nouveau des cris. Une suite de détonations... sans aucun doute des coups de revolver. La signora Gasparo agrippa le bras de Stafford Nye.

— Quoi ! Encore ! s'exclama-t-elle. *Dio* ! Encore ces terribles étudiants. C'est la même chose chez nous. Pourquoi attaquent-ils les ambassades ? Ils se battent, résistent à la police, marchent en criant des idioties, se couchent en travers des rues... *Si, si*. C'est pareil à Rome... à Milan... Ils sont partout en Europe, comme la peste. Pourquoi ne sont-ils jamais contents, ces jeunes gens ? Qu'est-ce qu'ils veulent ?

Stafford Nye buvait son cognac à petits traits tout en écoutant le discours de M. Charles Staggenham, qui pontifiait et prenait tout son temps. L'agitation avait cessé. La police avait sans doute réussi à arrêter les meneurs. C'était l'un de ces incidents qui auraient autrefois paru extraordinaires, voire alarmants, mais qui aujourd'hui n'étonnaient plus personne.

— Une police renforcée, voilà ce qu'il nous faut. Des forces de police accrues. Ces pauvres garçons ne peuvent pas en venir à bout. Il paraît qu'il en va de même partout. Herr Lurwitz m'a confié l'autre jour qu'ils avaient les mêmes ennuis, et les Français aussi. Un peu moins dans les pays scandinaves. Mais qu'est-ce qu'ils veulent tous ? Simplement semer la pagaille ? Si j'étais le gouvernement, croyez-moi, je...

L'esprit maintenant occupé par ailleurs, Stafford Nye n'en continua pas moins à faire semblant d'écouter avec révérence Charles Staggenham expliquer ce que lui aurait fait, et qu'il n'était de toute façon pas bien difficile de deviner.

— Et ces hurlements à propos du Vietnam. Mais qu'est-ce qu'ils savent du Vietnam ? Aucun d'entre eux n'y a jamais mis les pieds, pas vrai ?

— Cela paraît peu probable, reconnut sir Stafford Nye.

— J'ai appris tout à l'heure qu'ils avaient eu pas mal d'ennuis en Californie. Dans les universités. Si nous avions une politique raisonnable...

Les hommes allèrent bientôt rejoindre les dames au salon. Avec cette élégante nonchalance, cet air de se déplacer sans but qui avaient toujours servi ses fins, il alla s'asseoir à côté d'une femme blonde et bavarde qu'il connaissait assez pour garantir qu'on pouvait rarement attendre d'elle une idée ou un trait d'esprit d'un quelconque intérêt, mais qui savait tout sur tout le monde à l'intérieur de son milieu. Finalement, sans lui poser la moindre question directe, et sans lui laisser soupçonner les moyens par lesquels il avait amené ce sujet sur le tapis, Stafford Nye l'écoutait parler maintenant de la comtesse Renata Zerkowski :

— Encore très jolie, n'est-ce pas ? Elle ne vient plus très souvent par ici, ces temps-ci. Elle habite plutôt à New York, vous savez, ou cette île merveilleuse... Vous voyez ce que je veux dire. Non, pas

Minorque. Une autre de la Méditerranée. Sa sœur a fini par épouser le fameux roi du savon. Enfin, je crois que c'est le roi du savon. Non, pas le Grec. Il est suédois, je crois. Il roule sur l'or. Et puis, évidemment, elle passe beaucoup de temps dans une espèce de château des Dolomites... ou près de Munich... Elle a toujours été très musicienne. D'après ce qu'elle a dit, vous vous êtes déjà rencontrés, n'est-ce pas ?

— Oui. Il y a un an ou deux, je crois.

— Ah ! oui, la dernière fois qu'elle s'est trouvée en Angleterre, sans doute. On raconte qu'elle a été mêlée aux événements de Tchécoslovaquie. Ou bien ne serait-ce pas plutôt aux troubles en Pologne ? Oh ! mon Dieu, c'est bien difficile de s'y retrouver, n'est-ce pas ? Je veux dire, tous ces noms. Ils ont tellement de Z et de K... Très bizarres et impossibles à épeler. C'est une intellectuelle, vous savez. Elle fait signer des pétitions. Pour qu'on donne le droit d'asile ici aux écrivains, ou pour Dieu sait quoi. Non que quiconque y fasse très attention. Ce que je veux dire, c'est que, de nos jours, à quoi pensent les gens, sinon à la façon dont ils vont pouvoir payer leurs impôts ? L'allocation de voyage a un peu amélioré la situation, mais guère. Enfin quoi, vous devez d'abord gagner de l'argent, n'est-ce pas, avant d'aller le dépenser à l'étranger ? Je ne sais pas comment les gens s'arrangent pour en avoir aujourd'hui, mais ce n'est pas ça qui manque. Oh ! oui, ce n'est pas l'argent qui manque...

Elle jeta un œil satisfait sur sa main gauche où brillaient deux solitaires, un diamant et une émeraude, preuves, pour conclure, que des sommes considérables avaient pour le moins été dépensées à son profit.

La soirée s'achevait. Il n'avait pas appris grand-chose sur sa passagère de Francfort. Il connaissait sa façade, une façade à facettes, si l'on pouvait se permettre cette allitération. Elle aimait la musique. Ma foi, ne l'avait-il pas rencontrée au Festival Hall ? Goûtait les sports de plein air. Entretenait de riches relations, propriétaires d'îles dans la Méditerranée. Militait en faveur d'œuvres charitables en rapport avec la littérature. En un mot, quelqu'un qui avait ses entrées dans le monde. Apparemment sans accointances avec la politique et, cependant, peut-être discrètement affiliée à un groupe. Quelqu'un qui se déplaçait d'un endroit à l'autre, d'un pays à l'autre. Qui fréquentait les gens riches, les gens de talent, le monde littéraire.

Un instant, il pensa à l'espionnage. C'était la plus plausible des explications. Et pourtant, elle ne le satisfaisait pas pleinement.

La soirée allait bientôt se terminer. À son tour, il fut l'objet des soins de son hôtesse. Milly Jane était parfaite dans son rôle :

— Il y a des siècles que je meurs d'envie de vous parler. Je voulais que vous me racontiez la Malaisie. Je suis tellement stupide pour tout ce qui concerne ces pays d'Asie, vous savez. Je les mélange tous. Dites-moi, que s'est-il passé là-bas ? Quelque chose d'intéressant, ou rien que l'abominable train-train à périr d'ennui ?

— Vous pouvez vous-même répondre aussi bien que moi à cette question, j'en mettrais ma main au feu.

— Eh bien, j'imagine que cela a été très ennuyeux. Mais vous n'avez peut-être pas le droit de le dire.

— Oh ! mais si. Je peux le penser et je peux le dire. Ce n'est pas tout à fait ma tasse de thé, vous savez.

— Alors, pourquoi vous infligez-vous ces pensums ?

— Que voulez-vous, j'ai toujours aimé voyager. J'aime voir du pays.

— Vous êtes par bien des côtés un personnage réellement mystérieux. De vous à moi, la vie diplomatique est très ennuyeuse, n'est-ce pas ? Je devrais être la dernière à dire ça... Mais je ne le confie qu'à vous.

Ses yeux étaient très bleus. Bleus comme ces jacinthes sauvages qu'on ne trouve que dans les bois. Elle les ouvrit un peu plus grand, ce qui lui donna l'air d'un magnifique chat persan. Qui était vraiment Milly Jane ? se demanda-t-il. Elle avait la voix douce d'une méridionale, son profil avait la perfection d'une médaille, mais comment était-elle en réalité ? Certainement pas stupide, en tout cas, jaugea-t-il. Quelqu'un qui savait se servir des armes réservées au grand monde quand c'était nécessaire, capable de charmer quand elle le désirait, capable aussi de prendre ses distances et de se faire énigmatique. Si elle souhaitait soutirer un renseignement à quelqu'un, elle devait être assez habile pour l'obtenir. En ce moment, elle le regardait justement de façon particulièrement intense. Voulait-elle obtenir quelque chose de lui ? Il n'en savait rien, mais c'était peu vraisemblable.

— Vous avez fait connaissance de M. Staggenham ? lui demanda-t-elle.

— Oui. Je lui ai parlé pendant le dîner. C'était la première fois que je le voyais.

— Il paraît que c'est un personnage très important, déclara Milly Jane. Il est président du PBF ou du P je ne sais quoi.

— On devrait connaître tout ça par cœur, sourit sir Stafford Nye. PBF, ou DCV ou LYH... L'univers des sigles.

— Détestable, déclara Milly Jane. Détestables, toutes ces initiales... Ce ne sont plus des personnes, des êtres humains... Juste des initiales. Quel horrible monde que ce monde dans lequel nous vivons ! C'est ce que je me dis souvent. Quel horrible monde ! J'aimerais qu'il soit différent... Très, très différent...

Le pensait-elle vraiment ? Ce n'était pas impossible, après tout. Intéressant...

*

Grosvenor Square était le calme même. Il restait encore des éclats de verre brisé sur les trottoirs. Et aussi des œufs, des tomates écrasées et des fragments de métal brillant. Les voitures se succédaient à la porte de l'ambassade pour ramener les invités chez eux. La police occupait discrètement les quatre coins de la place. Elle tenait la situation en main. En sortant, un des invités alla parler à un policier. En revenant, il murmura :

— Pas beaucoup d'arrestations. Huit. Ils seront à Bow Street demain matin. Toujours les mêmes, plus ou moins. Petronella, bien sûr, et Stephen et sa bande. Enfin, ils finiront bien par se fatiguer un jour !

Stafford Nye entendit une voix – une voix profonde de contralto – lui demander à l'oreille :

— Vous n'habitez pas très loin, n'est-ce pas ? Je vous dépose en chemin ?

— Non, non. Je peux très bien marcher. C'est à dix minutes d'ici à peine.

— Cela ne me dérangera pas du tout, je vous assure, insista la comtesse Zerkowski qui ajouta : Je suis descendue au St James' Tower.

Le St James' Tower était l'un des plus récents hôtels à la mode.

— C'est très aimable à vous.

Une grosse voiture de luxe les attendait. Le chauffeur leur ouvrit la portière, la comtesse Renata monta la première et sir Stafford Nye la suivit. Ce fut elle qui donna l'adresse de Stafford au chauffeur. La voiture démarra.

— Ainsi, vous savez où j'habite ?

— Pourquoi pas ?

Pourquoi pas... Que signifiait cette réponse ?

— Pourquoi pas, en effet, dit-il. Vous en savez déjà tellement... C'est très gentil de votre part de m'avoir renvoyé mon passeport, ajouta-t-il.

— J'ai pensé que cela pourrait vous éviter un certain nombre de désagréments. Il serait plus simple que vous le brûliez. Je suppose qu'on vous en a établi un nouveau...

— Vous supposez bien.

— Vous trouverez votre manteau de bandit au fond du tiroir de votre commode. On l'y a mis ce soir. J'ai pensé que cela vous compliquerait l'existence d'en acheter un autre, et qu'en fait il ne vous serait peut-être pas possible de trouver le même.

— Il me sera d'autant plus précieux, maintenant, qu'il est passé par... certaines aventures, répondit sir Stafford Nye. Il a rempli son rôle, ajouta-t-il.

La voiture roulait régulièrement dans la nuit.

— Oui, répliqua la comtesse Zerkowski, il a rempli son rôle puisque je suis ici... en vie...

Sir Stafford ne releva pas le propos. À juste titre ou non, il était convaincu qu'elle désirait le voir poser des questions, insister auprès d'elle pour en savoir plus sur ce qu'elle avait fait, sur le sort auquel elle avait échappé. Elle voulait qu'il manifestât de la curiosité, mais sir Stafford Nye, au contraire, éprouvait un malin plaisir à ne pas le faire. Il l'entendit rire doucement. Mais, à sa grande surprise, d'un rire qui lui donna l'impression d'être un rire heureux, un rire de satisfaction.

— Vous avez passé une bonne soirée ? lui demanda-t-elle.

— Elle a été très réussie, à mon avis, mais il faut dire que les soirées, chez Milly Jane, sont toujours très réussies.

— Vous la connaissez bien, alors ?

— Je l'ai connue jeune fille, à New York, avant son mariage. Une Vénus de poche.

— C'est comme ça que vous la voyez ? demanda-t-elle, vaguement surprise.

— À vrai dire, non. Je l'ai entendu qualifier ainsi par une vieille parente.

— De nos jours, on ne décrit en effet plus une femme en ces termes. Même si ça lui va comme un gant. Seulement...

— Seulement quoi ?

— Vénus est séduisante, d'accord. Mais est-elle également l'ambition faite femme ?

— Parce que vous pensez que Milly Jane Cortman est ambitieuse ?

— Oh ! oui. Par-dessus tout.

— Et vous croyez que, femme de l'ambassadeur des États-Unis, cela ne suffit pas à la satisfaire ?

— Oh ! non, répliqua la comtesse. Ce ne peut être pour elle qu'un début.

Il ne releva pas. Il regardait par la vitre. Il commença à parler mais s'arrêta aussitôt. Elle lui jeta un rapide coup d'œil mais resta, elle aussi, silencieuse. Cependant, quand ils traversèrent un pont sur la Tamise, il remarqua :

— Ainsi, vous ne me ramenez pas chez moi, et vous ne retournez pas non plus au St James' Tower. Nous franchissons la Tamise. Nous nous sommes déjà rencontrés là, sur un pont. Où m'emmenez-vous ?

— Vous y attachez de l'importance ?

— Je crois que oui.

— On dirait bien, en effet.

— Ma foi, vous êtes tout à fait dans le goût du jour. L'enlèvement est à la mode, par les temps qui courent. Ainsi donc, vous m'avez enlevé. Pourquoi ?

— Parce que, comme cela s'est déjà produit une fois, j'ai besoin de vous. Et d'autres aussi ont besoin de vous, ajouta-t-elle.

— Vraiment ?

— Ça ne vous fait pas plaisir ?

— Cela m'aurait fait plus de plaisir si on m'avait demandé mon avis.

— Si je vous l'avais demandé, seriez-vous venu ?

115

— Peut-être que oui, peut-être que non.

— Je suis désolée.

— J'en doute.

Ils continuèrent leur route en silence. Ils ne suivaient pas un sentier dans une campagne solitaire ; ils étaient sur la grand-route. De temps à autre un nom ou un poteau indicateur étaient pris dans les phares, si bien que Stafford Nye savait exactement où ils se trouvaient. Ils traversèrent le Surrey et les abords résidentiels du Sussex. Par moments, il avait l'impression qu'ils faisaient un détour par une route secondaire, mais il n'en était pas sûr. Il faillit demander à sa compagne si c'était par crainte d'avoir été suivis depuis Londres. Mais il s'en tint fermement à sa politique du silence. C'était à elle de parler, à elle de lui donner des informations. Malgré les renseignements supplémentaires qu'il avait réussi à obtenir, elle lui paraissait toujours aussi énigmatique.

Ils roulaient dans la campagne après avoir assisté à un dîner à Londres. Ils se trouvaient – cela ne faisait aucun doute pour Stafford Nye – à bord de ce que l'on peut faire de plus cher dans le genre voiture de louage. Tout cela avait été prémédité, mis au point sans rien laisser au hasard. Il n'allait certainement plus tarder à savoir où ils allaient. À moins qu'ils ne continuent à rouler jusqu'à la côte, ce qui n'était après tout pas impossible. Haslemere, lut-il sur un poteau indicateur. Puis ils contournèrent Godalming. Tout ce qu'il y a de bon chic bon genre. La banlieue riche. De jolis bois, de belles demeures. Après avoir pris quelques tournants qui les écartèrent de la route, la voiture finit par ralentir. Le périple paraissait terminé. Une grille. Près de la grille, un petit pavillon

blanc. Une allée, bordée de chaque côté de rhodo-
dendrons bien entretenus. Puis, après un virage, ils
débouchèrent devant une maison.

— Tudor pour nouveaux riches, diagnostiqua sir
Stafford Nye.

Sa compagne le regarda d'un air interrogateur.

— Simple commentaire, murmura-t-il. N'y faites
pas attention. Si je comprends bien, nous avons
atteint la destination de votre choix ?

— Vous n'avez pas l'air très impressionné par ce
que vous voyez.

— Les jardins ont l'air bien soignés, observa sir
Stafford tout en suivant des yeux la lumière des phares
tandis que la voiture contournait une plate-bande.
Ça revient cher, l'entretien de ce genre d'endroits.
C'est de toute évidence une maison confortable.

— Confortable mais pas belle. Celui qui vit ici
préfère le confort à la beauté, j'imagine.

— Avec raison sans doute, répliqua sir Stafford.
Cependant, d'une certaine façon il apprécie la
beauté, du moins une sorte de beauté.

Ils s'arrêtèrent devant un porche bien éclairé. Sir
Stafford sortit le premier de la voiture et tendit la
main à sa compagne pour l'aider à descendre. Le
chauffeur avait grimpé les marches du perron et
sonnait à la porte.

— Madame n'aura plus besoin de moi ce soir ?
demanda-t-il à la comtesse.

— Non. Ce sera tout. Nous vous téléphonerons
demain matin.

— Bonsoir, madame. Bonsoir, monsieur.

Des pas se firent entendre à l'intérieur et la porte
s'ouvrit tout grand. Au lieu du valet de chambre

auquel il s'attendait, sir Stafford se trouva devant une femme de chambre taillée comme un grenadier. Cheveux gris, lèvres serrées, elle devait être éminemment compétente et digne de confiance, se dit-il. Qualités inestimables et qui se faisaient rares de nos jours. Fidèle, mais aussi capable de violence.

— J'ai bien peur que nous ne soyons un peu en retard, dit Renata.

— Le maître est dans la bibliothèque. Il a demandé que vous alliez l'y trouver, vous et ce monsieur, dès votre arrivée.

9

LA MAISON DU CÔTÉ DE GODALMING

Elle les précéda dans un large escalier. Oui, songeait Stafford Nye, une maison très confortable. Papier mural du XVIIe siècle, escalier de chêne on ne peut plus tarabiscoté, mais des marches plaisamment basses. Des tableaux bien choisis mais sans intérêt artistique particulier. La maison d'un homme riche, se dit-il. D'un homme au goût, non pas mauvais, mais conventionnel. Le tapis, épais et de bonne qualité, était d'une agréable couleur prune.

Arrivée au premier étage, la femme de chambre-grenadier se dirigea vers la première porte et s'effaça pour les laisser passer, mais sans les annoncer. La comtesse entra la première, suivie de sir Stafford Nye. La porte se referma sans bruit sur eux.

Il y avait quatre personnes dans la pièce. Derrière un grand bureau couvert de dossiers, de documents, de cartes déployées et autres papiers sans doute nécessaires à la discussion en cours, un homme grand et gros, au teint bilieux, était assis. C'était un visage que sir Stafford connaissait, bien qu'il fût incapable, en cet instant, d'y accoler un nom. C'était quelqu'un qu'il avait rencontré fortuitement, et pourtant au cours d'une occasion importante. Il le connaissait, oui, sans aucun doute. Mais pourquoi... pourquoi n'arrivait-il pas à retrouver son nom ?

Non sans effort, la personne assise derrière le bureau se mit sur pied et saisit la main tendue de la comtesse Renata :

— Vous voilà. Parfait.

— Oui. Permettez-moi de faire les présentations, bien que vous vous connaissiez certainement déjà. Sir Stafford Nye, M. Robinson.

Bien sûr ! Il se fit comme un déclic dans son cerveau. Et ce nom s'associa aussitôt à un autre : Pikeaway. Dire qu'il savait tout de M. Robinson aurait été exagéré. Il savait de M. Robinson tout ce que M. Robinson permettait qu'on en sût. Son nom paraissait bien être Robinson – du moins personne ne lui en connaissait un autre –, mais il pouvait aussi bien s'appeler de n'importe quel patronyme d'origine étrangère. Cependant, personne n'avait jamais rien suggéré de tel.

Sir Stafford reconnut aussi son front haut, ses yeux noirs et mélancoliques, sa grande bouche généreuse et ses impressionnantes dents blanches – fausses probablement, mais dont on avait, quoi qu'il en soit, envie de dire, comme dans le *Petit Chaperon rouge* : « C'est pour mieux te manger, mon enfant ! »

Sir Stafford savait aussi ce que M. Robinson représentait. Un seul mot suffisait à le décrire : le mot Argent, avec un A majuscule. L'Argent sous tous ses aspects : la finance internationale, la finance mondiale, les finances privées, la banque, les gouvernements étrangers. Les projets industriels. Ce n'était pas l'argent au sens où l'entend le commun des mortels. On ne pensait jamais à lui comme à un homme riche. Riche, il l'était incontestablement, mais là n'était pas l'important. Peut-être avait-il même des goûts personnels très simples, encore que sir Stafford en doutât. Non, ce qui comptait, c'est qu'il s'agissait d'un grand financier, d'un membre éminent du clan des banquiers. Or, derrière toutes ces mystérieuses affaires se profilait le pouvoir de l'argent.

— J'ai justement entendu parler de vous il y a quelques jours par notre ami Pikeaway, dit M. Robinson en lui serrant la main.

C'était vraisemblable, parce que Stafford Nye se rappelait maintenant que, la seule fois où il avait rencontré M. Robinson, le colonel Pikeaway était présent. Et Horsham aussi lui avait parlé de M. Robinson. Il examina alors les trois autres personnages présents pour essayer de deviner qui ils étaient et ce qu'ils représentaient.

Pour deux d'entre eux, le jeu de devinettes ne fut pas nécessaire. Le visage de celui qui était assis près du feu dans son immense fauteuil roulant – silhouette de vieillard que ce fauteuil encadrait comme un tableau – avait été célèbre dans toute l'Angleterre. En vérité, il l'était toujours, bien qu'on ne le vît plus que rarement. Un homme malade, un grabataire qui ne faisait que de brèves apparitions et encore, affirmait-on, au prix d'affreuses douleurs et difficultés physiques. Lord Altamount. Visage fin et émacié, nez proéminent, cheveux qui avançaient un peu sur le front puis étaient renvoyés en arrière en une épaisse crinière grise. Des oreilles un peu décollées qui avaient à l'époque fait le bonheur des caricaturistes, et des yeux perçants et profonds qui pénétraient plus qu'ils n'observaient. Qui pénétraient jusqu'au fond de ce qu'il regardait. Pour l'instant, c'était sir Stafford Nye qu'il regardait. Comme celui-ci s'approchait de lui, il lui tendit la main.

— Je ne me lève pas, chevrota-t-il d'une voix lointaine. Mon dos ne me le permet pas. Vous revenez de Malaisie, n'est-ce pas, Stafford Nye ?

— Oui.

— S'y rendre en valait-il la peine ? Vous êtes convaincu que non, je suppose. Et vous avez probablement raison. Pourtant, nous avons besoin de ces futilités, de ces ornements destinés à enjoliver les meilleurs de nos mensonges diplomatiques. Je suis heureux que vous ayez pu venir ici ce soir, ou qu'on vous y ait amené. C'est l'œuvre de Mary Ann, sans doute ?

C'était donc ainsi qu'il l'appelait, constata Stafford Nye. Et c'était ainsi que Horsham l'avait appelée. Ainsi, elle était des leurs, sans aucun doute. Quant à Altamount, il représentait... mais que représentait-il donc aujourd'hui ? L'Angleterre, se dit-il.

Il représentera toujours l'Angleterre jusqu'à ce qu'on l'ensevelisse dans l'abbaye de Westminster ou dans un mausolée à la campagne, suivant ce qu'il choisira. Il *avait été* l'Angleterre, il *savait* son Angleterre sur le bout des doigts, il connaissait parfaitement la valeur de chacun de ses hommes politiques, de chacun des membres de son gouvernement, même de ceux auxquels il n'avait jamais adressé la parole.

— Je vous présente notre collègue, sir James Kleek, dit lord Altamount.

Stafford Nye ne connaissait pas Kleek. Il n'en avait même jamais entendu parler. C'était un individu du type nerveux, agité. Ses yeux, perçants et soupçonneux, ne s'attardaient jamais sur rien. Il avait tout du chien de chasse aux ordres. Prêt à foncer sur un simple regard de son maître.

Mais qui était son maître ? Altamount ou Robinson ?

Stafford posa les yeux sur le quatrième homme, celui qui, assis près de la porte, venait de se lever. Moustache en broussaille, sourcils haussés, attentif, réservé, s'arrangeant Dieu sait comment pour avoir l'air à la fois familier et cependant presque méconnaissable.

— C'est donc vous ! sourit Stafford Nye. Comment allez-vous, Horsham ?

— Très heureux de vous voir ici, sir Stafford.

« Une réunion très représentative », songea Stafford Nye en jetant un bref coup d'œil autour de lui.

On avait installé Renata près du feu et de lord Altamount. Elle lui avait tendu la main – la gauche, avait-il remarqué –, qu'il avait gardée une minute entre les siennes, puis il lui avait dit :

— Vous avez pris des risques, mon enfant. Vous avez pris trop de risques.

— C'est de vous que j'ai appris ça, et c'est la seule façon de vivre, répondit-elle.

Lord Altamount tourna la tête vers sir Stafford Nye :

— Ce n'est en tout cas pas moi qui vous ai appris à choisir votre homme. Vous avez un génie naturel pour ça. Je connais votre grand-tante, ou est-ce votre grand-grand-tante ? ajouta-t-il à l'adresse de Stafford Nye.

— Ma grand-tante Matilda, répondit aussitôt celui-ci.

— Oui. C'est bien elle. Elle fait partie des miracles victoriens des années 1890. Elle doit d'ailleurs bien friser les quatre-vingt-dix ans elle-même. Je ne la vois plus très souvent, poursuivit-il. Une ou deux fois l'an, peut-être. Mais je suis chaque fois frappé par l'extraordinaire vitalité qui supplée chez elle la force physique. Ils en ont le secret, ces indomptables survivants de l'époque victorienne, et même, pour certains encore, de l'édouardienne.

— Puis-je vous offrir à boire, Nye ? lui demanda sir James Kleek. Qu'est-ce qui vous ferait plaisir ?

— Un gin tonic, si c'est possible.

La comtesse refusa d'un petit signe de tête. James Kleek apporta le verre de Nye et le posa sur la table, près de M. Robinson. Mais Stafford Nye n'avait pas l'intention de parler le premier. Les yeux noirs de M. Robinson perdirent un instant leur expression mélancolique. Une petite lueur y brilla soudain.

— Des questions ? demanda-t-il.

— Beaucoup trop, déclara sir Stafford Nye. Ne vaudrait-il pas mieux commencer par des explications ? Les questions viendront ensuite.

— C'est ce que vous désirez ?

— Cela pourrait éclairer ma lanterne.

— Bon, commençons donc par exposer brièvement quelques faits. On a pu ou non vous prier de venir ici. Dans la négative, vous avez pu en être légèrement blessé.

— Il préfère qu'on lui demande son avis, déclara la comtesse. C'est en tout cas ce qu'il m'a affirmé.

— Évidemment, commenta M. Robinson.

— J'ai été enlevé, confirma Stafford Nye d'un ton qu'il tint à garder légèrement amusé. C'est la mode, je sais. C'est même l'une de nos méthodes les plus modernes.

— Ce qui, bien sûr, appelle une question de votre part, remarqua M. Robinson.

— Qui tient en un seul mot : pourquoi ?

— Bien entendu. Pourquoi ? J'admire cette économie de paroles. Nous formons ici un comité privé... une commission d'enquête. Pour une enquête d'importance mondiale.

— Cela semble intéressant, remarqua sir Stafford Nye.

— C'est plus qu'intéressant. C'est angoissant. Et urgent. Quatre branches d'activité sont représentées ici, ce soir, déclara lord Altamount. Je ne participe plus activement aux affaires de la nation, mais on me consulte encore. On m'a donc consulté et prié de présider cette enquête qui concerne ce qui se passe dans le monde en cet an de grâce, parce qu'il s'y passe effectivement bien des choses. James, ici présent, s'est vu aussi assigner une tâche. Il est mon bras droit. Il est aussi notre porte-parole. Je vous en prie, Jamie, expliquez à sir Stafford la ligne générale de cette enquête.

Stafford Nye crut voir frémir le chien d'arrêt. Enfin ! avait-il l'air de dire. Enfin ! Je peux enfin parler et avancer. Il se pencha un peu en avant.

— Aux événements qui surviennent dans le monde, il faut chercher une cause. Les signes extérieurs se perçoivent toujours aisément mais, de l'avis de notre président, de M. Robinson et de M. Horsham, ils sont sans importance. Il en a toujours été ainsi. Prenez par exemple une force naturelle, une grande chute d'eau qui va vous fournir l'énergie nécessaire au fonctionnement d'une turbine. Ou la découverte de l'uranium, qui va déboucher sur la force nucléaire, qu'on ne connaissait pas et dont on ne pouvait même pas rêver. Ou les minerais, le charbon, source des transports, de la puissance industrielle, de l'énergie. Des forces sont constamment à l'œuvre. Mais derrière chacune d'elles *il y a quelqu'un qui la contrôle*. Il va falloir que vous découvriez qui contrôle les puissances qui gagnent lentement de l'ascendant sur pratiquement tous les pays d'Europe, et même certains pays d'Asie. Moins sans doute en Afrique, mais de nouveau sur le continent américain tout entier, nord et sud. Il va falloir trouver, derrière les événements, les forces motrices qui les déclenchent. L'un de ces facteurs, c'est l'*argent*.

Il fit un petit signe de tête en direction de M. Robinson.

— Personne au monde ne comprend mieux la question que M. Robinson ici présent.

— C'est très simple, enchaîna celui-ci. De grands mouvements se préparent pour la maîtrise desquels de l'argent est nécessaire. Il faut donc que nous découvrions d'où vient cet argent. Qui s'en sert ? D'où le tiennent-ils ? À qui l'envoient-ils ? Pourquoi ? Ce que James a dit est tout à fait exact : je sais tout sur l'argent. Tout ce qu'un homme vivant peut savoir de nos jours. Et puis il y a ce qu'on pourrait appeler les tendances. C'est un mot très utilisé aujourd'hui. Les tendances, ou les orientations... ce ne sont pas les mots qui manquent. Ils n'ont pas tous la même signification précise, mais ils sont parents. Nous dirons qu'une tendance à la rébellion se fait jour. Si l'on regarde en arrière, on la verra venir et se répéter à l'infini, comme une table périodique répétant un modèle. Le désir de rébellion, le sentiment de rébellion, les ressources de la rébellion, les formes que prend la rébellion. Rien de tout cela n'est particulier à un pays. Si un soulèvement se produit dans un pays, il se produira ailleurs à des degrés divers. C'est bien ce que vous vouliez dire, monsieur ? demanda-t-il en se tournant vers lord Altamount. C'est plus ou moins ainsi que vous me l'avez exprimé.

— Oui, c'est parfaitement exposé.

— C'est un modèle, un modèle périodique inévitable. Il se reconnaît aussitôt. Il fut un temps où l'envie irrésistible de partir pour les croisades balaya tous les pays. Dans toute l'Europe, les gens s'embarquaient pour aller délivrer la Terre Sainte. Tout paraissait clair, c'était un exemple parfait de conduite spontanée. Mais *pourquoi* partaient-ils ? L'intérêt de l'histoire, c'est justement de comprendre l'origine de ces désirs et de ces modèles. La réponse n'est pas toujours de nature matérialiste. La rébellion peut avoir toutes sortes de causes : désir de liberté, liberté de parole, liberté religieuse, et de nouveau toute une série de modèles connexes. Il peut conduire les peuples à émigrer, à inventer de nouvelles religions, souvent tout aussi tyranniques que celle qu'ils avaient abandonnée. Mais si vous étudiez le phénomène de très près, si vous effectuez des enquêtes suffisamment approfondies, vous découvrirez ce qui en constitue la racine, le modèle. En un sens, cela ressemble beaucoup à un virus. Un virus peut se transporter tout autour de la planète, traverser les océans, escalader les montagnes. Il va et propage l'infection. Il va, sans avoir été apparemment mis en mouvement. Mais on ne peut jamais être certain, même maintenant, qu'il en a toujours été ainsi. Il a pu y avoir un déclic. Un déclic qui a fait que les virus se sont propagés. Avançons d'un pas encore. Il y a *des gens* – une personne, dix personnes, quelques centaines de personnes – capables de mettre une cause en mouvement. Ainsi, ce n'est pas *la fin du processus* qui nous importe. C'est la première personne qui a mis la cause en mouvement. Vous avez vos croisés, vous avez vos fanatiques religieux, vos aspirants à la liberté, mais vous devez remonter plus loin en arrière. Plus loin dans l'*hinterland*. Derrière les résultats matériels, il y a les idées. Les visions. Les rêves. Le prophète Joël le savait qui a dit : « Vos vieillards auront des songes, et vos jeunes gens des visions. » Et de ces deux manières de voir, quelle est la plus puissante ? Les songes ne sont pas destructeurs. Mais les visions peuvent vous ouvrir de nouveaux mondes, elles peuvent même détruire les mondes qui existent déjà...

James Kleek se tourna brusquement vers lord Altamount :

— Je ne sais pas s'il y a un rapport, monsieur, mais vous m'avez raconté une fois l'histoire de quelqu'un, d'une femme, à l'ambassade de Berlin.

— Ah ! ça ? Oui, j'avais trouvé cela très intéressant, à l'époque. Oui, c'est lié à ce dont nous parlons en ce moment. Cela concernait l'une des épouses du personnel de l'ambassade, une femme intelligente et cultivée. Elle tenait beaucoup à aller personnellement entendre parler le Führer. Cela se passait, bien sûr, juste avant la guerre de 39. Elle était curieuse d'éprouver les vertus de l'éloquence. De comprendre pourquoi tout le monde paraissait tellement impressionné. Elle y alla donc. Et, en revenant, elle me confia : « C'est extraordinaire. Je ne l'aurais jamais cru. Évidemment, je ne comprends pas très bien l'allemand, mais j'ai été emportée comme les autres. Et je vois maintenant pourquoi tout le monde l'est. Il a des idées merveilleuses... des idées qui vous transportent. Tout ce qu'il peut dire... il vous donne l'impression qu'il ne peut y avoir d'autre manière de penser, que tout un monde nouveau va s'ouvrir à condition de le suivre. Oh ! je n'arrive pas à l'expliquer clairement. Je vais écrire tout ce que je peux me rappeler et je vous l'apporterai pour que vous voyiez, pour que vous compreniez mieux ce que j'essaie de vous raconter, l'effet que cela peut faire... » Je lui répondis que cela me paraissait une excellente idée. Mais le lendemain, elle revint pour me dire : « Je ne sais pas si vous allez me croire. J'ai commencé à noter ce que j'avais entendu, ce que Hitler avait dit. Ce que ça *signifiait*. Mais... c'est effrayant... *il n'y avait rien à écrire du tout. Je n'arrivais pas à me rappeler la moindre phrase un peu émouvante ou exaltante.* Je retrouvais les mots, mais ils ne me paraissaient plus posséder la même signification une fois couchés sur le papier. Ils étaient tout simplement... oh ! ils n'avaient tout simplement plus *aucun sens*. Je n'y comprends rien. » Cela met en lumière un des grands dangers auquel on ne pense pas toujours, *mais qui existe bel et bien.* Il y a des gens capables de transmettre aux autres un fol enthousiasme, une espèce de vision de la vie et de l'avenir. Et ce n'est pas grâce à ce qu'ils disent, grâce à des mots, grâce à ce que vous entendez, ni même grâce à leurs idées qu'ils y parviennent. Non, il s'agit d'un tout autre phénomène. De cette espèce de pouvoir magnétique que possèdent certains hommes pour lancer, produire, créer une vision. C'est un magnétisme personnel, un ton de voix, ce sont des émanations issues directement de la *chair* peut-être, je ne sais pas, *mais ça existe.* Ces gens-là détiennent un pouvoir. Les grands religieux avaient ce pouvoir, les esprits diaboliques aussi. On peut faire croire aux gens que certains mouvements, que certaines actions doivent amener le paradis sur Terre, et non seulement ils le croiront, mais ils seront prêts à y œuvrer d'arrache-pied, à prendre les armes et à mourir pour eux.

Lord Altamount baissa la voix et ajouta :

— Jan Smuts, le célèbre homme d'État sud-africain, a résumé ça en une phrase. Il a dit : « Un guide représente une grande force créatrice, mais aussi une grande force démoniaque. »

Stafford Nye s'agita dans son fauteuil :

— Je vois où vous voulez en venir. C'est très intéressant. Et peut-être même exact.

— Mais, bien entendu, vous pensez que c'est très exagéré.

— Je ne sais pas, répondit Stafford Nye. Il arrive très souvent que ce qui nous paraît exagéré ne le soit pas du tout. Ce sont des réalités dont on n'avait jamais entendu parler, ou auxquelles on n'avait jamais pensé. Elles nous sont si étrangères, quand elles nous parviennent, que nous pouvons difficilement faire autrement que de les accepter. À propos, puis-je me permettre de vous poser une simple question ? Que faire lorsqu'on est confronté à l'un des phénomènes que vous venez de nous décrire ?

— S'il vous vient le soupçon qu'il se passe quelque chose de ce genre, vous devez enquêter, déclara lord Altamount. Vous devez faire comme la mangouste de Kipling : aller chercher. Chercher d'où vient l'argent, d'où émanent les idées et, si je peux m'exprimer ainsi, quelle est l'origine de la *machinerie*. Qui dirige cette machinerie ? Il y a le chef du personnel, de même qu'un commandant en chef. Voilà ce que nous essayons de trouver. Et nous aimerions que vous nous y aidiez.

Ce fut l'une des rares occasions dans sa vie où sir Stafford Nye se sentit déconcerté. Quoi qu'il ait pu ressentir jusqu'à présent, il s'était toujours arrangé pour le dissimuler. Mais cette fois, ce fut différent. Il les regarda tous, l'un après l'autre. M. Robinson, visage jaunâtre, impassible, bouche entrouverte sur une denture déployée. James Kleek, que Stafford Nye considérait comme un phraseur invétéré mais qui devait néanmoins avoir son utilité – le chien de son maître, comme il le qualifia en son for intérieur. Lord Altamount, visage encadré par l'appuie-tête de son fauteuil. Dans cette pièce à l'éclairage tamisé, on aurait dit un saint au creux de sa niche dans une quelconque cathédrale. Ascétique. Médiéval. Un grand homme. Oui, Altamount avait été un grand homme dans le passé, Stafford Nye n'en doutait pas, mais il était très vieux maintenant. De là, sans doute, l'utilité de sir James Kleek et la confiance que lord Altamount lui accordait. Puis il regarda la créature énigmatique qui l'avait amené ici, la comtesse Renata Zerkowski, alias Mary Ann, alias Daphné Theodofanous. Son visage n'exprimait rien. Elle ne le regardait même pas. Et enfin ses yeux se posèrent sur M. Henry Horsham, de la Sécurité.

Avec une légère surprise, il remarqua que celui-ci lui souriait.

— Mais enfin quoi ! s'exclama sir Stafford Nye, laissant tomber le langage officiel et s'exprimant plutôt comme l'étudiant qu'il avait été un jour. Mais enfin, qu'est-ce que je viens faire là-dedans ? Je ne suis au courant de rien ! Pour être franc, je ne me distingue non plus en rien dans le cadre de ma propre profession, comme vous le savez sans doute fort bien. On me tient en piètre estime, aux Affaires étrangères.

— Nous le savons, confirma lord Altamount.

Ce fut au tour de James Kleek de sourire :

— Cela n'en vaut peut-être que mieux.

Et, comme lord Altamount fronçait les sourcils, il ajouta aussitôt :

— Mes excuses, monsieur.

— Il s'agit d'une commission d'enquête, déclara M. Robinson. Peu importe ce que vous avez fait avant ou ce que les autres pensent de vous. Nous recrutons des membres appelés à enquêter. Nous sommes très peu nombreux pour l'instant. Nous vous demandons de vous joindre à nous parce que nous croyons que vous possédez certaines qualités qui peuvent se révéler utiles dans ce domaine.

Stafford Nye se tourna vers l'homme de la Sécurité :

— Qu'en pensez-vous, Horsham ? Je ne peux pas croire que ce soit là votre opinion.

— Et pourquoi pas ?

— Vraiment ? Et quelles sont ces « qualités » auxquelles vous faites allusion ? Franchement, je n'y crois pas moi-même.

— Vous n'avez pas le culte du héros, répondit Horsham. Voilà pourquoi. Vous ne vous laissez pas mystifier. Vous n'attribuez à personne la valeur qu'il se donne ou que le monde lui donne. Vous procédez à votre propre évaluation.

Ce n'est pas un garçon sérieux... Curieuse raison, se dit sir Stafford Nye, pour se voir confier une tâche délicate et requérant une attention de tous les instants.

— Je dois quand même vous rappeler, dit-il, mon principal défaut, souvent remarqué et à cause duquel je me suis vu écarté de nombreux postes. Je ne suis pas, disons-le tout net, un garçon suffisamment sérieux pour un travail de cette importance.

— Croyez-le ou non, répliqua Horsham, c'est justement l'une des raisons pour lesquelles vous avez été choisi. C'est exact, n'est-ce pas, monsieur ? demanda-t-il, s'adressant à lord Altamount.

— Ah ! les grands corps de l'État ! grinça celui-ci. Dans ce domaine, les plus grosses difficultés, sachez-le, nous viennent généralement de ce que les gens qui y occupent un poste éminent ont tendance à se prendre trop au sérieux. Nous estimons que cela ne nous arrivera pas avec vous. Quoi qu'il en soit, c'est ce que pense Mary Ann.

Sir Stafford Nye tourna la tête vers celle qui n'était plus comtesse, mais était redevenue Mary Ann.

— Vous me permettez de vous poser une question ? demanda-t-il. Qui êtes-vous, en réalité ? Je veux dire, êtes-vous vraiment comtesse ?

— Absolument. *Geboren*, comme disent les Allemands. Mon père était un noble authentique, bon chasseur, tireur d'élite, qui possédait un château très romantique mais plutôt délabré en Bavière. Il y est toujours... le château, j'entends. Aussi loin qu'on remonte, je suis apparentée à la majeure partie des familles qui peuvent encore se targuer de l'excellence de leur extraction. Une pauvre et minable comtesse s'assied la première à table tandis que le riche Américain qui possède une fortune fabuleuse en dollars doit attendre.

— Et Daphné Theodofanous ? Où intervient-elle ?

— Un nom pratique pour un passeport. Ma mère était grecque.

— Et Mary Ann ?

Pour la première fois, il la vit sourire. Son regard alla de lord Altamount à M. Robinson :

— Peut-être parce que je suis une espèce de bonne à tout faire volante, qui parcourt la planète, guette, fouine, balaie sous les paillassons, transporte d'un pays à l'autre les documents compromettants sur lesquels elle a pu mettre la main et qu'aucune sale besogne jamais ne rebute. C'est bien ça, oncle Ned ?

— Tout à fait, mon petit, répondit lord Altamount. Mary Ann vous êtes, Mary Ann vous resterez toujours pour nous.

— Transportiez-vous quelque chose dans cet avion ? Je veux dire... passiez-vous quelque chose d'important à destination de Genève ou de Londres ?

— Oui, et ça se savait. Si vous n'étiez pas venu à mon secours, si vous n'aviez pas bu cette bière peut-être empoisonnée et ne m'aviez pas permis de me déguiser avec votre manteau de bandit repérable à cent mètres, eh bien... un accident est vite arrivé. Je ne serais pas là aujourd'hui.

— Qu'est-ce que vous transportiez ? Ou bien ne suis-je pas autorisé à le savoir ? Y a-t-il des pans de l'histoire que je vais toujours devoir ignorer ?

— Il y a beaucoup de données que vous ne connaîtrez jamais. Beaucoup de sujets sur lesquels vous ne serez pas autorisé à poser des questions. Mais je pense que je peux répondre à celle-ci. Par un simple énoncé factuel. Si on m'y autorise, ajouta-t-elle avec un regard vers lord Altamount.

— Je fais confiance à votre jugement, lui répondit celui-ci. Allez-y.

— Mettez-le au parfum, confirma l'irrévérencieux James Kleek.

134

— Vous avez sans doute le droit de le savoir. Moi, je ne vous l'aurais pas dit, mais moi je représente la Sécurité... Allez-y, Mary Ann, soupira M. Horsham.

— Je répondrai par une phrase : *J'apportais un extrait de naissance.* C'est tout. Je n'en ajouterai pas plus et il ne servirait à rien de me poser d'autres questions.

Stafford Nye parcourut l'assemblée du regard, puis déclara :

— Parfait. J'accepte. Je suis flatté que vous m'ayez sollicité. Et maintenant ?

— Nous partons tous les deux demain, répondit Renata. Pour le Continent. Vous avez peut-être lu, ou vous savez peut-être, qu'un festival de musique a lieu en Bavière. C'est assez nouveau puisqu'il n'existe que depuis deux ans. Il porte un nom allemand très impressionnant qui signifie « Compagnie des jeunes chanteurs », et il est subventionné par les gouvernements de divers pays. À la différence du festival et des productions de Bayreuth, on y donne surtout de la musique moderne, pour que les jeunes compositeurs aient une chance de se faire entendre. Hautement considéré par les uns, ce festival est profondément méprisé par les autres.

— Oui, dit sir Stafford, j'en ai entendu parler. Allons-nous y assister ?

— Nous avons des places réservées pour deux représentations.

— Ce festival revêt-il un sens particulier pour notre enquête ?

— Non, répondit Renata. Ce sera plutôt un prétexte commode pour entrer et sortir du pays.

Nous nous rendrons là-bas ostensiblement, avec une vraie raison, et nous en repartirons au moment voulu pour l'étape suivante.

— Des instructions ? demanda-t-il en regardant autour de lui. Ai-je besoin d'un ordre de mission ? D'être briefé ?

— Pas au sens où vous l'entendez. Vous partez en voyage exploratoire. Vous glanerez des informations en chemin. Vous allez partir en tant qu'individu ne sachant rien de plus que ce que vous savez à présent. En tant qu'amateur de musique, et de diplomate légèrement déçu parce qu'il ne lui a pas été donné, dans son propre pays, d'occuper le poste qu'il aurait espéré. Pour le reste, vous ignorez tout. C'est moins dangereux.

— C'est là-bas que tout se trame, à présent ? En Allemagne, en Bavière, en Autriche, au Tyrol ?

— C'est l'un des centres d'intérêt.

— Ce n'est pas le seul ?

— À vrai dire, pas même le principal. Il y a beaucoup d'autres endroits sur la planète, d'importance et d'intérêt variables. De quelle importance est chacun d'entre eux, voilà ce qu'il nous faut découvrir.

— Et je ne sais rien, ou ne dois rien savoir, de ces divers centres ?

— Rien que des bribes. L'un d'eux, dont nous pensons qu'il est le plus important, a son quartier général en Amérique du Sud. Deux autres ont le leur aux États-Unis, l'un en Californie, l'autre à Baltimore. Il y en a un en Suède, et un en Italie. Les choses ont pris là-bas un tour très actif au cours des six derniers mois. Le Portugal et l'Espagne ont également des petits centres. Et puis Paris, bien sûr.

Et il y a d'autres endroits, en cours de formation si l'on peut dire, qui vont devenir intéressants, mais qui ne sont pas encore pleinement développés.

— Vous pensez à la Malaisie ? Au Vietnam ?

— Non, non. Tout ça, c'est du passé et n'a servi qu'à focaliser la violence et l'indignation estudiantines, entre autres. Mais ce qu'il faut comprendre, c'est qu'on s'efforce de plus en plus de soulever les jeunes contre leur gouvernement, contre les principes de leurs parents, et souvent contre la religion dans laquelle ils ont été élevés. Il existe un culte insidieux de la permissivité, un culte grandissant de la violence. Non pas la violence comme moyen de gagner de l'argent, mais la violence pour l'amour de la violence. C'est là-dessus qu'on insiste parce que, pour les individus concernés, c'est précisément l'élément le plus important et le plus significatif.

— La permissivité, c'est important ?

— C'est une manière de vivre, rien d'autre. Qui mène à certains abus, mais sans plus.

— Et la drogue ?

— Le culte de la drogue a été délibérément provoqué. D'énormes sommes d'argent ont été obtenues par ce moyen mais ce n'est pas le seul but, à notre avis, de l'opération.

Tous, ils avaient les yeux fixés sur M. Robinson, qui secoua lentement la tête.

— Non, dit-il, bien que cela en ait toutes les apparences. On arrête des gens et on les traduit en justice. On poursuit les trafiquants. Mais il se cache autre chose derrière ce racket. La drogue est un moyen – diabolique – de faire de l'argent. Mais c'est beaucoup plus que ça.

— Mais qui...

Stafford Nye s'arrêta net.

— Qui, quoi et pourquoi et où ? C'est justement l'objet de votre mission, sir Stafford, répondit M. Robinson. C'est ce qu'il va falloir que vous découvriez, Mary Ann et vous. Ce ne sera pas facile, et rappelez-vous qu'une des choses les plus difficiles au monde est de savoir garder un secret.

Stafford Nye examina avec intérêt le visage gras et jaunâtre de M. Robinson. Le secret de la domination de cet homme sur le monde de la finance était peut-être justement celui-là. Son secret, c'était de savoir garder un secret. M. Robinson sourit de nouveau, de toutes ses grandes dents brillantes.

— Quand vous possédez une information, expliqua-t-il, vous êtes toujours tenté d'étaler vos connaissances ; autrement dit, d'en parler. Non pas que vous désiriez la transmettre, cette information ; non pas qu'on vous ait offert de vous la payer. Vous voulez seulement montrer combien vous êtes important. Oui, c'est aussi simple que cela. En fait, ajouta M. Robinson en fermant à demi les yeux, tout est tellement, *tellement* simple en ce bas monde... C'est ce que les gens ne comprennent pas.

La comtesse se leva et Stafford Nye suivit son exemple.

— J'espère que vous dormirez bien, lui dit M. Robinson, malgré le confort très relatif de cette maison.

Stafford Nye murmura qu'il en était tout à fait sûr, ce qu'il allait prouver rapidement. La tête à peine posée sur l'oreiller, il s'endormit aussitôt.

DEUXIÈME PARTIE

VOYAGE VERS SIEGFRIED

10

LA CHÂTELAINE

Ils sortirent du Théâtre du Festival dans l'air frais de la nuit, Renata en robe du soir de velours violet, sir Stafford Nye en habit. Sur un terre-plein en contrebas, on apercevait un restaurant éclairé. Et un autre, plus petit, au flanc de la colline. Aucun des deux n'avait l'air bon marché.

— Public très choisi, murmura Stafford Nye à sa compagne. Ce n'est pas l'argent qui manque, ici. Public jeune, d'ailleurs. On n'imaginerait pas qu'ils ont tant de moyens.

— Oh ! on peut veiller à ça aussi... et on y veille.

— Des subventions pour l'élite de la jeunesse ? Ce genre de largesses ?

— Oui.

Ils se dirigèrent vers le restaurant de la colline.

— On a droit à une heure pour dîner, c'est ça ?

— Théoriquement, une heure. En fait, une heure et quart.

— Cette assistance..., reprit sir Stafford Nye. Il me semble que la plupart d'entre eux, presque tous même, aiment vraiment la musique.

— La plupart, oui. C'est important, comprenez-vous.

— Qu'est-ce que vous entendez par « important » ?

— Que l'enthousiasme soit sincère. Aux deux bouts de l'échelle, ajouta-t-elle.

— Que voulez-vous dire au juste par là ?

— Celui qui pratique et organise la violence doit la vouloir, brûler de désir pour elle. Trouver l'extase chaque fois qu'il frappe, qu'il cogne, qu'il détruit. De même avec la musique. L'oreille doit goûter chacune de ses harmonies, de ses beautés. C'est un jeu qui ne tolère pas les faux-semblants.

— Peut-on doubler les rôles... c'est-à-dire combiner violence *et* amour de la musique, ou amour de l'art ?

— Oui, même si ça n'est pas toujours facile. Beaucoup y parviennent. Mais, franchement, mieux vaut ne pas avoir à le faire.

— Il faut préférer la simplicité, comme dirait notre ami, le gros M. Robinson. Laissons les amateurs de musique à l'amour de la musique et les amateurs de violence à l'amour de la violence. C'est ce que vous en pensez ?

— Il me semble, oui.

— Les deux jours que nous avons passés ici et les deux soirées de musique auxquelles nous avons eu droit m'ont beaucoup plu. Je n'ai certes pas apprécié la musique comme je l'aurais dû parce que je ne suis sans doute pas assez moderne dans mes goûts. Mais j'ai trouvé l'échantillonnage vestimentaire très intéressant.

— Vous faites allusion aux costumes de scène ?

— Non, non. En vérité, je parlais du public. Vous et moi sommes vieux jeu, démodés... Vous, comtesse, avec votre robe du soir, moi avec ma queue-de-pie et ma cravate blanche. Ça n'a jamais été un déguisement très confortable. Les autres, avec leurs soies, leurs velours, les chemises plissées des hommes, leurs vraies dentelles – j'en ai remarqué plusieurs fois –, ils ont une espèce d'élégance du XVIIIe siècle, on pourrait même dire élisabéthaine, ou qui rappelle les tableaux de Van Dyck.

— Oui, vous avez raison.

— Malgré tout, je ne me sens pas plus près de comprendre ce que tout cela signifie. Je n'ai rien *appris*. Je n'ai rien découvert.

— Patience. Il s'agit d'un spectacle somptueux, soutenu, réclamé, exigé peut-être par des jeunes et procuré par...

— Par qui ?

— Nous n'en savons encore rien. Mais nous le saurons.

— Je suis heureux que vous en soyez si sûre.

Ils entrèrent et prirent place dans le restaurant. La nourriture était bonne mais sans rien de trop ni de particulièrement recherchée. À l'occasion, des gens leur adressèrent la parole. Deux personnes, qui avaient reconnu sir Stafford Nye, exprimèrent leur plaisir et leur surprise à le voir là. Les relations de Renata étaient plus étendues, car elle connaissait beaucoup d'étrangers : des femmes élégantes, des hommes, allemands ou autrichiens pour la plupart, se dit Stafford Nye, et quelques Américains. Ils échangeaient des propos à bâtons rompus, à la rigueur de brefs commentaires à propos de la musique, mais personne ne s'attardait, le temps qu'ils avaient pour dîner étant limité.

Ils retournèrent à leur place pour les deux derniers morceaux du programme : un poème symphonique intitulé *La Désintégration dans la joie*, d'un jeune compositeur, Solukonov, et enfin la marche solennelle des *Maîtres chanteurs*.

Ils sortirent de nouveau dans la nuit. La voiture, qu'ils avaient à leur disposition tous les jours, les ramena à leur hôtel, petit mais de tout premier ordre. Quand Stafford Nye souhaita bonne nuit à Renata, celle-ci lui murmura :

— À 4 heures demain matin. Soyez prêt.

Elle alla droit à sa chambre et lui à la sienne.

À exactement 3 h 57, le lendemain matin, il entendit toquer doucement à sa porte et ouvrit. Il était prêt.

— La voiture nous attend, lui dit-elle. Venez.

*

Ils déjeunèrent dans une auberge de montagne. Il faisait beau, le paysage était splendide. Par moments, Stafford Nye se demandait ce que diable il faisait là. Il comprenait de moins en moins sa compagne de voyage. Elle parlait peu. Il l'observait de profil. Où l'emmenait-elle ? Pour quelle véritable raison ? Comme le soleil était sur le point de se coucher, il lui demanda enfin :

— Où allons-nous ? Puis-je poser cette question ?

— Vous pouvez la poser, oui.

— Mais vous n'y répondrez pas.

144

— Je pourrais répondre. Je pourrais vous donner une foule de renseignements, mais quel sens auraient-ils pour vous ? Il me semble que, si vous arrivez là où nous devons aller sans y avoir été préparé, sans explications – qui, d'ailleurs, étant donné la nature des choses, ne vous expliqueraient rien –, votre première impression n'en aura que plus de force et de signification.

Songeur, il la regarda encore. Elle portait un manteau de tweed bordé de fourrure, d'élégants vêtements de voyage, de coupe et de façon étrangères.

— Mary Ann..., murmura-t-il, rêveur et d'un ton vaguement interrogateur.

— Non, répondit-elle. Pas maintenant.

— Ah ! Vous êtes encore la comtesse Zerkowski ?

— Pour l'instant, en effet, je suis encore la comtesse Zerkowski.

— Vous êtes sur vos terres, ici ?

— Plus ou moins. Quand j'étais enfant, nous passions une bonne partie de l'année dans un château qui se trouve à quelques kilomètres.

Il sourit et déclara, songeur :

— Un château... Un *Schloss* ! Quel joli mot et comme il sonne bien... Il donne une telle impression de solidité...

— Les châteaux, de nos jours, ne sont plus si solides. Ils ont plutôt tendance à tomber en ruine.

— C'est le pays de Hitler, non ? Nous sommes tout près de Berchtesgaden, il me semble.

— C'est un peu plus loin, au nord-est.

— Est-ce que vos amis, les gens que vous connaissez, acceptaient Hitler, croyaient en lui ? Mais je ne devrais peut-être pas poser ce genre de questions...

— Ils le haïssaient, lui et tout ce qu'il représentait. Mais ils criaient « Heil Hitler ! » et ils approuvaient tout ce qui se passait dans leur pays. Qu'auraient-ils pu faire d'autre ? Qu'est-ce que n'importe qui aurait pu faire d'autre, à l'époque ?

— Nous allons vers les Dolomites, non ?

— Où nous sommes, où nous allons, est-ce vraiment important ?

— Ma foi, il s'agit d'un voyage d'exploration, non ?

— Oui, mais pas d'exploration géographique. Nous allons rencontrer une personnalité.

— Vous me donnez l'impression, répliqua Stafford Nye, l'œil rivé sur les crêtes qui s'élevaient vers le ciel, que nous allons rendre visite au Vieux de la Montagne.

— Vous voulez parler du Maître des assassins ? Celui qui droguait ses disciples afin qu'ils tuent et meurent pour lui de gaieté de cœur, convaincus qu'ils allaient être aussitôt transportés au paradis des musulmans – un endroit plein de femmes merveilleuses, de haschisch et de rêves érotiques –, pour un bonheur parfait et sans fin ?

Elle s'interrompit un instant et reprit :

— Des gourous ! J'imagine qu'il y en a toujours eu, de ces gens qui vous amènent à croire en eux au point d'être prêt à mourir pour eux. Pas seulement les assassins. Les chrétiens mouraient aussi.

— Les saints martyrs ? Lord Altamount ?

— Pourquoi parlez-vous de lord Altamount ?

— Parce qu'il m'est apparu comme ça... brusquement... l'autre jour. Comme sculpté dans la pierre... au fond d'une cathédrale du XIIIe siècle...

— L'un d'entre nous peut être amené à mourir. Plus d'un, le cas échéant...

Elle poursuivit, sans lui laisser le temps de parler :

— Il y a autre chose, à quoi je pense parfois. C'est un verset du Nouveau Testament... Luc, je crois, où le Christ dit à ses disciples, durant la Cène : « Vous êtes mes compagnons et mes amis, et pourtant l'un d'entre vous est un démon qui me trahira. » Ainsi, selon toutes probabilités, l'un d'entre nous est un démon qui trahira, s'il n'a déjà trahi.

— Vous pensez que c'est possible ?

— C'est presque certain. Quelqu'un que nous connaissons et en qui nous avons confiance, mais qui, le soir, ne se couche pas en rêvant au martyre mais à trente pièces d'argent, et qui se réveille le matin avec la sensation de les palper dans sa main.

— Par amour de l'argent ?

— Par ambition serait plus juste. À quoi reconnaît-on un démon ou un traître ? Comment peut-on le démasquer ? Un démon doit se distinguer dans la foule, être émouvant... faire sa propre promotion... exercer le pouvoir...

Elle resta silencieuse un moment, puis continua d'une voix rêveuse :

— Un jour, une de mes amies qui fait partie du service diplomatique m'a raconté qu'elle avait avoué à une Allemande à quel point elle avait été émue par la représentation de la Passion à Oberammergau. Sur quoi l'Allemande lui avait répondu avec mépris : « Vous ne comprenez rien. Nous autres Allemands, nous n'avons pas besoin d'un Jésus-Christ. Nous avons Adolf Hitler ici, avec nous. Il est plus grand que tous les Jésus qui ont pu exister. » C'était une brave femme, on ne peut plus banale. Mais c'est ce qu'elle ressentait. Et des millions de gens avec elle. Hitler était un gourou. Il parlait et ils écoutaient... et ils acceptaient le sadisme, les chambres à gaz, les tortures de la Gestapo.

Elle haussa les épaules puis reprit, de sa voix normale :

— N'importe, c'est bizarre que vous ayez dit ce que vous venez de dire, juste maintenant.

— Qu'est-ce que j'ai dit ?

— À propos du Vieux de la Montagne. Du Maître des assassins.

— Seriez-vous en train de me dire qu'il y a un Vieux de la Montagne ici ?

— Non, pas un Vieux de la Montagne, mais peut-être une Vieille de la Montagne.

— Une Vieille de la Montagne... Et à quoi ressemble-t-elle ?

— Vous le verrez ce soir.

— Et qu'allons-nous faire ce soir ?

— Sortir dans le monde.

— Il y a bien longtemps que vous n'avez plus été Mary Ann.

— Pour que je le redevienne, il vous faudra attendre que nous fassions un nouveau voyage par avion.

— Ce doit être mauvais pour le moral de vivre sur de telles hauteurs, remarqua Stafford Nye, songeur.

— Comment l'entendez-vous ? Socialement ?

— Non. Géographiquement. Si vous habitez un château, sur un sommet montagneux surplombant le monde, eh bien, vous devez mépriser le bas peuple, non ? Vous êtes grand et dominateur. C'est ce que

Hitler ressentait à Berchtesgaden, c'est ce que beaucoup de gens éprouvent peut-être quand ils escaladent des montagnes et regardent en bas, dans la vallée, les autres créatures humaines.

— Il faudra que vous soyez prudent, ce soir, le prévint Renata. La situation va être délicate.

— Des instructions particulières ?

— Vous êtes un mécontent. Vous êtes contre l'ordre établi, contre le monde tel qu'il est. Vous êtes un rebelle, mais un rebelle qui ronge son frein en silence. Pouvez-vous jouer ça ?

— Je peux essayer.

Le paysage était devenu plus sauvage. La grosse voiture grimpait des routes tortueuses, traversait des villages de montagne, avec parfois des trouées dans le paysage offrant au loin des vues spectaculaires : une rivière d'argent serpentant au soleil ou des flèches d'églises perdues dans la brume.

— Où allons-nous, Mary Ann ?

— Dans un nid d'aigle.

La route tourna une dernière fois pour s'engager dans une forêt. De-ci de-là, Stafford Nye voyait passer un animal sauvage – des daims, peut-être bien. Par moments, il apercevait aussi des hommes en veste de cuir et armés de fusils. Des gardes-chasse, pensa-t-il. Puis ils arrivèrent finalement en vue d'un énorme château dressé au-dessus d'un à-pic. En ruine par endroits, il était cependant en grande partie remarquablement restauré. Massif, splendide, il n'était néanmoins plus guère que le vestige d'un pouvoir passé, d'une puissance à jamais révolue.

— Nous nous trouvons dans ce qui était à l'origine le grand-duché de Liechtenstolz, expliqua Renata.

Ce château a été construit par le grand-duc Ludwig en 1790.

— Qui l'habite maintenant ? Le grand-duc actuel ?

— Non. Ils sont tous partis. C'en est fini. Balayés.

— Qui l'habite, en ce cas ?

— Quelqu'un qui a du pouvoir à l'heure actuelle.

— De l'argent ?

— Oui. Beaucoup.

— Allons-nous rencontrer M. Robinson, arrivé par la voie des airs pour nous accueillir ?

— M. Robinson est certainement la dernière personne que vous pourriez rencontrer ici, je peux vous l'assurer.

— Dommage, répliqua Stafford Nye. J'aime bien M. Robinson. C'est un personnage, non ? Mais qui est-il réellement ? Quelle est sa nationalité ?

— Je ne crois pas que quiconque l'ait jamais su. Chacun soutient une thèse différente. Certains hasardent qu'il est turc, d'autres qu'il est arménien, d'autres encore qu'il est hollandais, quelques-uns le prétendent tout bonnement anglais. D'aucuns affirment que sa mère était une Slave circassienne, une grande-duchesse russe, une bégum indienne, etc. En fait, personne n'en sait rien. Quelqu'un m'a dit que sa mère était une Mlle McLellan, de pure souche écossaise. Pourquoi pas ?

Ils s'étaient arrêtés devant un grand portique. Deux domestiques en livrée, descendus du perron, vinrent cérémonieusement les saluer. On s'occupa de leurs bagages, qui étaient fort nombreux. Stafford Nye s'était d'abord demandé pourquoi diable on leur recommandait d'en emporter autant, mais il commençait à comprendre que, de temps à autre, ils en auraient besoin. Le soir même, par exemple. C'est ce que lui fit comprendre sa compagne en réponse à quelques questions.

Ils se retrouvèrent avant le dîner, à l'appel du gong. Stafford Nye attendit dans le hall, au pied de l'escalier, la comtesse qui descendit en grande tenue de soirée : robe de velours rouge foncé, des rubis autour du cou et un diadème orné d'un rubis dans les cheveux. Les précédant, un domestique ouvrit grand la porte et annonça :

— La comtesse Zerkowski. Sir Stafford Nye.

« Nous y voilà. J'espère que nous sommes bien dans notre rôle... », se dit sir Stafford Nye en regardant avec satisfaction les boutons en saphir et diamant de sa chemise.

Levant le nez, il eut brusquement le souffle coupé. Il s'attendait à tout, mais pas à ça... Une pièce immense de style rococo où fauteuils, canapés et sofas étaient recouverts des mêmes brocarts et des mêmes velours précieux dont étaient faits les rideaux et tentures. Sur les murs, des tableaux parmi lesquels, s'il ne les reconnut pas tous aussitôt, il remarqua immédiatement – il était grand amateur de peinture – un Cézanne, un Matisse et presque certainement un Renoir. Des tableaux d'une valeur inestimable.

Une énorme femme était assise dans un non moins énorme fauteuil aux allures de trône. Une baleine, pensa Stafford Nye. Il ne voyait pas d'autre mot pour la décrire. Une grande et grosse femme baignant dans la graisse, un bloc de saindoux. Avec un double, triple, presque quadruple menton. Elle portait une robe de satin orange empesé et, sur la tête, un diadème de pierres précieuses en forme de couronne. Ses mains, qui reposaient sur les accoudoirs couverts de brocart de son fauteuil, n'étaient pas moins énormes. Grandes, grosses, avec des doigts informes, boudinés. Et sur chacun de ces doigts, un solitaire : un rubis, une émeraude, un saphir, un diamant, une pierre vert pâle qu'il ne connaissait pas – une chrysoprase peut-être – et, pour finir, une pierre jaune qui, s'il ne s'agissait pas d'une topaze, ne pouvait être qu'un rarissime diamant citrin.

Elle était horrible à voir. Elle baignait dans sa graisse. Son visage n'était qu'une grosse masse blanche et plissée de chairs tombantes. Avec, fichés là-dedans comme deux raisins secs dans un pain au lait, deux petits yeux noirs. Des yeux perçants qui observaient le monde et le jaugeaient, le jaugeaient lui mais non Renata, lui sembla-t-il. Renata, elle la connaissait. Renata avait été mandée, elle avait rendez-vous. Et elle avait somme toute été chargée de l'amener, lui, ici. Pourquoi ? Il n'en voyait pas la raison, mais il en était pratiquement sûr. Et c'était lui qu'elle regardait. Lui qu'elle jaugeait, qu'elle évaluait. Correspondait-il à ce qu'elle voulait ? Ou, plus exactement, correspondait-il à la commande qu'elle avait passée ?

Il va falloir que je comprenne exactement ce qu'elle veut, pensa-t-il. Il va falloir que je fasse de mon mieux, sinon... Sinon, il l'imaginait très bien levant un gros doigt bagué et commandant à un de ses valets de pied musclés : « Saisissez-vous de lui et précipitez-le par-dessus les remparts ! » Ridicule, pensa aussitôt Stafford Nye. Ce type de comportement n'a plus cours de nos jours. Néanmoins, où était-il ? Dans quelle espèce de parade, de mascarade, de pièce de théâtre, avait-il un rôle à jouer ?

— Vous êtes très ponctuelle, mon enfant.

La voix, rauque et asthmatique, avait dû autrefois avoir de la force et même une certaine beauté. Mais il n'en restait plus grand-chose. Renata avança, esquissa une révérence, prit la main adipeuse et y déposa un baiser courtois.

— Permettez-moi de vous présenter sir Stafford Nye. La comtesse Charlotte von Waldsausen.

La main adipeuse lui fut tendue. Il s'inclina sur elle, à la manière continentale. Puis, à sa grande surprise, il entendit la voix rauque lui confier :

— Je connais votre grand-tante.

Il remarqua que sa stupeur amusait beaucoup son hôtesse, mais il comprit aussi qu'elle s'attendait à ce qu'il fût surpris. Elle eut un rire étrange, grinçant. Peu plaisant.

— Disons que je l'ai connue. Je ne l'ai pas revue depuis de longues, de très longues années. Jeunes filles, nous nous sommes trouvées en Suisse ensemble, à Lausanne. Matilda. Lady Matilda Baldwen-White.

— Quelle merveilleuse nouvelle je vais pouvoir rapporter à la maison ! déclara Stafford Nye.

— Elle était plus âgée que moi. Elle est en bonne santé ?

— Pour son âge, en parfaite santé. Elle vit paisiblement à la campagne. Elle a de l'arthrite, des rhumatismes...

— Ah ! oui, tous les maux de la vieillesse. Elle devrait se faire faire des injections de procaïne. C'est

153

ce que font les médecins, sur nos cimes. Les résultats sont très satisfaisants. Sait-elle que vous êtes venu me voir ?

— Elle n'en a certainement pas la moindre idée, répondit sir Stafford Nye. Elle savait seulement que je me rendais à ce festival de musique moderne.

— Qui vous a plu, j'espère ?

— Oh ! énormément. La salle est magnifique, n'est-ce pas ?

— Une des meilleures qui soient. À côté, celle du festival de Bayreuth a l'air d'un vieil auditorium de lycée. Vous savez combien a coûté la construction de ce nouvel opéra ?

Elle lui énonça la somme en millions de marks. Stafford Nye en eut le souffle coupé, mais il n'avait aucune raison de le dissimuler. Elle fut très satisfaite de l'effet qu'elle avait produit.

— Si on a les connaissances, les capacités et le sens critique suffisants, que ne peut-on pas faire avec de l'argent ? On peut obtenir tout ce qui se fait de mieux.

Elle avait prononcé les deux derniers mots avec une réelle jouissance, et un claquement de langue qu'il trouva à la fois déplaisant et légèrement sinistre.

— J'en vois la preuve ici, répliqua-t-il en regardant autour de lui.

— Vous êtes amateur d'art ? Oui, je vois que vous l'êtes. Sur ce mur, à ma droite, vous avez le plus beau Cézanne qui soit au monde. Certains prétendent que... ah ! j'ai oublié son nom, celui qui est au Metropolitan Museum de New York est plus beau. Mais ce n'est pas vrai. Le plus beau Matisse, le plus beau Cézanne, les plus beaux tableaux de toute l'école française se trouvent ici. Ici, dans mon nid d'aigle.

— C'est merveilleux, déclara sir Stafford Nye, absolument merveilleux.

Des boissons circulèrent. Stafford Nye remarqua que la Vieille de la Montagne ne buvait rien. Étant donné son poids, elle devait prendre soin de ménager sa tension.

— Et où avez-vous rencontré cette enfant ? demanda le dragon de la montagne.

Était-ce un piège ? À l'aveuglette, il se décida rapidement :

— À l'ambassade américaine, à Londres.

— Ah ! oui, c'est ce que j'avais cru comprendre. Et comment est... ah ! j'ai oublié son nom... ah ! oui, Milly Jane, notre héritière sudiste ? Séduisante, à votre avis ?

— Très charmante. Elle a beaucoup de succès à Londres.

— Et ce malheureux Sam Cortman, l'ambassadeur des États-Unis ?

— Un homme plein de bon sens, répondit poliment Stafford Nye.

Elle gloussa :

— Ha, ha ! Vous faites preuve de beaucoup de tact, n'est-ce pas ? Ma foi, il fait bien son métier. Il fait ce qu'on lui dit de faire, en bon politique. Et être ambassadeur à Londres, ce n'est pas désagréable du tout. Milly Jane peut bien faire ça pour lui. Oh ! avec un porte-monnaie bourré comme l'est le sien, elle pourrait lui obtenir n'importe quelle ambassade dans le monde. Son père est propriétaire de la moitié du pétrole du Texas, de terrains, de mines d'or, de

tout. Un individu grossier, particulièrement laid...
Mais elle, de quoi a-t-elle l'air ? D'une gentille petite
aristocrate. Ni riche ni vulgaire. C'est astucieux de
sa part, non ?

— Parfois, cela se fait sans difficulté, rétorqua sir
Stafford Nye.

— Et vous ? Vous êtes riche ?

— Je le voudrais bien.

— De nos jours, les Affaires étrangères ne sont
pas très... dirons-nous... reconnaissantes ?

— Eh bien... je ne formulerais pas exactement les
choses ainsi... Après tout, on voyage, on rencontre
des gens intéressants, on voit le monde, on est un peu
au courant de ce qui se passe...

— Un peu, oui. Mais pas de tout.

— Ce serait bien difficile.

— Avez-vous jamais souhaité... comment dire... ?
Voir ce qui se passe dans les coulisses de la vie ?

— On en a une idée, parfois, répondit-il sans se
compromettre.

— J'ai en effet entendu dire de vous que vous
auriez parfois des idées sur bien des sujets. Des idées
pas toujours très conventionnelles...

— Il y a des moments où je me sens vraiment la
brebis galeuse de la famille, reconnut sir Stafford
Nye en riant.

La vieille Charlotte gloussa :

— En tout cas, vous n'hésitez pas à l'admettre,
n'est-ce pas ?

— À quoi bon les faux-semblants ? Les gens savent
toujours ce que vous essayez de leur cacher.

Elle le regarda et lui demanda :

— Qu'attendez-vous de la vie, jeune homme ?

156

Il haussa les épaules. De nouveau, il lui fallait improviser.

— Rien, répondit-il.

— Allons, allons ! Vous voulez me faire croire ça ?

— Mais oui, vous pouvez le croire. Je ne suis pas ambitieux. Ai-je l'air d'un ambitieux ?

— Non, je le reconnais volontiers.

— M'amuser, vivre confortablement, manger, boire avec modération et avoir des amis qui me divertissent, voilà tout ce que je demande.

La vieille femme se pencha vers lui, battit plusieurs fois des paupières puis, d'une voix différente, comme sifflante, elle reprit :

— Pouvez-vous haïr ? Êtes-vous capable de haine ?

— Haïr est une perte de temps.

— Je comprends. Je comprends. Il est vrai que je n'aperçois sur votre visage aucun trait marquant précisément le mécontentement. Malgré tout, je pense que vous seriez prêt à emprunter certain chemin de traverse et à le suivre avec le plus parfait détachement et qu'en fin de compte, si vous tombiez sur de bons conseillers et de bons assistants, vous pourriez atteindre votre but... à condition toutefois que vous en ayez l'ambition.

— Cette ambition, qui ne l'aurait ? répliqua Stafford Nye en hochant doucement la tête. Vous me percez trop bien à jour, ajouta-t-il. Beaucoup trop bien.

Une porte s'ouvrit.

— Madame la comtesse est servie.

Le cérémonial eut quelque chose de presque royal. Au bout de la salle, les grandes portes s'ouvrirent brusquement sur une salle à manger d'apparat au plafond peint brillamment éclairée par trois énormes lustres. Deux femmes d'âge mûr vinrent encadrer la comtesse, toutes deux en robe du soir, cheveux gris méticuleusement ramenés en chignon sur le sommet du crâne et portant chacune une broche en diamant. Pour sir Stafford Nye, il émanait d'elles comme un parfum de gardiennes de prison. Elles devaient être moins des gardes du corps, se dit-il, que des infirmières de haut rang chargées de la santé, de la toilette et autres détails intimes de l'existence de la comtesse Charlotte. Après s'être respectueusement inclinées devant elle, elles passèrent chacune un bras sous ceux de la grosse femme assise. Et, avec l'aisance que confère une longue pratique et secondées par le plus vigoureux coup de reins que leur patronne soit encore capable de fournir, elles la mirent dignement debout.

— Allons dîner, maintenant, décréta Charlotte.

Flanquée de ses deux assistantes, elle conduisit la marche. Debout, elle ressemblait encore plus à une masse de gelée tremblotante, mais elle avait toujours l'air aussi redoutable. Pas question de ne voir en elle qu'une vieille femme adipeuse : elle était quelqu'un, en avait conscience et en jouissait sans complexe aucun. Derrière les trois femmes, Stafford Nye fermait la marche au bras de Renata.

Plus qu'une salle à manger, l'immense pièce dans laquelle ils pénétrèrent évoquait une salle de banquet. Il y avait là des gardes du corps, grands et beaux jeunes dieux blonds sanglés dans leurs uniformes. À l'entrée de Charlotte, ils tirèrent tous ensemble leur épée dans un grand cliquetis et les croisèrent pour former une voûte d'honneur au-dessus de sa tête. Charlotte se redressa et, lâchée par ses assistantes, se dirigea seule vers le haut bout de table où l'attendait un fauteuil incrusté d'or et tapissé de brocart. On aurait dit une procession de mariage, estima Stafford Nye. De mariage célébré au sein de l'armée ou de la marine, et où seul le marié manquait à l'appel.

Tous ces jeunes gens étaient superbes. Aucun, pensa-t-il, ne devait avoir plus de trente ans. Robustes et bien découplés, ils resplendissaient de santé. Et, loin d'arborer le moindre sourire, leurs visages exprimaient au contraire la gravité. Ils semblaient tous... – Stafford Nye cherchait l'expression adéquate – confits en dévotion. D'ailleurs, à tout prendre, cette procession avait un caractère plus religieux encore que militaire. Les serviteurs firent leur apparition, des serviteurs à l'ancienne mode, appartenant selon toute vraisemblance au passé de ce château, un passé d'avant la guerre de 1939. On se serait cru en plein tournage d'une superproduction historique. Mais, en bout de table, trônait non pas une reine, non pas une impératrice, mais une vieille femme, remarquable surtout par son poids et son extraordinaire et irrémédiable laideur. Qui était-elle ? Que faisait-elle là ? Et pourquoi ?

Pourquoi toute cette mascarade ? Pourquoi cette armée de gardes ? D'autres dîneurs en tenue de soirée passe-partout vinrent se mettre à table, qui, avant de s'asseoir, s'inclinèrent tous très bas devant la monstruosité trônant dans son fauteuil. On ne fit aucune présentation.

Stafford Nye, avec sa longue habitude du monde, chercha à les situer. Il y avait là des gens très différents. De tous les milieux. Des hommes de loi, ça il en était certain. Plusieurs hommes de loi. Des financiers et quelques officiers en civil. Ils faisaient partie de la maison sans doute, mais étaient relégués en bout de table, au rang le plus bas.

On apporta les plats. Une gargantuesque hure de sanglier en gelée, des venaisons, un sorbet au citron et un extraordinaire vol-au-vent, magnifique édifice d'une incroyable richesse. L'énorme femme mangeait, mangeait avec un appétit d'ogre, jouissant de chaque bouchée de sa nourriture. Et soudain un vrombissement monta du dehors : le ronflement du moteur d'une puissante voiture de sport qui passa comme une flèche blanche devant la fenêtre. Comme en écho, le corps de gardes tout entier se mit aussitôt à scander à l'unisson :

— Heil ! Heil ! Heil Franz !

Le détachement des jeunes gardes manœuvra avec l'aisance que seule confère une absolue discipline librement consentie. Tout le monde s'était levé à l'exception de la vieille femme restée, tête haute, sur son trône. Un petit vent d'excitation parcourut l'assistance.

Les autres invités, ainsi que les membres de la maisonnée, tous autant qu'ils étaient, disparurent d'une manière qui rappela à Stafford Nye les lézards s'évanouissant dans les fissures d'une muraille. Les grands garçons blonds se déployèrent sur un rang. Sabres au clair, ils saluèrent leur patronne qui inclina la tête, rengainèrent leurs épées et firent demi-tour, permission accordée, pour sortir de la pièce. La vieille femme les suivit des yeux, puis reporta son regard d'abord sur Renata, et enfin sur Stafford Nye.

— Que pensez-vous d'eux ? demanda-t-elle. De mes garçons, de ma jeune troupe, de mes enfants ? Oui, de mes enfants. Avez-vous un mot pour les décrire ?

— Je crois que oui, répondit Stafford Nye. Magnifiques. Magnifiques, madame, répéta-t-il avec révérence et comme s'il s'adressait à une altesse royale.

— Ah !

Elle inclina la tête. Et comme elle souriait, les rides se multiplièrent sur son visage. Elle avait tout à fait l'air, maintenant, d'un crocodile.

Une femme terrifiante, se dit-il. Terrifiante, impossible, théâtrale... Tout cela était-il bien réel ? Il n'arrivait pas à y croire. Ne s'agissait-il pas plutôt d'une nouvelle représentation à mi-chemin de l'opéra et de la pantomime, donnée dans le cadre du festival de musique et se déroulant dans une salle de spectacle fraîchement inaugurée ?

La porte s'ouvrit encore. La troupe des jeunes surhommes blonds revenait, sans manier l'épée cette fois, mais en chantant. Ils chantaient avec des voix d'une beauté sans pareille. Après tant d'années de musique pop, Stafford Nye ressentit à les entendre un immense plaisir. Leurs voix n'émettaient pas des cris rauques entrecoupés d'onomatopées. C'étaient des voix travaillées. Travaillées avec des professeurs de chant. Pas question pour ces jeunes gens de forcer leurs cordes vocales ni de détonner. Mais s'ils étaient peut-être les nouveaux héros d'un monde nouveau, ce qu'ils chantaient n'était pas de la nouvelle musique. Cette musique, il l'avait déjà entendue. Il s'agissait d'arrangements de différents airs de Wagner. Un orchestre devait être caché quelque part, dans une galerie circulaire au-dessus de la salle.

Le corps d'élite se déploya de nouveau sur deux rangs, là où visiblement quelqu'un devait effectuer son entrée. Et ce ne pouvait être cette fois la vieille impératrice, laquelle attendait, toujours assise sur son trône.

Enfin, il arriva. Et la musique changea aussitôt. Elle se mua en ce *leitmotiv* que Stafford Nye connaissait maintenant par cœur : l'air du jeune Siegfried. Le triomphant appel de cor du jeune Siegfried, dominant le monde nouveau qu'il était appelé à conquérir.

Marchant entre la double rangée de ceux qui, de toute évidence, étaient ses disciples, s'avança alors le jeune homme le plus beau que Stafford Nye eût jamais vu. Blond aux yeux bleus, aux proportions parfaites et comme parachevé par la baguette d'un magicien, il avait l'air de sortir d'un monde de légende. Mythe, héros, résurrection, renaissance, tout y était. La beauté, la force, l'assurance, l'arrogance.

Encadré par ses gardes du corps, il s'avança jusqu'à la hideuse montagne de féminité assise sur son trône. Un genou en terre, il lui prit la main et la porta à ses lèvres puis, se remettant debout, il leva le bras en signe de salut et poussa le cri que Stafford Nye avait déjà entendu : « Heil ! » Son allemand n'était pas très clair, mais Stafford Nye crut comprendre : « Heil à notre mère à tous ! »

Puis le beau et jeune héros regarda autour de lui. Il eut vaguement l'air de reconnaître Renata, sans toutefois marquer pour elle un intérêt particulier, mais parut sans conteste s'intéresser à Stafford Nye et l'examiner. Prudence, se dit celui-ci. Prudence ! Il fallait jouer serré, maintenant. Jouer le rôle qu'on attendait de lui. Seulement... lequel ? Que faisait-il ici ? Qu'est-ce que sa compagne et lui étaient censés faire ici ? Pourquoi étaient-ils venus ?

Le héros prit la parole.

— Ainsi, nous avons des invités ! remarqua-t-il.

Et, en souriant, avec l'arrogance de celui qui se sait supérieur à tout être au monde, il ajouta :

— Bienvenue à nos hôtes, bienvenue à vous deux.

Quelque part, dans les profondeurs du château, une grosse cloche se mit à sonner. Le son était funèbre mais semblait vous appeler à la discipline, comme à l'office dans un monastère.

— Nous devons maintenant aller dormir, déclara la vieille Charlotte. Dormir. Nous nous retrouverons demain matin à 11 heures. On va vous conduire à vos chambres, ajouta-t-elle à l'adresse de Renata et de Stafford Nye. J'espère que vous dormirez bien.

C'était un congé royal.

Stafford Nye vit Renata lever le bras pour adresser le salut fasciste, non pas à Charlotte, mais au jeune homme blond et crut l'entendre articuler : « Heil Franz Joseph ! » Il l'imita.

— Aimeriez-vous commencer la journée de demain par une promenade à cheval en forêt ? leur demanda Charlotte.

— Rien ne pourrait me faire plus plaisir, répondit Stafford Nye.

— Et vous, mon enfant ?

— Oui, à moi aussi.

— Très bien, alors. Nous allons organiser ça. Bonne nuit à vous deux. Je suis heureuse de vous accueillir ici. Franz Joseph... donnez-moi votre bras et allons dans le boudoir chinois. Nous avons à discuter sur une infinité de sujets et vous devez partir de bonne heure demain matin.

Des serviteurs conduisirent Renata et Stafford Nye jusqu'à leurs chambres. Nye hésita un instant sur le seuil de sa porte. Allaient-ils pouvoir échanger maintenant quelques mots ? Il décida qu'il valait mieux s'en abstenir. Tant qu'ils seraient dans les murs de ce château, il fallait qu'ils se montrent prudents. On ne sait jamais. Les chambres étaient peut-être truffées de micros.

Tôt ou tard, pourtant, il serait obligé de poser des questions. Certains détails suscitaient en lui une inquiétude grandissante. Il se sentait entraîné malgré lui dans un tourbillon, mais dans un tourbillon de quoi ? Et par qui ?

Les chambres étaient belles mais oppressantes. Les luxueuses tentures de satin et de velours, pour la plupart anciennes, dégageaient un parfum de pourriture mêlée d'épices. Combien de fois Renata avait-elle déjà séjourné ici auparavant ?

11

JEUNE ET BEAU

Après avoir pris son petit déjeuner le lendemain matin dans une pièce du rez-de-chaussée, Stafford Nye trouva Renata qui l'attendait. Les chevaux piaffaient à la porte. Tous deux avaient apporté des tenues d'équitation. Il semblait qu'on ait prévu tout ce dont ils pourraient avoir besoin. Ils se mirent en selle et s'éloignèrent du château. Renata avait échangé quelques paroles avec le garçon d'écurie.

— Il m'a demandé si nous voulions qu'il nous accompagne, mais je lui ai dit que je connaissais tous les sentiers des environs.

— Vous êtes déjà venue ici, si je comprends bien.

— Ces dernières années, pas très souvent. Mais dans ma jeunesse, je connaissais très bien l'endroit.

Il lui lança un coup d'œil pénétrant qu'elle ne lui retourna pas. Chevauchant à côté d'elle, il observait son profil au nez fin, son port de tête altier et son cou délié. Il remarqua aussi qu'elle montait très bien.

Quoi qu'il en soit, il se sentait ce matin mal à l'aise. Il n'aurait pas su dire pourquoi...

Il revoyait la salle de transit de l'aéroport, la jeune femme venue s'asseoir à côté de lui, le demi de bière sur sa table... Rien de mystérieux dans tout cela, ni alors ni plus tard. Le risque, il l'avait accepté. Alors pourquoi, à présent que tout cela relevait du passé, fallait-il que ce souvenir le mette tout à coup mal à l'aise ?

Ils firent un *canter*, un petit galop cadencé dans un chemin de forêt. La propriété et les bois étaient magnifiques. Au loin, il aperçut des chevreuils – ou n'étaient-ce pas plutôt des daims ? C'était un paradis pour un chasseur, un paradis pour une manière de vivre révolue, un paradis dans lequel se lovait... quoi ? Un serpent ? Comme au commencement des temps, avec le paradis venait le serpent. Il referma les doigts sur les rênes et les chevaux se mirent au pas. Renata et lui étaient seuls, sans microphones, sans oreilles dans les murs... Le moment était venu pour les questions.

— Qui est-elle ? demanda-t-il d'un ton pressant. Qui et quoi ?

— Répondre à ça n'est pas difficile. C'est au contraire si facile que c'en est à peine croyable.

— Eh bien ?

— Du pétrole. Du cuivre. Des mines d'or en Afrique du Sud. Des armes en Suède. Des mines d'uranium dans le Nord, du cobalt, des centrales nucléaires... Elle est tout ça.

— Et pourtant, je n'avais jamais entendu parler d'elle, je ne connaissais pas son nom, je ne savais pas...

— Elle ne veut pas qu'on la connaisse.

— Mais peut-on tenir pareilles possessions secrètes ?

— Très facilement, à condition de posséder assez de cuivre, de pétrole, de centrales nucléaires, d'armement et du reste. L'argent peut promouvoir, mais

166

l'argent peut aussi tenir caché, l'argent peut étouffer.

— Mais qui est-elle, en réalité ?

— Son grand-père était américain. Les chemins de fer, je crois. Peut-être aussi les porcs à Chicago, à cette époque-là. Mais c'est déjà de l'histoire ancienne. Il avait épousé une Allemande. Vous avez dû en entendre parler. On l'appelait la grosse Belinda. L'armement, les navires, toute la richesse industrielle de l'Europe. Elle était l'héritière de son père.

— Et à eux deux, ils représentaient une fortune incroyable, remarqua sir Stafford Nye. Par conséquent... le pouvoir. C'est bien ça ?

— Oui. Mais Charlotte ne s'est pas contentée d'engranger la fortune de ses parents, voyez-vous. Elle a fait de l'argent, comme eux. Car elle a également hérité d'eux un cerveau de grand financier. Tout ce qu'elle touche se multiplie, se transforme en d'incroyables sommes d'argent, qu'elle investit. Elle prend conseil, écoute les avis mais, en fin de compte, ne se fie qu'à elle-même. Et toujours avec succès. Elle accumule les richesses de façon incroyable. L'argent appelle l'argent.

— Oui. Je comprends ça. La richesse ne peut qu'augmenter quand elle est en excès. Mais elle, qu'est-ce qu'elle cherche ? Qu'est-ce qu'elle a obtenu ?

— Vous l'avez dit vous-même. Le pouvoir.

— Et elle habite ici ? Ou bien est-ce qu'elle... ?

— Elle voyage en Amérique et en Suède. Oh ! oui, elle voyage, mais pas souvent. C'est ici qu'elle se trouve le mieux, au centre de son réseau, comme une grande araignée veillant sur tous ses fils. Les fils de la finance. Et d'autres fils aussi.

— Quand vous dites d'autres fils...

— Les arts. La musique, la peinture, la littérature. Les êtres humains... les jeunes êtres humains.

— Oui, ça se voit. Ses tableaux... elle a une extraordinaire collection.

— Il y en a des salles pleines, en haut, dans le château. Des Rembrandt, des Giotto, des Raphaël et des coffres remplis de bijoux... de quelques-uns des plus beaux bijoux au monde.

— Et tout cela appartient à une grosse et vieille femme hideuse... Elle est satisfaite, au moins ?

— Pas encore, mais en passe de l'être.

— Où va-t-elle ? Que veut-elle ?

— Elle adore la jeunesse. C'est sur elle qu'elle veut exercer son pouvoir. Le monde est actuellement plein de jeunes qu'on pousse à la rébellion. Et ceux qui les y poussent, ce sont les philosophes et les penseurs modernes, les écrivains et les autres, tous individus qu'elle finance et contrôle.

— Mais comment peut-elle... ?

Il s'interrompit.

— Je ne peux pas vous le dire parce que je n'en sais rien. C'est un énorme réseau. En un sens, elle est derrière tout ça, elle entretient d'étranges associations caritatives, de très sérieux philanthropes, de fumeux idéalistes, elle attribue d'innombrables subventions à des étudiants, des artistes, des écrivains.

— Et cependant vous dites que ce n'est pas...

— Non, ce n'est pas encore tout. Il est prévu un grand chambardement. Il faut croire dans le nouveau

168

paradis, dans la nouvelle Terre, en tout ce qui a été promis depuis des milliers d'années. Promis par les religions, promis par ceux qui annoncent le Messie, promis par ceux qui reviennent pour enseigner la loi, comme le Bouddha. Promis par les politiciens. Le paradis grossier, facile à atteindre, en lequel croient les Assassins, que le Vieux de la Montagne a promis à ses disciples et que, de leur point de vue, il leur a donné.

— Elle s'intéresse aussi à la drogue ?

— Oui. Sans conviction, bien sûr. Comme un moyen de plier les gens à sa volonté. Et aussi comme moyen de les détruire. Ceux qui sont faibles. Ceux qu'elle considère comme irrécupérables, même s'ils lui avaient d'abord paru prometteurs. Elle ne prendrait jamais de la drogue elle-même. Elle est forte. Mais les drogues détruisent les faibles plus facilement et plus naturellement que toute autre chose.

— Et la force, qu'en fait-elle ? On ne peut pas tout obtenir à coup de propagande.

— Non, bien sûr que non. La propagande, c'est la première étape et, derrière, on entasse les armements. Les armes sont expédiées vers les pays sous-développés, et de là elles s'en vont ailleurs. Les chars, les canons, les armes nucléaires, tout cela part pour l'Afrique, les mers australes et l'Amérique du Sud. L'Amérique du Sud est en pleine effervescence. On entraîne là-bas des armées de jeunes gens et de jeunes femmes. Il s'y trouve d'énormes dépôts d'armes conventionnelles... et aussi d'armes chimiques...

— Mais c'est un cauchemar ! Comment savez-vous tout ça, Renata ?

— Partie parce que j'en ai été informée, partie parce que j'ai été moi-même à la source de quelques-unes de ces informations.

— Mais *vous* ? Qu'avez-vous à faire avec *elle* ?

— Il se cache toujours quelque chose de dérisoire derrière les grands et vastes projets, répondit-elle en se mettant brusquement à rire. Cette gorgone, imaginez-vous ça, a autrefois entretenu une liaison amoureuse avec mon grand-père. C'est une histoire loufoque. Il habitait la région. Il possédait un château à deux ou trois kilomètres d'ici.

— C'était un homme de génie ?

— Pas du tout. Tout au plus un excellent fusil. Beau, menant une vie dissolue et plaisant aux femmes. Et à cause de ça, en quelque sorte, elle est devenue ma protectrice. Je suis une de ses fidèles, une de ses esclaves ! Je travaille pour elle. Je lui trouve des gens, je transmets ses ordres aux quatre coins du globe.

— Vous ? Vraiment ?

— Qu'est-ce qui vous étonne ?

— Je n'en reviens pas...

Il était stupéfait. Il regarda Renata et repensa à l'aéroport. Il travaillait *pour* Renata, il travaillait *avec* Renata... Elle l'avait emmené dans ce château. Qui lui avait demandé de le faire ? La grosse Charlotte, du milieu de sa toile d'araignée ? Il avait une certaine réputation, une réputation d'incompétence dans les milieux diplomatiques. Il pouvait sans doute être utile à ces gens-là, mais d'une toute petite et humiliante utilité. Et tout à coup, dans un brouillard de points d'interrogation, il se demanda : Renata ??? J'ai pris un risque pour elle à l'aéroport de Francfort.

Et j'ai bien fait. J'en suis sorti. Il ne m'est rien arrivé. Mais tout de même : qui est-elle ? Qui et quoi ? Je ne sais pas. Je ne peux pas en être sûr. De nos jours, on ne peut être sûr de personne. D'absolument personne. On a pu lui ordonner de mettre la main sur moi et, dans ce cas, l'histoire de Francfort aurait pu être habilement planifiée – et ce, bien en accord avec mon goût du risque – pour m'amener à lui faire confiance par la suite...

— Reprenons un petit galop, dit-elle. Nous avons mené les chevaux trop longtemps au pas.

— Je ne vous ai pas demandé ce que vous, vous faisiez dans tout ça ?

— J'exécute les ordres.

— De qui ?

— Il existe une opposition. Il y a toujours une opposition. Il y a des gens qui soupçonnent ce qui se passe, la façon dont on veut amener le monde à changer, ce qui risque d'arriver à coups d'argent, d'armement, d'idéalisme, de grands mots claironnés. Et il y a des gens pour dire que cela *ne doit pas* arriver.

— Et vous êtes avec eux ?

— Je le dis.

— Qu'entendez-vous par là, Renata ?

— Je le dis, répéta-t-elle.

— Ce jeune homme, hier soir...

— Franz Joseph ?

— C'est son nom ?

— C'est celui qu'on lui donne.

— Mais il en a un autre, n'est-ce pas ?

— Vous croyez ?

— Ne serait-il pas le jeune Siegfried ?

171

— C'est ainsi que vous l'avez vu ? Vous avez compris que c'est ce qu'il est, que c'est le rôle qu'il se donne ?

— Je pense, oui. Jeune. Héroïque. Un jeune Aryen. Le jeune Aryen est toujours de rigueur dans cette partie du monde. La race des seigneurs. Les surhommes. Ils doivent tous être d'ascendance aryenne.

— Oh ! oui, cela date encore du temps de Hitler. On n'en parle pas toujours aussi ouvertement et on n'y attache pas autant d'importance dans le reste du monde. Comme je l'ai dit, l'Amérique du Sud est l'une de ses forteresses. Ainsi que le Pérou et l'Afrique du Sud.

— Et que fait le jeune Siegfried, à part exhiber sa beauté et baiser la main de sa protectrice ?

— Oh ! c'est un merveilleux orateur. Quand il parle, ses adeptes sont prêts à le suivre jusqu'à la mort.

— C'est vrai ?

— En tout cas, il le croit.

— Et vous ?

— Je suis disposée à le croire. L'éloquence, c'est un phénomène effrayant, vous savez. On n'imagine pas ce qu'une voix peut faire, ce que des mots peuvent faire, même s'ils ne sont pas particulièrement convaincants ! C'est la manière dont ils sont dits qui compte. Sa voix à lui sonne comme la cloche d'une cathédrale. Les femmes pleurent, poussent des cris, s'évanouissent lorsqu'il leur adresse la parole... Vous verrez ça vous-même.

Elle poursuivit après un silence :

— Vous avez vu la garde de Charlotte en grande tenue, hier soir... Les gens adorent se déguiser, de

172

nos jours. Cette mode, on la constate dans le monde entier et sous des oripeaux différents selon les endroits. Vous avez les garçons qui portent barbe et cheveux longs, et les filles, des chemises de nuit blanches flottant dans le vent ; ceux-là parlent de paix, de beauté et du monde merveilleux qui sera le leur quand ils auront anéanti l'ordre établi. À l'origine, le Pays des Jeunes devait se trouver à l'ouest de la mer d'Irlande, n'est-ce pas ? Ce devait être un endroit très simple, très différent du Pays des Jeunes tel qu'on le conçoit aujourd'hui... Il n'était question, quand on l'évoquait, que de sable doré, de soleil, de vagues mélodieuses... Mais maintenant il nous faut casser, détruire. Nous voulons l'anarchie. Seule l'anarchie peut servir les desseins de ceux qui agissent dans la coulisse. C'est à la fois effrayant et merveilleux, parce que c'est obtenu par la violence, au prix de la douleur et de la souffrance...

— Alors c'est comme ça que vous voyez le monde présent ?

— Parfois.

— Et moi, qu'est-ce que je vais être amené à faire là-dedans ?

— Vous allez suivre votre guide. Et votre guide, c'est moi. Comme Virgile avec Dante, je vais vous faire descendre aux enfers, je vais vous faire voir les films sadiques copiés sur ceux des SS, l'adoration vouée à la cruauté, à la douleur et à la violence. Et je vous montrerai les grands rêves de paradis, de paix et de beauté. Vous ne saurez plus lequel est lequel ni distinguer l'un de l'autre. Mais il faudra que vous preniez parti.

— Puis-je vous faire confiance, Renata ?

— Ce sera à vous d'en décider. Vous pouvez me fuir si vous voulez, ou rester avec moi et voir le monde nouveau... Le monde nouveau en train de se faire.

— Des cartes ! s'écria violemment Stafford Nye. Elle lui lança un regard interrogateur.

— Comme dans *Alice au pays des merveilles*. Des cartes, un simple jeu de cartes qu'on envoie en l'air. Qui volent de tous côtés. Les rois, les reines, les valets... Tout ça.

— Vous voulez dire... Que voulez-vous dire au juste ?

— Je veux dire que tout cela n'est pas réel. Que ce ne sont que faux-semblants. Toute cette histoire n'est qu'une vaste mise en scène.

— En un sens, oui.

— Tous déguisés, tous jouant un rôle dans une pièce. Je brûle, je commence à comprendre, n'est-ce pas ?

— En un sens, oui, et en un sens, non...

— Il y a une chose qui m'intrigue et que je voudrais vous demander. La grosse Charlotte vous a demandé de m'amener à elle... Pourquoi ? Que savait-elle de moi ? Qu'est-ce qu'elle entendait faire de moi ?

— Je ne sais pas au juste... Peut-être une espèce d'éminence grise... travaillant derrière une façade. Cela vous irait très bien.

— Mais elle ne sait rien de moi.

— Oh, *ça* ! s'exclama Renata en éclatant soudain de rire. C'est ridicule, vraiment... encore et toujours la même éternelle rengaine.

— Je ne vous comprends pas, Renata.

— Non, parce que c'est trop simple. M. Robinson me comprendrait, lui.

— Serait-ce trop vous demander que de m'expliquer de quoi vous parlez ?

— C'est toujours la même histoire... *Il ne s'agit pas de ce que vous êtes, mais de qui vous connaissez.* Votre grand-tante Matilda et la grosse Charlotte sont allées à l'école ensemble...

— Vous voulez vraiment dire...

— Petites filles ensemble...

Il la regarda, les yeux écarquillés. Puis il rejeta la tête en arrière et éclata d'un rire énorme.

12

LE BOUFFON DE LA COUR

Ils quittèrent le *Schloss* à midi après avoir fait leurs adieux à leur hôtesse. Laissant le château loin au-dessus d'eux, ils descendirent la route en zigzag et, après plusieurs heures, arrivèrent enfin à une place forte dans les Dolomites, un amphithéâtre dans la montagne où se tenaient des congrès, des concerts, des réunions de divers groupes de jeunes.

Renata, son guide, l'avait amené là et, assis sur le rocher dénudé, il regardait de tous ses yeux et écoutait ce qui se passait. Il comprenait un petit peu mieux ce qu'elle lui avait raconté ce matin-là.

Ce grand rassemblement vibrait et bruissait à la manière de tous les grands rassemblements, qu'ils aient pour siège Madison Square Garden, à New York, autour d'un quelconque évangéliste, ou qu'ils se tiennent dans l'ombre d'une église écossaise, ou encore qu'ils prennent pour prétexte un match de football ou une de ces manifestations monstres qui partent à l'attaque des ambassades, de la police, des universités, ou de tout ce qu'on voudra.

Elle l'avait amené là pour lui montrer le sens profond de l'expression « le jeune Siegfried ».

Et Franz Joseph, pour autant qu'il s'appelât effectivement ainsi, s'était adressé à la foule. Sa voix, qu'il modulait à l'infini, possédait une curieuse intonation ainsi qu'une résonance émotionnelle qui tenait en haleine cette multitude grondante, presque gémissante, de jeunes gens et de jeunes femmes. Chaque mot qu'il prononçait paraissait plein de sens, avait un extraordinaire pouvoir de séduction. La foule répondait à sa voix comme un orchestre à la baguette de son chef. Et au bout du compte, qu'avait-il dit ? De quoi était fait le message du jeune Siegfried ? Sir Stafford ne réussit pas à retrouver un seul mot de son discours, mais il avait été ému, soulevé d'enthousiasme. Et maintenant, c'était fini. La foule se répandait sur la plate-forme rocheuse, criant, s'interpellant. Des jeunes filles avaient poussé des cris d'enthousiasme. D'autres s'étaient évanouies. Dans quel monde vivons-nous aujourd'hui, songea-t-il. Tout est fait pour créer l'émotion. La discipline ? La contrainte ? Plus rien de tout cela n'existait. *Ressentir* était devenu le fin mot de tout.

Quelle espèce de monde, s'était demandé Stafford Nye, cela pourra-t-il donner ?

Sur un signe de son guide, ils s'étaient écartés de la foule et avaient rejoint leur voiture. Par des routes qu'il connaissait visiblement très bien, leur chauffeur les avait conduits jusqu'à une ville où des chambres leur avaient été réservées dans une auberge de montagne.

Ressortis de l'auberge, ils grimpaient maintenant vers les cimes par un chemin bien tracé. En route, ils s'assirent sur un banc et restèrent un moment silencieux. Puis Stafford Nye, pour la seconde fois, déclara de but en blanc :

— Des cartes.

Ils restèrent de nouveau silencieux, à contempler la vallée. Enfin Renata demanda :

— Et alors ?

— Que voulez-vous savoir ?

— Ce que vous pensez jusqu'ici de ce que je vous ai montré.

— Je ne suis pas convaincu, répondit Stafford Nye.

Elle poussa un soupir, profond, inattendu :

— C'est ce que j'espérais vous entendre dire.

— Rien de tout cela n'est vrai, n'est-ce pas ? C'est une gigantesque mise en scène. Un spectacle monté par un producteur... ou peut-être par tout un groupe de producteurs. Cette monstrueuse femme paie le producteur, monnaie ses services. Mais ce producteur, nous ne l'avons pas vu. Ce que nous avons vu aujourd'hui, c'est la vedette du spectacle.

— Que pensez-vous de lui ?

— Il n'est pas plus vrai que le reste. Ce n'est qu'un acteur. Un merveilleux acteur, superbement mis en scène.

Le rire de Renata le surprit. Elle se leva et le regarda, soudain heureuse, animée et légèrement ironique tout à la fois.

— J'en étais sûre, déclara-t-elle. Je savais que vous comprendriez. Je savais que vous garderiez les pieds sur terre. Vous avez toujours compris, n'est-ce pas, tout ce que vous rencontriez dans la vie ? Vous n'avez jamais été la dupe des charlatans, de rien ni de personne ? Inutile d'aller à Stratford assister aux pièces de Shakespeare pour savoir quel rôle vous seriez appelé à y jouer. Les rois et les grands hommes ont tous besoin d'un bouffon... Le bouffon du roi, celui qui lui dit la vérité, qui est plein de bon sens et se moque de tout ce à quoi les autres se laissent prendre.

— Alors c'est ce que je suis ? Un bouffon de cour ?

— Est-ce que vous ne vous en rendez pas compte vous-même ? C'est ce que nous voulons. Ce dont nous avons besoin. « Des cartes, avez-vous dit. Un jeu de cartes. » Un vaste et remarquable *simulacre* ! Ô combien vous avez raison ! Mais les gens s'y laissent prendre. Ils voient partout des choses merveilleuses, ou diaboliques, ou terriblement importantes. Bien sûr, elles ne le sont pas, seulement... seulement il faut trouver le moyen de leur prouver que tout cela est ridicule. Purement et simplement ridicule. Et c'est ce à quoi vous et moi allons œuvrer.

— Et vous pensez vraiment que nous allons finir par déjouer la mystification ?

178

— Je reconnais que cela paraît assez peu probable. Mais, vous savez, les gens, une fois qu'on leur prouve que quelque chose n'est pas réel, qu'il ne s'agit que d'une énorme farce, eh bien...

— Vous proposeriez-vous de prêcher un évangile de bon sens ?

— Bien sûr que non, répondit Renata. Personne ne l'écouterait, n'est-ce pas ?

— Pas pour l'instant, en tout cas.

— Non. Il va falloir leur fournir des preuves... des faits... des vérités.

— Et nous possédons ces denrées-là en stock ?

— Oui... Ce que j'ai rapporté en transitant par Francfort, par exemple... ce que vous m'avez aidée à passer en Angleterre...

— Je ne comprends pas.

— Pas encore. Vous comprendrez plus tard. Pour l'instant, nous avons un rôle à jouer. Nous sommes prêts, disposés, littéralement pantelants du désir d'être endoctrinés. Nous adorons la jeunesse. Nous sommes des adeptes, des disciples du jeune Siegfried.

— Vous, vous pouvez sans aucun doute y parvenir. Mais je ne suis pas aussi sûr de moi. Je n'ai jamais très bien réussi comme adorateur de quoi que ce soit. Le bouffon de cour n'est pas ce que l'on croit. Il est le grand démystificateur. Je ne vois pas à qui cela pourrait plaire en ce moment, ce n'est pas votre avis ?

— Non, bien sûr. Il ne faut pas que vous montriez ce côté de votre personnage. Excepté, bien sûr, quand vous parlez de vos maîtres, de vos supérieurs, des hommes politiques, des diplomates, des Affaires étrangères, des organismes établis, de tout ça. Dans ce cas, il vous est permis d'être amer, médisant, spirituel, et même légèrement cruel.

— Je ne vois toujours pas quel doit être mon rôle dans cette croisade mondiale.

— C'est un rôle très ancien, un rôle que tout le monde comprend et auquel tout le monde est sensible. Le voici : vous n'avez pas été apprécié à votre juste valeur dans le passé, mais le jeune Siegfried et tous ceux qu'il représente vont vous laisser miroiter une récompense. En échange des renseignements que vous leur fournirez sur votre propre pays, ils vous promettront des postes d'autorité dans le monde à venir.

— Vous avez l'air d'insinuer qu'il s'agit d'un mouvement mondial. C'est vrai ?

— Bien sûr que c'est vrai. Un peu à la manière de ces ouragans, ceux qui ont des noms comme Flora, ou la Petite Annie. Ils arrivent du sud, du nord, de l'est ou de l'ouest, on ne sait d'où, mais ils détruisent tout sur leur passage. C'est ce que tout le monde attend. En Europe comme en Asie ou en Amérique. Peut-être également en Afrique, mais avec moins d'enthousiasme là-bas. Ils n'ont pas encore vraiment l'habitude du pouvoir et de ce qui l'accompagne. Oh ! oui, c'est un mouvement mondial, sans l'ombre d'un doute. Conduit par des jeunes, avec toute la vitalité de la jeunesse. Ils n'ont ni connaissances ni expérience, mais ils ont l'énergie des visionnaires et beaucoup d'argent derrière eux. Des flots ininterrompus d'argent se déversent sur eux. Le matérialisme étant trop envahissant, nous avons aspiré à autre chose, et nous l'avons obtenu. Mais fondé cette fois sur la haine, cela ne peut mener nulle part. Cela ne peut pas s'arracher du sol. Rappelez-vous comment, en 1919, tout le monde allait répétant, l'air extasié, que le communisme était la réponse à tout. Que la doctrine marxiste amènerait l'avènement d'un nouveau paradis terrestre. Il pleuvait des idées nobles. Mais, voyez-vous, qui avions-nous pour appliquer ces idées ? En fin de compte, les mêmes êtres humains que nous avions eus jusque-là. Et maintenant, vous aurez beau créer un troisième monde, ce troisième monde sera peuplé des mêmes individus que le premier ou le deuxième. Et si ce sont toujours les mêmes qui sont à la barre, le navire ira immuablement dans la même direction. Il suffit pour s'en convaincre de se référer à l'histoire.

— Y a-t-il encore quelqu'un, de nos jours, pour s'intéresser à l'histoire ?

— Non. On préfère de beaucoup regarder devant soi un avenir imprévisible. Il fut un temps où la science devait être la réponse à tout. Puis ce furent les théories freudiennes et la liberté sexuelle qui furent considérées comme les remèdes à la misère humaine. Les troubles mentaux allaient être éradiqués. Si l'on avait dit alors que l'absence de répression ne ferait que remplir les asiles, personne ne l'aurait cru.

Stafford Nye l'interrompit :

— J'aimerais un renseignement.

— Lequel donc ?

— Où allons-nous nous rendre ensuite ?

— En Amérique du Sud. En nous arrêtant peut-être au Pakistan ou en Inde. Et certainement aux États-Unis. Il se passe beaucoup de choses intéressantes là-bas. Surtout en Californie...

— Dans les universités ? soupira sir Stafford Nye. Pour un peu, on viendrait à s'en fatiguer, de toutes ces universités et de leurs étudiants. Ils passent leur temps à se répéter, à ressasser encore et toujours les mêmes protestations.

Ils restèrent silencieux quelques minutes. La lumière baissait, mais le sommet des montagnes rougeoyait. D'un ton plein de nostalgie, Stafford Nye remarqua :

— Si nous pouvions encore écouter de la musique maintenant, en ce moment précis, vous savez ce que je voudrais entendre ?

— Encore du Wagner ? Ou bien vous en êtes-vous enfin arraché ?

— Non, vous avez vu juste... encore du Wagner. J'aimerais entendre Hans Sachs, assis sous son sureau et commentant le monde : « Folie, folie, tout est folie... »

— Oui... Cela dit bien ce que cela veut dire. Et de surcroît la musique est belle. Mais nous ne sommes pas fous. Nous sommes tout à fait sans d'esprit.

— Tragiquement sans d'esprit, confirma Stafford Nye. Et c'est bien là que se situera pour nous le problème. Il y a encore un ultime détail que j'aimerais connaître.

— Quoi donc ?

— Vous ne voudrez peut-être pas me l'avouer. Mais cela m'intéresse. Y aura-t-il quelques plaisirs à tirer de cette histoire de fou dans laquelle nous nous engageons ?

— Bien sûr. Pourquoi pas ?

— Folie, folie, tout est folie... D'accord, nous en jouirons aussi beaucoup. Seulement vivrons-nous longtemps, Mary Ann ?

— Probablement pas, répondit-elle.

— À la bonne heure ! Comptez sur moi, ma camarade et mon guide. Nos efforts auront-ils pour résultat un monde meilleur ?

— Je ne pense pas, mais peut-être plus doux. Pour l'instant, il est riche de fanatismes et vide de bonté.

— On s'en contentera, déclara Stafford Nye. En avant !

TROISIÈME PARTIE

AU PAYS ET À L'ÉTRANGER

13

CONFÉRENCE À PARIS

À Paris, cinq personnes étaient réunies dans une salle qui avait connu des réunions historiques en grand nombre. Cette réunion-là était différente à beaucoup d'égards, mais elle promettait de n'être pas moins historique.

M. Grosjean la présidait. C'était un anxieux mais qui faisait de son mieux pour traiter les choses avec légèreté. Il n'avait cependant pas l'impression que la courtoisie de ses manières, qui lui avait souvent été d'un grand secours dans le passé, lui était bien utile aujourd'hui.

Le signor Vitelli était arrivé d'Italie par avion une heure auparavant. Il était agité et parlait avec des gestes fiévreux.

— Cela dépasse tout, pérorait-il. Cela dépasse tout ce qu'on aurait pu imaginer.

— N'avons-nous pas tous à souffrir de ces étudiants ? répliqua M. Grosjean.

— Il ne s'agit plus d'étudiants. C'est beaucoup plus que ça. À quoi pourrait-on le comparer ? C'est un essaim d'abeilles. Une catastrophe naturelle amplifiée. Amplifiée au-delà de tout ce qu'on peut concevoir. Ils sont en marche. Avec des fusils. Ils se sont procuré des avions quelque part. Ils se proposent de s'emparer de toute l'Italie du Nord. Mais c'est de la folie ! Ce sont des gamins, rien de plus, et qui se promènent avec des bombes et des explosifs. Rien qu'à Milan, ils sont plus nombreux que les policiers. Que pouvons-nous faire, je vous le demande ? L'armée ? Mais l'armée aussi se rebelle. Elle est « avec les jeunes », comme elle dit. Ils prétendent que seule l'anarchie sauvera le monde. Ils parlent d'un Troisième Monde...

M. Grosjean soupira :

— L'anarchie... c'est très à la mode chez les jeunes générations. La religion de l'anarchie. Nous connaissons ça depuis l'Algérie et tous les troubles dont notre pays et notre empire colonial ont souffert. Mais que faire ? L'armée ? Encore une fois, elle soutient les étudiants.

— Les étudiants, ah ! ces étudiants, soupira à son tour M. Poissonnier.

C'était un membre du gouvernement français pour qui le mot « étudiant » était l'équivalent d'un anathème. Si on lui avait demandé de choisir, il aurait certainement préféré la grippe asiatique ou même une épidémie de peste bubonique. Dans son esprit, tout valait mieux que les activités des étudiants. Un monde sans étudiants ! M. Poissonnier en rêvait parfois. De beaux rêves, mais trop rares.

— Quant aux magistrats..., reprit M. Grosjean. Qu'est-il donc arrivé à l'autorité judiciaire ? La police, oui, elle est encore fidèle, mais la justice... Elle se refuse à condamner les jeunes gens qu'on lui amène, qui ont saccagé la propriété d'autrui, de

188

l'État comme des personnes privées. Et pourquoi cela, pouvez-vous me le dire ? Je me suis dernièrement livré à une petite enquête. À la Préfecture, on m'a fait certaines suggestions. D'après eux, le niveau de vie des autorités judiciaires aurait besoin d'être sérieusement relevé, surtout en province.

— Allons, allons, intervint M. Poissonnier, soyez prudent dans ce que vous proposez.

— Et pourquoi le serais-je ? Il faut faire la lumière sur tout ça. Il y a eu des fraudes, des fraudes gigantesques, et maintenant de l'argent circule. On ne sait pas très bien d'où il vient, cet argent, mais on m'a dit à la Préfecture – et je le crois volontiers – qu'ils commencent à avoir une idée de la direction qu'il prend. Tolérerons-nous, pouvons-nous tolérer un État corrompu, subventionné par des sources étrangères ?

— En Italie aussi, remarqua le signor Vitelli. En Italie... ah ! je pourrais vous en raconter de belles. Oui, je pourrais vous dire ce que nous soupçonnons. Mais qui ? Qui est en train de corrompre notre monde ? Un groupe d'industriels ? Un groupe de brasseurs d'affaires ? Et comment est-ce possible ?

— Il faut arrêter cette histoire, déclara Grosjean. Il faut prendre des mesures. Faire marcher la troupe. L'aviation. Ces anarchistes, ces pillards, viennent de toutes les classes de la société. Ce scandale doit cesser.

— Les gaz lacrymogènes ont été assez efficaces, remarqua Poissonnier sans conviction.

— Les gaz lacrymogènes, ça ne suffit pas, riposta M. Grosjean. On obtiendrait le même résultat en obligeant les étudiants à éplucher des bottes d'oignons. On leur tirerait des larmes. Non, il faut plus que ça.

— Vous ne nous proposez quand même pas de faire usage d'armes atomiques ? demanda M. Poissonnier, d'un ton profondément choqué.

— D'armes atomiques ? Quelle blague ! Que ferions-nous d'armes atomiques ? Que deviendrait le sol de la France, l'air de la France ? Nous pouvons anéantir l'Union soviétique, c'est entendu. Mais nous savons que, de son côté, l'Union soviétique peut aussi nous anéantir.

— Vous ne prétendez quand même pas que des groupes de manifestants, d'étudiants en marche, peuvent venir à bout de nos forces de l'ordre ?

— C'est pourtant très exactement ce que je prétends. J'ai été averti. On a volé des stocks d'armes conventionnelles et diverses armes chimiques. J'ai reçu des rapports de nos savants les plus éminents. Nos secrets sont connus. Nos dépôts – secrets – d'armes et de matériel de guerre ont été pillés. Que va-t-il se passer maintenant ? Je vous le demande.

La réponse à la question de M. Grojean arriva de façon inattendue et plus rapidement que prévu. La porte s'ouvrit devant son secrétaire particulier qui s'approcha de lui, la mine soucieuse. Grosjean le toisa, mécontent :

— N'avais-je pas dit que je ne voulais pas être dérangé ?

— Si, monsieur le président, mais c'est tout à fait exceptionnel... Le maréchal est ici... il demande à être reçu, lui glissa-t-il à l'oreille.

— Le maréchal ? Vous voulez dire...

Le secrétaire hocha vigoureusement la tête pour bien signifier que c'était en effet le cas. M. Poissonnier regardait son collègue d'un air perplexe.

— Il demande à être reçu. Il n'acceptera pas un refus.

Les deux autres regardèrent d'abord Grosjean, puis l'Italien.

— Ne vaudrait-il pas mieux, demanda M. Coin, le ministre de l'Intérieur, que...

La porte s'ouvrit tout grand, l'interrompant. Un homme entra à grands pas. Un personnage très connu. Un homme dont la parole avait non seulement fait la loi en France, mais avait été au-dessus de la loi pendant de longues années. Le voir là en cet instant était, pour tous, une surprise qui ne présageait rien de bon.

— Je vous salue, mes chers collègues, dit le maréchal. Je suis venu vous aider. Notre pays est en danger. Il faut prendre des mesures... des mesures immédiates ! Je suis venu me mettre à votre service. Je prends sur moi toute la responsabilité des opérations. Il peut y avoir du danger, je le sais, mais l'honneur prime le danger. Le salut de la France est au-dessus du danger. Ils sont en route. Une vaste horde d'étudiants, de criminels élargis, dont certains coupables d'homicide, des incendiaires. Ils scandent des noms, entonnent des hymnes guerriers. Ils crient les noms de leurs professeurs, de leurs philosophes, de ceux qui les ont conduits sur la voie de l'insurrection. De ceux qui vont amener le déclin de la France si rien n'est fait. Vous êtes là, autour d'une table, à discuter, à déplorer les événements. Il faut faire plus. J'ai envoyé mettre sur pied deux régiments, j'ai alerté les forces aériennes, j'ai expédié des télégrammes codés à nos voisins alliés, à mes amis en Allemagne, car elle est notre alliée dans cette crise ! Il faut calmer l'émeute. Mater la rébellion ! L'insurrection ! Car le danger menace les hommes, les femmes, les enfants, la propriété privée. Je vais maintenant au-devant d'eux pour étouffer l'insurrection, pour leur parler en père, en chef. Ces étudiants, ces criminels même, ce sont mes enfants. La jeunesse de la France. Je vais leur parler de ça. Ils m'écouteront, on changera le gouvernement, ils reprendront leurs études sous leurs propres auspices. Leurs allocations étaient insuffisantes, leurs vies dépourvues de beauté, il leur manquait un guide. Je vais leur promettre tout ça. Je parlerai en mon propre nom. Je parlerai aussi au vôtre, au nom du gouvernement ; vous avez fait de votre mieux, vous avez agi aussi bien que vous pouviez. Mais il leur faut une direction d'un plus haut niveau. Il leur faut *ma* direction. Je pars maintenant. J'ai toute une liste d'autres télégrammes codés à envoyer. On peut mettre en action, dans des endroits déserts, des armes de dissuasion nucléaires qui peuvent terroriser le peuple, même si nous savons qu'elles ne présentent pas de réel danger. J'ai pensé à tout. Mon plan va réussir. Venez, mes amis fidèles, accompagnez-moi.

— Maréchal, nous ne pouvons pas permettre... vous ne pouvez pas vous exposer. Nous devons...

— Je n'écouterai rien. Je suis prêt à assumer mon destin. (Le maréchal marcha vers la porte.) Mes hommes m'attendent dehors. La garde que je me suis choisie. Je pars maintenant, pour aller parler à ces jeunes rebelles, cette jeune fleur de beauté et de terreur, pour leur faire comprendre où est leur devoir.

Il disparut avec la superbe d'une vedette dans son plus grand rôle.

— Bon Dieu, mais c'est qu'il va le faire ! s'écria M. Poissonnier.

— Il va risquer sa vie, remarqua le signor Vitelli. Qui sait ? Il est courageux, c'est certain. C'est très beau, oui, mais que va-t-il se passer ? Dans l'état d'esprit où sont les jeunes aujourd'hui, ils sont capables de le tuer.

Un soupir de satisfaction s'échappa des lèvres de M. Poissonnier. Qui sait ? se disait-il. Cela pourrait bien arriver...

— C'est possible, dit-il. Oui, ils sont capables de le tuer.

— Ce n'est pas à souhaiter, évidemment, déclara prudemment M. Grosjean.

Il le souhaitait pourtant. Il l'espérait, bien que son penchant naturel au pessimisme l'inclinât à penser que les événements se déroulent rarement selon nos vœux. En vérité, une horrible perspective s'ouvrait à lui. Il était fort possible que le maréchal – et ce serait bien conforme à son passé – parvienne à convaincre une bonne partie de ces étudiants, exaltés et assoiffés de sang, de l'écouter, de croire en ses promesses et de lui redonner le pouvoir qu'il avait eu un jour. Ce genre de retournement s'était déjà produit une ou deux fois dans sa carrière. Son magnétisme personnel était tel que bien des hommes politiques avaient été battus par lui au moment où ils s'y attendaient le moins.

— Il faut l'en empêcher ! s'écria M. Grosjean.

— Oui, oui, approuva le signor Vitelli, ce serait une perte pour le monde entier.

— Le pire est à craindre, intervint M. Poissonnier. Il a trop d'amis en Allemagne, trop de contacts avec des gens qui réagissent très rapidement en matière militaire. Ils pourraient sauter sur l'occasion.

— Bon Dieu de bon Dieu ! s'écria M. Grosjean en s'épongeant le front. Que faire ? Comment réagir ? Comment... Qu'est-ce que c'est que ce bruit ? J'entends des coups de feu, pas vous ?

— Non, non, répliqua M. Poissonnier d'un ton apaisant. Ce que vous entendez, ce sont les plateaux de la cantine, pour le café.

— Cela me rappelle un vers de Shakespeare, dit M. Grosjean qui était grand amateur de théâtre ; si toutefois j'arrive à le retrouver : « Qui donc me débarrassera de ce... »

« ... de ce prêtre insoumis », compléta M. Poissonnier. Citation tirée de *Becket*. Un fou comme le maréchal est pire qu'un prêtre. Un prêtre, au moins, est inoffensif – bien qu'évidemment, même sa sainteté le pape ait pas plus tard qu'hier reçu une délégation d'étudiants. Et qu'il les ait *bénis*, en les appelant ses enfants.

— Geste chrétien, remarqua M. Coin, perplexe.

— Avec les gestes chrétiens, on peut aussi aller trop loin, remarqua M. Grosjean.

14

CONFÉRENCE À LONDRES

Au 10, Downing Street, le Premier ministre, M. Cedric Lazenby, assis en bout de table, regardait sans plaisir aucun les membres de son cabinet. Il était incontestablement sombre, ce qui en un sens lui procurait un certain soulagement. Il commençait à penser que c'était seulement dans l'intimité des réunions de son cabinet qu'il pouvait se détendre et prendre l'air malheureux, abandonner enfin l'image de sagesse et d'optimisme satisfait qu'il présentait habituellement au monde et qui lui avait rendu bien des services en maintes occasions de sa vie politique.

Autour de lui, Gordon Chetwynd avait les sourcils froncés ; sir George Packham, comme à son habitude, était visiblement soucieux et plongé dans ses réflexions ; le colonel Munro affichait une impassibilité toute militaire ; le général d'aviation Kenwood, les lèvres pincées, ne se donnait pas la peine de cacher la profonde méfiance que lui inspiraient les hommes politiques. Il y avait aussi l'amiral Blunt, grand et imposant, qui, en attendant que vienne son tour, tambourinait sur la table.

— La situation est mauvaise, force est de le reconnaître, disait le général d'aviation. Quatre de nos appareils ont été détournés sur Milan la semaine dernière. Ils se sont débarrassés des passagers et ils ont poursuivi leur route pour ailleurs. Pour l'Afrique, en fait. Où des pilotes les attendaient. Des Noirs.

— Le Black Power, le « Pouvoir noir », articula rêveusement le colonel Munro.

— Ou le « Pouvoir rouge », suggéra Lazenby. Je me demande si l'endoctrinement soviétique n'est pas à la base de toutes nos difficultés. Si on pouvait entrer en contact avec les Russes – j'entends personnellement, au plus haut niveau...

— Mettez ce genre d'idées au rancart, monsieur le Premier ministre, répliqua avec gouaille l'amiral Blunt. Ne recommencez pas à fantasmer avec vos Russes. Tout ce qu'ils cherchent pour le moment, c'est à échapper à ce vent de folie. Ils ont beaucoup moins d'ennuis que nous avec leurs étudiants. Ils ne pensent qu'à garder l'œil ouvert sur les Chinois et leurs manigances.

— Je crois quand même que le poids personnel...

— Cessez de nous casser les pieds et occupez-vous de votre propre pays, asséna l'amiral Blunt avec sa brutalité habituelle.

— Ne ferions-nous pas mieux de... de prendre connaissance du rapport sur ce qui se passe effectivement ? demanda Gordon Chetwynd en regardant le colonel Munro.

— Vous voulez des faits ? Très bien. Ils ont tous un goût passablement amer. Ce que vous voulez, j'imagine, c'est moins le détail de ce qui se passe ici qu'une idée de la situation générale dans le monde ?

— C'est bien ça.

— Bon. En France, le maréchal est encore à l'hôpital, avec deux balles dans le bras. Dans les milieux politiques, c'est le cauchemar. De grandes parties du pays sont déjà aux mains de ce qu'ils appellent les troupes du Pouvoir jeune.

— Vous voulez dire qu'ils ont des armes ? s'écria Gordon Chetwynd d'un ton horrifié.

— Ils en ont à profusion, répondit le colonel. Je ne sais pas comment ils se les sont procurées. On a émis certaines hypothèses. En tout cas, un grand contingent d'armes a été expédié de Suède en Afrique occidentale.

— Quel rapport avec notre problème ? intervint M. Lazenby. Quelle importance ? Qu'on donne donc à l'Afrique occidentale tout l'armement qu'elle peut vouloir. Que ces Africains s'entre-tuent si ça leur chante.

— Ma foi, c'est qu'il y a quelque chose de bizarre à ce sujet, à en croire les rapports de nos services. J'ai ici une liste d'armes qui ont été envoyées là-bas. Le point intéressant, c'est qu'elles ont été réexpédiées ailleurs. Au Proche-Orient sans doute, dans le golfe Persique, en Grèce et en Turquie. De même, des avions qui avaient été envoyés en Égypte sont repartis de là pour l'Inde et de l'Inde pour la Russie.

— J'aurais cru qu'ils avaient été envoyés *de* Russie.

— ... et de Russie, ils sont allés à Prague. Une histoire de fou.

— Je ne comprends pas, dit sir George. C'est à se demander...

— On dirait qu'il existe un organisme central chargé de la distribution de tous ces matériels

– avions, armes, bombes, explosifs – nécessaires à la guerre. Ils partent tous dans des directions inattendues. Ensuite, ils sont acheminés, par des voies détournées, jusqu'aux endroits névralgiques et mis à la disposition des régiments – si on peut les appeler ainsi – et de leurs chefs du Pouvoir jeune. Pour la plupart, ils vont aux dirigeants de mouvements de guérilla ou aux anarchistes, qui prêchent l'anarchie mais se font livrer – probablement sans jamais les payer – les derniers modèles des armes les plus sophistiquées.

— Vous voulez dire que nous avons à faire face à une espèce de guerre à l'échelle mondiale ? demanda Cedric Lazenby, sous le choc.

L'homme aux traits d'Asiatique, qui était assis un peu plus loin et qui n'avait pas encore ouvert la bouche, leva le nez et eut un sourire énigmatique :

— Nous sommes bien obligés de l'admettre. Nos observations nous indiquent...

Lazenby l'interrompit :

— C'en est bientôt fini de vos observations, l'ONU va prendre elle-même les armes et mettre un terme à tout ça.

Le visage de l'autre demeura impassible.

— Ce serait contraire à nos principes, déclarat-il.

Le colonel Munro poursuivit son exposé en haussant le ton :

— Il n'y a pas de pays où l'on ne se batte pas quelque part. L'Asie du Sud-Est a depuis longtemps proclamé son indépendance et le pouvoir est divisé en quatre ou en cinq factions divergentes en Amérique du Sud, à Cuba, au Pérou, au Guatemala, etc. Quant aux États-Unis, comme vous le savez, Washington a été pratiquement ravagé par les flammes, Chicago est soumis à la loi martiale et tout l'Ouest est aux mains des forces armées du Pouvoir jeune. Vous êtes au courant pour Sam Cortman ? Il a été abattu par balle hier soir sur les marches de l'ambassade américaine, ici même.

— Il devait assister à notre réunion aujourd'hui, dit Lazenby. Il devait nous donner son point de vue sur la situation.

— Je ne pense pas que cela nous aurait beaucoup aidés, remarqua le colonel Munro. C'était un très gentil garçon, mais pas une lumière.

— Mais qui est *derrière* tout ça ? demanda Lazenby d'une voix fébrile. Ce pourraient être les Russes, évidemment...

Il reprenait espoir. Il envisageait de nouveau de se rendre à Moscou. Le colonel Munro secoua la tête :

— Peu de chance...

— Le poids personnel..., répéta Lazenby, le visage illuminé d'espérance. Une toute nouvelle sphère d'influence ? Les Chinois... ?

— Les Chinois non plus, répondit le colonel Munro. Vous savez qu'il y a une renaissance du fascisme en Allemagne...

— Vous ne pensez quand même pas que les Allemands pourraient...

— Je ne crois pas qu'ils soient nécessairement derrière tout ça, mais quand vous dites « pourraient »... oui, m'est avis qu'ils le pourraient facilement. Ils sont coutumiers du fait, vous savez. Préparer, planifier une guerre des années à l'avance et attendre, fin prêts, le feu vert, ils nous ont encore récemment prouvé qu'ils en étaient capables. Ce sont de bons organisateurs. Des organisateurs hors pair. Et leurs états-majors sont de tout premier ordre. Je les admire, vous savez. Je ne peux pas m'en empêcher.

— Mais l'Allemagne a l'air si pacifique et si bien dirigée !

— Oui, évidemment, mais jusqu'à un certain point. Et vous rendez-vous compte que l'Amérique du Sud est pratiquement bourrée d'Allemands et de néofascistes qui forment là-bas une très importante fédération de jeunes. Ils se font appeler Super-Aryens ou je ne sais quoi d'approchant. Vous voyez ça d'ici, avec tout l'ancien attirail : svastika, salut hitlérien, et un *führer* qui porte le nom de « Jeune Wotan », de « Jeune Siegfried » ou de « Jeune Je-ne-sais-trop-quoi ».

On frappa à la porte et le secrétaire entra :

— Le Pr Eckstein est ici, monsieur.

— Autant le recevoir, proposa Cedric Lazenby. Après tout, personne n'est mieux placé que lui pour nous dire où en sont les dernières recherches en matière d'armement. Il se pourrait que nous ayons dans nos manches de quoi mettre un terme à toutes ces stupidités.

Tout en sillonnant le monde dans un rôle de pacificateur, M. Lazenby était d'un incurable optimisme que rien jamais ne venait justifier.

— Une bonne arme secrète serait la bienvenue, déclara le général d'aviation, plein d'espoir.

Considéré par beaucoup comme un des plus éminents savants anglais, le Pr Eckstein ne payait pas de mine. Il était petit, avec des favoris à l'ancienne mode et une toux d'asthmatique. On aurait dit qu'il avait honte d'exister. On le présenta aux assistants, et il leur serra la main en émettant des borborygmes du genre « ah », « hum », « brrr », tout en soufflant du nez et en toussant à n'en plus finir. Il salua d'un petit geste nerveux de la tête ceux qu'il connaissait déjà, puis il prit place dans le fauteuil qu'on lui indiqua, regarda vaguement autour de lui et commença à se ronger les ongles.

— Les chefs des principaux services de l'État sont là, déclara sir George Packham. Nous sommes très impatients de savoir ce qu'à votre avis il serait possible d'entreprendre.

— Ah ! fit le Pr Eckstein, d'entreprendre ? ... Oui, oui... d'entreprendre ?

Un silence suivit.

— Le monde entier est en train de virer à l'anarchie, déclara enfin sir George.

— C'est ce qu'il semble, en effet. Du moins, à en juger par la lecture des journaux. Non pas que je leur fasse confiance. Vraiment, ce que ces journalistes sont capables d'inventer ! L'exactitude est bien le cadet de leurs soucis.

— J'ai cru comprendre que vous aviez récemment fait d'importantes découvertes, professeur, dit Cedric Lazenby pour l'encourager.

— Ah ! oui, c'est exact. C'est tout à fait exact, répondit le Pr Eckstein en s'animant un peu. Nous avons mis au point un certain nombre d'armes chimiques d'une extrême nocivité. Pour le cas où. Des germes pour la guerre bactériologique, des gaz qu'on peut transporter par des conduites ordinaires, des polluants de l'atmosphère et de l'eau. Oui, si vous

201

le désirez, je pense qu'on peut anéantir la moitié de la population anglaise dans les trois jours. C'est ce que vous souhaitez ?

— Non, non, évidemment pas ! Mon Dieu, bien sûr que non ! se récria M. Lazenby, horrifié.

— C'est bien là où je veux en venir, voyez-vous. La question n'est pas de savoir si nous possédons assez d'armes mortelles. Mais garder des gens en vie, voilà où résiderait la difficulté. Les dirigeants, par exemple... à commencer par nous-mêmes, ajouta-t-il avec un petit rire étouffé d'asthmatique.

— Mais nous ne voulons pas de ça ! répéta M. Lazenby.

— Ce que vous voulez ou non, ce n'est pas le problème. Il s'agit de savoir de quoi nous disposons. Et tout ce dont nous disposons est terriblement meurtrier. Si vous vouliez effacer de la carte tous les moins de trente ans, vous pourriez le faire sans difficulté. Mais, ne vous en déplaise, il faudrait en éliminer aussi de plus âgés. Il est malaisé de faire le tri. Personnellement, je ne serais d'ailleurs pas d'accord. Nous avons quelques bons chercheurs très jeunes. Rétifs, mais intelligents.

— Qu'est-ce qui ne tourne pas rond dans notre monde ? demanda soudain Kenwood.

— C'est bien là le hic, répondit le Pr Eckstein. Nous n'en savons rien. En dépit de tout ce que nous savons sur ceci, cela et un peu tout, nous ne savons rien sur ce qui se passe aujourd'hui chez nous. Nous en savons bien davantage sur la Lune ; bien davantage en biologie aussi ; nous savons transplanter les cœurs et les foies ; j'espère que nous saurons bientôt greffer les cerveaux, encore que je me demande ce que cela donnera. Mais *ça*, nous ignorons qui en est la cause. Parce qu'il y a quelqu'un qui en est à l'origine, vous savez. Un pouvoir caché. Oh ! oui, il se manifeste de plusieurs manières. Dans le domaine du crime, dans celui de la drogue. Un pouvoir central, composé de quelques brillants cerveaux. Jusqu'à présent, il se faisait la main tantôt dans un pays et tantôt dans un autre, et à l'occasion à l'échelle européenne. Mais maintenant, il va beaucoup plus loin, il atteint l'autre côté du globe, il contamine l'hémisphère Sud. Il aura sans doute atteint l'Antarctique avant qu'on en ait fini avec lui, ajouta-t-il, visiblement enchanté de son diagnostic.

— Tous les hommes de mauvaise volonté...

— Ma foi, on peut voir les choses comme ça. La mauvaise volonté pour l'amour de la mauvaise volonté, ou la mauvaise volonté pour l'amour du pouvoir et de l'argent. Difficile, vous savez, d'en décider. Les sous-fifres eux-mêmes ne le savent pas, les pauvres. Ils veulent de la violence, ils aiment la violence. Ils n'aiment pas l'humanité, ils n'aiment pas notre attitude matérialiste. Ils n'aiment pas nos façons dégoûtantes de faire de l'argent, ils n'aiment pas nos tripatouillages de toutes sortes. Ils n'aiment pas le spectacle de la pauvreté. Ils rêvent d'un monde meilleur. Ma foi, en réfléchissant bien, on pourrait peut-être trouver le moyen de créer un monde meilleur. Mais le malheur, si on veut supprimer quelque chose, c'est qu'il faut trouver autre chose à mettre à la place, tant il est vrai que la nature a horreur du vide. C'est comme une transplantation cardiaque. Si vous enlevez un cœur, il faut en mettre un autre à la place. Un autre en bon état de marche. Et ce second cœur, il faut que vous en disposiez *avant* d'enlever le premier. En fait, je pense qu'il vaut beaucoup mieux laisser la plupart des choses telles qu'elles sont, mais personne ne voudra sans doute m'écouter. De toute façon, cela ne me concerne pas.

— Un gaz ? suggéra le colonel Munro.

Le visage du Pr Eckstein s'éclaira.

— Oh ! nous avons toutes sortes de gaz en réserve. Certains sont même assez inoffensifs. De la dissuasion douce, dirons-nous. Oui, oui, nous avons tout ça, répondit-il, manifestant le plaisir du marchand de canons satisfait des affaires.

— Des armes atomiques ? suggéra M. Lazenby.

— Ne touchez pas à *ça* ! Vous ne voulez pas d'une Angleterre radioactive, non ? Ni d'un continent entier radioactif ?

— Ainsi, vous ne pouvez rien pour nous, constata le colonel Munro.

— Pas avant que vous n'en sachiez un peu plus, répondit le Pr Eckstein. Ma foi, je suis désolé, mais mettez-vous bien dans la tête que la plupart des armes sur lesquelles nous travaillons sont *dangereuses*, dit-il en insistant sur le mot. *Vraiment* dangereuses.

Il fixait sur eux les yeux inquiets d'un bon papa qui verrait ses enfants jouer avec des allumettes et s'apprêter à mettre le feu à la maison.

— Eh bien, merci, Pr Eckstein, dit M. Lazenby d'un ton qui n'avait rien de particulièrement reconnaissant.

S'estimant – à juste titre – congédié, le professeur sourit à la ronde et sortit en trottinant. M. Lazenby attendit à peine que la porte soit refermée pour exprimer son sentiment.

— Tous pareils, ces scientifiques, soupira-t-il, amer. Jamais rien d'utilisable. Jamais rien de pratique. Tout ce qu'ils sont capables de faire, c'est fractionner l'atome et nous expliquer ensuite qu'il ne faut pas que *nous* fassions joujou avec !

— Ils auraient eux-mêmes été mieux avisés de ne pas commencer, renchérit brutalement l'amiral Blunt. Ce que nous voulons, c'est un produit simple et familier, une espèce d'herbicide d'un genre particulier qui pourrait... Mais... mais oui, c'est bien sûr... Ah ! saperlipopette ! s'écria-t-il soudain.

— Oui, amiral ? fit poliment le Premier ministre.

— Rien, rien... il m'est tout à coup revenu quelque chose... mais du diable si j'arrive à me rappeler quoi...

Le Premier ministre soupira de plus belle.

— Pas d'autre expert scientifique qui piétine devant la porte ? demanda Gordon Chetwynd en jetant un coup d'œil plein d'espoir à sa montre.

— Je crois que le vieux Pikeaway est ici, répondit Lazenby. Et qu'il nous a apporté un tableau, ou un dessin, ou une carte, ou Dieu sait quoi encore qu'il veut nous montrer.

— À quel sujet ?

— Je ne sais pas. À propos de bulles, paraît-il, expliqua vaguement M. Lazenby.

— De bulles ? De bulles de quoi ?

Le soupir de M. Lazenby dépassa en profondeur tous les précédents :

— Je n'en ai aucune idée. Bon, nous ferions mieux d'y jeter un coup d'œil.

— Horsham est là aussi...

— Lui, il a peut-être du neuf, rêva tout haut Chetwynd.

Le colonel Pikeaway entra en clopinant, chargé d'un rouleau de papier qu'avec l'aide de Horsham il étala de façon que tous ceux qui étaient autour de la table puissent le voir.

— Ce n'est pas encore exactement à l'échelle mais, en gros, l'idée y est, expliqua le colonel Pikeaway.

— Et qu'est-ce que ça représente ?

— Des bulles ? murmura sir George, à qui il vint tout à coup une idée. C'est un gaz ? Un nouveau gaz ?

— Expliquez-leur, Horsham, décréta Pikeaway. Vous connaissez l'idée générale.

— Je ne sais que ce qu'on a bien voulu m'en révéler. Il s'agit du diagramme d'une association pour le contrôle du monde.

— Par qui ?

— Par des groupes qui possèdent ou maîtrisent les sources du pouvoir... les matériaux bruts du pouvoir.

— Et que signifient les initiales ?

— Elles indiquent soit une personne, soit le nom de code d'un groupe. Les cercles, qui s'entrecroisent, couvrent déjà le monde entier.

Horsham pointa le doigt sur les cercles juxtaposés et expliqua :

— Le cercle marqué d'un *A* signifie armes. Quelqu'un, ou tout un groupe, contrôle les armes. Tous types d'armes : explosifs, canons, fusils. Dans le monde entier, elles sont fabriquées selon un plan déterminé et distribuées ostensiblement aux pays

206

sous-développés et aux pays en guerre. Mais elles n'y restent pas. Elles sont immédiatement réexpédiées ailleurs. En Amérique du Sud, à l'intention des guérilleros, aux États-Unis, pour les émeutiers ou le Black Power, et à différents pays d'Europe.

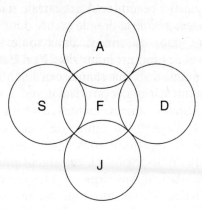

Il montra un autre cercle.

— Le *D* est là pour drogue. Elle circule, à partir de divers dépôts, grâce à un réseau de distributeurs. La drogue ou les drogues, sans distinction, depuis les plus douces jusqu'aux drogues mortelles. Le quartier général semble établi au Levant et passer par la Turquie, le Pakistan, l'Inde et l'Asie centrale.

— Ils font de l'argent avec ça ?

— Des sommes énormes. Mais c'est beaucoup plus qu'une association de trafiquants. Elle a des côtés infiniment plus sinistres. Elle se sert des drogues pour donner le coup de grâce aux faibles, chez les jeunes, et en faire des esclaves. Des esclaves qui ne peuvent plus vivre ni travailler sans leur ration de drogue.

Kenwood émit un petit sifflement.

— Le tableau n'est pas très réjouissant, non ? Vous ne savez pas du tout qui sont ces trafiquants ?

— Nous en connaissons quelques-uns, répondit Horsham. Mais seulement du menu fretin, aucun dirigeant véritable. Pour autant que nous le sachions, ils ont leur quartier général en Asie centrale et au Levant. De là, on leur envoie la drogue cachée dans des pneus de voiture, dans du ciment, dans toutes sortes de machines et de produits industriels. Et elle est délivrée partout comme de la marchandise ordinaire.

Il revint au schéma et poursuivit :

— Le *F* signifie financement. L'argent ! Une toile d'araignée d'argent au centre de tout. Demandez donc à M. Robinson, il vous l'expliquera. Selon le rapport que nous avons ici, cet argent proviendrait en grande partie d'Amérique, et d'un quartier général en Bavière. Ils ont aussi une vaste réserve d'or et de diamants en Afrique du Sud. Un des principaux dépositaires de cet argent est une femme, très puissante et très remarquable. Elle est vieille et ne doit plus être maintenant très loin de la mort. Mais elle est encore active et redoutable. Elle s'appelle Charlotte Krapp. Son père était le propriétaire des usines Krapp en Allemagne. Véritable génie de la finance, elle opère à Wall Street. Elle a accumulé des fortunes en investissant dans toutes les régions du monde. Elle est à la tête de compagnies de transport, de maisons de commerce, d'usines, de tout ce qu'on peut imaginer. Elle vit dans un château en Bavière et, de là, expédie des flots d'argent dans toutes les directions. Le *S* représente la science, les connaissances les plus récentes en matière d'armes chimiques et biologiques. Ils ont dévoyé un certain nombre de jeunes savants. Nous pensons qu'il en existe un noyau aux États-Unis, voué à la cause de l'anarchie et se battant pour elle.

— Se battant pour l'anarchie ? Il me paraît y avoir contradiction dans les termes. Vous croyez que cela existe ?

— Quand vous êtes jeune, vous êtes partisan de l'anarchie. Vous désirez un monde nouveau et, pour le bâtir, il vous faut commencer par démolir le vieux, exactement comme vous démolissez une maison si vous voulez en construire une nouvelle à la place. Mais si vous ne savez pas où vous allez, si vous ne savez pas où l'on vous entraîne – où l'on vous pousse même à aller –, que sera ce nouveau monde et que deviendront ceux qui y ont cru lorsqu'ils l'atteindront ? Certains se verront métamorphosés en esclaves, d'autres seront à jamais aveuglés par la haine, la violence ou le sadisme. D'autres encore – et que Dieu vienne en aide à ceux-là – resteront des idéalistes et demeureront convaincus, comme l'étaient les Français de 1789, que la révolution apportera paix, bonheur et prospérité à leurs concitoyens.

— Et nous, qu'allons-nous faire, dans le cas présent ? Qu'allons-nous proposer ? demanda l'amiral Blum.

— Ce que nous allons faire ? Tout ce qui est en notre pouvoir. Je vous assure, à vous tous qui êtes ici, que nous faisons de notre mieux. Des hommes et des femmes travaillent pour nous dans tous les pays. Nous avons des agents, des enquêteurs qui récoltent des informations et nous les communiquent...

— Informations qui nous sont indispensables avant de passer à l'action, approuva le colonel

Pikeaway. Il faut que nous sachions qui est qui, qui est avec nous et qui est contre nous. Après quoi nous envisagerons les mesures à prendre, si toutefois de telles mesures existent.

— Nous appelons ce diagramme le Cercle, reprit Horsham. Voici la liste des dirigeants du Cercle que nous connaissons...

Il désigna successivement les cercles du diagramme.

F – La grosse Charlotte – Bavière ;

A – Eric Olafsson – Suède, industriel, armements ;

D – Connu sous le nom de Demetrios – Smyrne, drogues ;

S – Dr Sarolensky – Colorado, USA, physicien et chimiste (soupçonné seulement) ;

J – Une femme. Nom de code : Juanita. Réputée dangereuse. Vrai nom inconnu.

15

TANTE MATILDA FAIT UNE CURE

— Je songeais à entreprendre une cure, hasarda lady Matilda.

— Une cure ? répéta le Dr Donaldson.

Légèrement surpris, il perdit un instant son air omniscient, lequel, évidemment, se dit lady Matilda, était la rançon à payer quand on se confiait à un jeune médecin, au lieu de continuer à voir le bon vieux bougre auquel on était habitué depuis des années.

— C'est le nom qu'on employait autrefois, quand j'étais jeune, expliqua-t-elle. On allait faire une cure à Marienbad, à Carlsbad ou à Baden-Baden. Et l'autre jour, j'ai justement lu quelque chose dans le journal à propos d'une nouvelle station thermale ultramoderne. Non que je sois fanatique de modernité, mais elle ne me fait pas peur. Je veux dire que cela n'a pas dû beaucoup changer : des eaux qui sentent les œufs pourris, le dernier cri de la diététique et de la marche à pied pour aller faire sa cure, ou prendre les eaux, ou Dieu sait comment ils appellent ça aujourd'hui, à l'heure la plus malcommode de la matinée. Et j'imagine qu'on vous fait des massages ou à tout le moins qu'on vous tripote. On vous faisait des applications d'algues, autrefois. Mais cet endroit est situé quelque part dans la montagne, en Bavière ou en Autriche, par là. Alors ils n'ont sans doute pas d'algues sous la main. Du lichen, peut-être. Et peut-être aussi une bonne petite eau minérale, histoire de vous faire oublier le goût de l'eau sulfureuse. Les bâtiments sont superbes, paraît-il. Seule ombre au tableau, ils ne mettent désormais plus de rampe nulle part, dans les immeubles modernes. Des volées d'escalier en marbre, tout ce que vous voudrez, mais jamais rien à quoi se raccrocher.

— Je crois savoir de quel endroit vous voulez parler, déclara le Dr Donaldson. On lui a fait beaucoup de publicité dans la presse.

— Ma foi, vous savez comment sont les gens de mon âge, reprit lady Matilda. Nous aimons la nouveauté. Non pas que nous pensions que cela va améliorer notre santé, mais en vérité parce que ça nous amuse. Malgré tout, ce n'est pas une mauvaise idée, à votre avis, docteur Donaldson ?

Ce dernier la regarda. Il n'était pas aussi jeune qu'aimait à se l'imaginer lady Matilda. Il approchait de la quarantaine et c'était un homme plein de délicatesse, désireux de faire plaisir à ses vieux patients dans la mesure où leurs fantaisies ne les mettaient pas en danger.

— Cela ne peut pas vous faire de mal, répondit-il. C'est même sans doute une très bonne idée. Évidemment, le voyage sera un peu fatigant, quoique l'avion vous transporte aujourd'hui partout vite et facilement.

— Vite, oui. Facilement, non, repartit lady Matilda. Il faut constamment emprunter des plans inclinés et des escaliers mécaniques, monter dans des bus et en redescendre au pied de l'avion, descendre de l'avion et remonter dans d'autres bus qui vous déverseront dans un énième terminal. Tous ces transbordements, c'est usant. Mais il paraît qu'on peut disposer d'un fauteuil roulant dans les aéroports.

— Vous le pouvez, bien sûr. C'est une excellente idée. Si vous me promettez de le faire et de ne pas vous imaginer que vous pouvez aller et venir à pied de tous les côtés...

— Je sais, je sais, l'interrompit sa patiente. Je sais que vous me comprenez. Vous êtes vraiment très compréhensif. On a sa fierté, vous le savez bien, et tant qu'on peut encore clopiner en s'aidant d'une canne ou en se cramponnant à tout ce qui vous tombe sous la main, on n'a pas envie d'avoir l'air absolument croulant ou impotent. Ce serait plus facile si j'étais un homme, remarqua-t-elle. Je pourrais m'entourer la jambe d'un énorme bandage bourré de n'importe quoi, comme si j'avais la goutte. Ce que je veux dire par là, c'est que la goutte, c'est la providence de l'homme qui avance en âge. Personne ne va chercher plus loin. Personne n'y voit rien à redire. Les vieux amis pensent qu'il a un peu trop forcé sur le porto, parce que c'est ce qu'on s'imaginait dans le temps, bien que ce ne soit pas vrai du tout, je crois. Le porto n'a jamais donné la goutte à personne. Oui, un fauteuil roulant et je pourrais voler jusqu'à Munich. Et une voiture pourrait m'attendre là-bas.

— Vous emmèneriez Mlle Leatheran avec vous, bien sûr ?

— Amy ? Oh ! évidemment. Je ne saurais me passer d'elle. Ainsi, vous pensez vraiment que cela ne pourrait pas me faire de mal ?

— Je pense que cela pourrait même vous faire le plus grand bien.

— Vous êtes vraiment un brave homme.

Lady Matilda lui adressa le regard pétillant qu'il avait, au fil des ans, appris à bien connaître.

— Vous croyez que cela va m'amuser et me remonter le moral d'aller ailleurs et de voir de nouveaux visages, et, bien sûr, vous avez tout à fait raison. Mais j'aime aussi à penser que je vais faire une cure, bien qu'en vérité je n'aie rien de particulier à soigner. Pas vraiment, n'est-ce pas ? À part la vieillesse, bien entendu. Malheureusement, la vieillesse ne se soigne pas, elle ne fait que s'accentuer...

— Le tout est de savoir si vous y trouverez du plaisir. Ma foi, je crois que oui. Cela dit, si quelque chose vous fatigue, arrêtez aussitôt cette activité.

— Si les eaux sentent les œufs pourris, je les boirai quand même. Pas par goût ni parce que je crois que cela me fera du bien, mais par une sorte de volupté qu'on ne trouve que dans la mortification. Tout à fait comme les vieilles femmes de mon village qui préféraient les remèdes violents, noirs, violets ou rose foncé, fortement parfumés à la menthe. Elles étaient persuadées qu'ils leur faisaient beaucoup plus de bien qu'une gentille petite pilule ou qu'un flacon qui avait l'air plein d'eau ordinaire, sans aucune coloration extravagante.

— Vous en savez trop long sur l'être humain et ses travers, sourit le Dr Donaldson.

— Vous êtes charmant avec moi. J'en suis très touchée, dit lady Matilda. Amy !

— Oui, madame !

— Va me chercher un atlas, s'il te plaît. J'ai perdu la trace de la Bavière et des pays qui l'entourent.

— Un atlas ? Voyons voir... Il doit y en avoir dans la bibliothèque, je suppose. De vieux atlas datant des années 1920 à peu près.

— Nous n'avons rien d'un peu plus moderne ?

— Un atlas..., répéta Amy, réfléchissant profondément.

— Sinon, achètes-en un et apporte-le demain matin. Cela ne va pas être facile, parce que tout a changé : les noms, les frontières... Je ne vais plus m'y reconnaître. Mais tu m'aideras. Trouve-moi une grosse loupe, veux-tu ? J'ai dans l'idée que celle avec laquelle je lisais, l'autre soir, a glissé entre le lit et le mur.

Il fallut un certain temps pour satisfaire à toutes ces exigences, mais finalement Amy apporta un atlas récent, une loupe et un second atlas, nettement plus ancien, pour que lady Matilda puisse s'y référer. Une gentille fille très serviable et très efficace, cette Amy, se dit-elle une fois de plus.

— Oui, voilà l'endroit. On dirait qu'il s'appelle toujours Monbrügge ou quelque chose comme ça. Cela se trouve soit au Tyrol, soit en Bavière. Mais plus rien n'est à sa place ni ne porte le même nom, de nos jours...

*

Lady Matilda examina sa chambre d'hôtel, qui combinait le confort avec une apparente austérité, bien faite pour que son occupant se sente aussitôt des velléités d'exercice, de régime et peut-être de douloureux massages. Elle était intelligemment meublée, de façon à satisfaire tous les goûts. Un texte en écriture gothique, sobrement encadré, était accroché au mur. L'allemand de lady Matilda n'était plus ce qu'il avait été dans son jeune âge, mais il lui sembla comprendre qu'il jouait avec l'idée merveilleuse et enchanteresse d'un retour à la jeunesse. Non seulement les jeunes tenaient l'avenir entre leurs mains, mais les vieux étaient gentiment amenés à penser qu'ils pouvaient, eux-mêmes, connaître un second épanouissement.

Il y avait là aussi différents objets de nature à permettre à tout un chacun, d'où qu'il vienne – à condition, bien sûr, d'avoir assez d'argent pour le faire – de choisir son chemin doctrinal dans la vie.

À côté de son lit, il y avait une bible, comme lady Matilda en avait trouvé la plupart du temps aux États-Unis. Approbatrice, elle s'en saisit, l'ouvrit au hasard et posa l'index sur un verset. Elle le lut en hochant la tête et, satisfaite, en prit note sur le bloc qui était sur la table de nuit. Elle avait souvent fait ça au cours de sa vie ; c'était sa manière à elle d'obtenir la protection divine à bref délai.

J'ai été jeune et maintenant suis vieille, n'ai cependant jamais vu les justes abandonnés.

Elle poursuivit son inspection. À portée de main mais point trop visible se trouvait le *Gotha*, modestement posé sur la dernière étagère de la table de chevet. Ouvrage inestimable pour tous ceux qui désiraient se familiariser avec les plus hautes sphères de la société. Il remontait à plusieurs centaines d'années en arrière mais était sans cesse remis à jour pour les personnes de lignée aristocratique ou s'intéressant à icelles. « Cela pourra m'être utile, se dit-elle. J'y apprendrai certainement beaucoup. »

À côté du bureau, près du poêle en porcelaine ancienne, se trouvaient en édition de poche les prédications et doctrines des prophètes modernes. Ceux qui jusqu'à présent avaient prêché dans le désert étaient là maintenant pour être étudiés et appréciés par de jeunes disciples aux cheveux en auréole, aux vêtements étranges et aux esprits sérieux : Marcuse, Guevara, Lévi-Strauss, Fanon.

Au cas où elle serait amenée à soutenir une conversation avec cette radieuse jeunesse, elle ferait bien d'en apprendre aussi un peu là-dessus.

On frappa timidement à la porte. Celle-ci s'ouvrit pour laisser passer le visage de la fidèle Amy. Quand elle avait dix ans, se dit tout à coup lady Matilda, Amy devait avoir très précisément l'air d'un agneau. Un charmant, fidèle et bon petit agnelet. Aujourd'hui encore, elle ressemblait à un mouton gentil et grassouillet, aux cheveux bouclés et aux bons yeux rêveurs.

— J'espère que vous avez bien dormi.

— Oui, ma chère Amy, merveilleusement bien. Tu m'as apporté ce machin ?

Amy savait toujours de quoi sa maîtresse voulait parler. Elle lui tendit un papier.

— Ah ! Voilà le régime... Oh ! là, là ! Ce n'est vraiment pas très enthousiasmant ! s'écria-t-elle après l'avoir parcouru. Comment est cette eau que nous sommes censées boire ?

— Elle n'a pas très bon goût.

— Non, je m'en doute. Reviens dans une demi-heure. Je t'enverrai poster une lettre.

Elle repoussa le plateau de son petit déjeuner et alla s'asseoir au bureau. Après avoir réfléchi quelques minutes, elle se mit à écrire. « Cela devrait faire l'affaire », murmura-t-elle quand elle eut terminé.

— Je vous demande pardon, lady Matilda. Que disiez-vous ? demanda Amy, tout juste de retour.

— J'ai écrit à la vieille amie dont je t'ai parlé.

— Celle que vous n'avez pas vue depuis cinquante ou soixante ans ?

Lady Matilda hocha la tête.

— J'espère... Je veux dire... Je... Cela fait bien longtemps. Les gens ont la mémoire courte, de nos jours. J'espère qu'elle ne vous aura pas oubliée.

— Bien sûr que non, assura lady Matilda. Vous n'oubliez pas les personnes que vous avez connues entre dix et vingt ans. Elles demeurent dans votre mémoire à jamais. Vous vous rappelez les chapeaux qu'elles portaient, leur façon de rire, leurs défauts et leurs qualités, vous vous rappelez tout. Mais celles dont j'ai fait la connaissance il y a, disons, vingt ans, je ne sais même plus qui elles sont. Si on m'en parle, ou même si je les vois, je ne sais plus de qui il s'agit. Oh ! si, elle se souvient certainement de moi. Et de Lausanne. Va mettre cette lettre à la poste. J'ai un petit travail à faire.

Elle s'empara du *Gotha* et retourna au lit où elle se livra à une sérieuse étude des articles qui pouvaient lui être utiles : liens de parenté de toutes sortes, qui avait épousé qui, qui avait vécu où, quels malheurs s'étaient abattus sur d'autres. Non que la personne qu'elle avait en tête ait eu la moindre chance de figurer dans le *Gotha*. Mais elle avait choisi de venir habiter ici un château qui avait appartenu à de nobles ancêtres, et les gens de la région lui vouaient donc le respect et l'adulation réservés aux personnes bien nées. Comme elle ne pouvait se targuer de pareilles origines, elle avait dû compenser ce handicap par de l'argent. D'incroyables sommes d'argent. Des océans d'argent.

En tant que fille d'un huitième duc, lady Matilda Cleckheaton, quant à elle, s'attendait à être conviée à quelque festivité. Un goûter avec du café, peut-être, et de délicieux gâteaux à la crème.

*

Lady Matilda Cleckheaton fit son entrée dans l'une des immenses salles de réception du château.

Elle avait pris grand soin de sa toilette, légèrement désapprouvée par Amy. Celle-ci donnait rarement son avis, mais elle était si anxieuse de voir sa patronne réussir dans son entreprise qu'elle s'était permis quelques menues critiques :

— Vous ne pensez pas que votre robe rouge a fait son temps, si vous voyez ce que je veux dire... Juste sous les bras... enfin... eh bien, il y a de petites taches brillantes...

— Je le sais, ma chère Amy, je le sais. Elle est usée, mais néanmoins c'est un modèle de chez Patou. Elle est vieille, mais elle m'avait coûté une fortune. Je n'essaie pas d'avoir l'air riche ou follement dépensière. Je suis un membre désargenté d'une famille aristocratique. Toute personne au-dessous de cinquante ans n'aurait pour moi que mépris. Mais mon hôtesse a vécu dans un monde où les riches devaient patienter pour attendre l'arrivée d'une vieille douairière en guenilles mais d'irréprochable ascendance. Les traditions de famille ne se perdent pas facilement. On les emporte avec soi, même quand on change totalement de milieu. À propos, tu trouveras un boa dans ma malle.

— Parce que vous allez porter un boa ?

— Eh oui. En plumes d'autruche.

— Oh, mon Dieu ! Il ne doit pas être tout jeune.

— Non, mais je l'ai soigneusement conservé. Tu vas voir, Charlotte comprendra aussitôt. Elle va tout de suite se dire que la représentante d'une des meilleures familles d'Angleterre en est réduite à porter les vieux vêtements qu'elle garde précieusement depuis des années. Et je mettrai mon manteau de loutre. Il est un peu usé aussi, mais ce fut une splendeur, en son temps.

Ainsi accoutrée, elle s'était mise en route pour faire les vingt-cinq kilomètres qui la séparaient du château. Amy l'accompagnait, bien habillée mais avec une élégance conforme à sa condition.

Matilda s'attendait à ce qu'elle allait trouver. Une baleine, lui avait dit Stafford. Une horrible vieille femme vautrée dans une pièce aux murs tapissés de tableaux valant une fortune. Une baleine se levant avec difficulté d'un fauteuil aux allures de trône qui aurait pu figurer dans le décor d'une pièce représentant le palais de n'importe quel prince d'avant le Moyen Âge.

— Matilda !

— Charlotte !

— Ah ! Après tant d'années ! Comme cela fait bizarre !

Mélangeant l'allemand et l'anglais, elles échangèrent des salutations et des exclamations de plaisir. L'allemand de lady Matilda laissait quelque peu à désirer. Charlotte parlait en revanche un excellent allemand, mais avec un fort accent guttural, et un excellent anglais, avec par moments l'accent américain. Elle était indubitablement d'une hideur prodigieuse, se dit lady Matilda. Elle fut prise un instant d'un accès de tendresse en souvenir du passé, bien que, réflexion faite, Charlotte eût toujours été en vérité une fillette détestable. Personne ne l'aimait et elle vous le rendait bien. Cependant, on aura beau dire, on reste à jamais attaché au souvenir de ses années d'études. Charlotte avait-elle eu de l'amitié pour elle ? Elle n'en savait rien. Mais elle lui avait certainement, comme on dit, fait de la lèche. Elle se représentait peut-être séjournant dans un château ducal d'Angleterre. Le père de Matilda, bien que descendant d'une lignée inestimable, avait été le duc le plus impécunieux du pays. Sa propriété n'avait été sauvée que grâce à l'argent de la femme qu'il avait épousée, qu'il avait traitée avec la plus grande courtoisie alors qu'elle prenait plaisir à le maltraiter dès qu'elle en avait l'occasion. Lady Matilda avait eu la chance de naître de son second mariage. Sa mère avait été charmante et, actrice de talent, avait joué le rôle d'une duchesse beaucoup mieux qu'une vraie duchesse n'aurait su le faire.

Elles parlèrent du bon vieux temps, des tortures qu'elles avaient infligées à quelques-uns de leurs professeurs, des mariages heureux ou malheureux qu'avaient faits certaines de leurs camarades de classe. Matilda fit allusion à des alliances et à des familles tout juste cueillies la veille dans le *Gotha*. « Mais, bien sûr, cela a dû être un mariage effroyable pour Elsa. Un des Bourbon Parme, n'est-ce pas ? Oui, oui, enfin, on sait à quoi cela mène. Désolant, vraiment. »

On apporta le goûter, un délicieux café, des mille-feuilles et de merveilleux gâteaux à la crème.

— Je ne devrais pas y toucher ! se récria lady Matilda. Non, surtout pas. Mon médecin est très sévère. Il m'a ordonné de m'en tenir strictement à ma cure tant que je serai là. Mais après tout, c'est un jour de fête, non ? De renouveau de la jeunesse. C'est justement ce qui m'intéresse au plus haut point. Mon petit-neveu est venu vous voir il n'y a pas longtemps... J'ai oublié qui vous l'a amené...

la comtesse... ah ! cela commence par un Z. Je ne retrouve pas son nom.

— La comtesse Renata Zerkowski...

— Ah ! oui, c'est bien ça. Une jeune femme charmante, je crois. C'est très gentil de sa part de vous l'avoir amené. Il a été très impressionné. Et impressionné aussi par toutes vos magnifiques collections. Par votre genre de vie et, évidemment, par toutes les merveilleuses choses qu'il a entendu dire à votre sujet. Par tout ce mouvement de... Oh ! je ne sais pas quelle est sa dénomination exacte. Une galaxie de jeunes gens. De beaux, de splendides jeunes gens, qui affluent autour de vous et qui vous sont tout dévoués. Quelle vie merveilleuse vous devez avoir ! Non que je supporterais une vie pareille. J'ai besoin de calme, il me faut soigner mes rhumatismes. Et j'ai aussi des difficultés financières. J'ai du mal à tenir mon train de maison. Ah ! vous savez ce que c'est, en Angleterre... vous connaissez nos problèmes d'impôts...

— Je me rappelle votre petit-neveu, oui. Un garçon charmant, vraiment charmant. Il fait partie des services diplomatiques, si j'ai bien compris ?

— Ah ! oui. Mais enfin... je trouve, voyez-vous, qu'on est loin de faire appel à toutes ses capacités. Il n'en parle pas. Il ne se plaint pas, mais il a l'impression qu'il est... ma foi, qu'il n'est pas apprécié à sa juste valeur. Que sont ces gens qui sont actuellement au pouvoir, vous pouvez me le dire ?

— Des canailles ! répondit la grosse Charlotte.

— Des intellectuels sans aucun savoir-faire. Il y a cinquante ans, cela aurait été tout différent, reprit lady Matilda, mais aujourd'hui il n'obtient pas l'avancement qu'il mériterait. Je peux même vous dire, en confidence bien entendu, qu'on se méfie de lui. On le soupçonne, comprenez-vous, d'être favorable aux... comment les appeler ? ... aux courants révolutionnaires. On devrait pourtant se rendre compte de ce que l'avenir peut receler, pour un homme capable de concevoir des idées en avance sur son temps...

— Vous voulez dire qu'il n'est pas... comment formulez-vous ça en Angleterre ? ... en sympathie avec ce qu'ils appellent la société établie ?

— Chut ! Chut ! Il ne faut pas dire des choses pareilles. Du moins, *je* ne le dois pas, déclara lady Matilda.

— Vous m'intéressez, remarqua Charlotte.

Matilda Cleckheaton soupira :

— Mettez cela, si vous voulez, sur le compte de l'affection d'une vieille tante, mais j'ai toujours eu un faible pour Staffy. Il a du charme et de l'esprit. Je crois qu'il a aussi des idées. Il envisage un avenir très différent de ce que nous connaissons à présent. Notre pays est, hélas ! dans une situation politique abominable. Stafford a été très impressionné par certaines choses que vous lui auriez dites, ou que vous lui auriez montrées. Vous avez beaucoup fait pour la musique, si j'ai bien compris. Je ne peux m'empêcher de penser que ce qu'il nous faut, c'est un idéal de race supérieure.

— Il peut et il doit y avoir une race supérieure. Adolf Hitler le savait bien, répondit Charlotte. C'était un personnage insignifiant par lui-même, mais doté d'un goût prononcé pour les arts. Et d'un incontestable pouvoir de meneur d'hommes.

— Ah ! oui, des meneurs d'hommes. Voilà ce qui nous manque.

— Vous avez mal choisi vos alliés pendant la dernière guerre, ma chère. Si l'Angleterre et l'Allemagne s'étaient rangées côte à côte, si elles avaient partagé le même idéal de force et de jeunesse – deux nations aryennes avec un même idéal ! – songez où votre pays et le mien en seraient aujourd'hui. C'est peut-être même un point de vue trop étroit. D'une certaine façon, les communistes nous ont donné une leçon : « Travailleurs de tous les pays, unissez-vous. » Mais c'est viser trop bas. Les travailleurs représentent seulement notre matière première. Cela doit être : « Meneurs de tous les pays, unissez-vous ! » Jeunes gens au sang pur, doués pour le commandement. Et nous ne devons pas commencer avec des hommes déjà mûrs, déjà sur leurs rails et qui se répètent comme des disques usés. Nous devons rechercher parmi les étudiants des jeunes gens courageux, idéalistes, désireux d'aller de l'avant, acceptant de se faire tuer le cas échéant, mais tout aussi prêts à tuer. À tuer sans le moindre remords parce que, sans agressivité, sans mordant, sans violence, il ne peut y avoir de victoire. Il faut que je vous montre quelque chose...

Au prix d'énormes efforts, elle parvint à se remettre sur pied. Lady Matilda suivit son exemple, simulant une difficulté beaucoup plus grande que celle qu'elle éprouvait réellement.

— C'était en mai 1940, reprit Charlotte, quand les Jeunesses hitlériennes passèrent au second stade. Quand Himmler obtint de Hitler un statut. Le statut de la célèbre SS. Elle a été créée pour détruire les peuples de l'Orient, les esclaves, les esclaves prédestinés du monde. Elle allait faire de la place pour la race supérieure germanique. L'instrument exécutif SS était né.

Elle avait laissé tomber sa voix et resta un moment plongée dans une espèce de silence religieux. Égarée, lady Matilda faillit se signer.

— L'ordre de la Tête de mort, déclara enfin la grosse Charlotte.

Elle marcha avec peine jusqu'à l'extrémité de la pièce et lui montra du doigt, au mur, encadré d'or et surmonté d'un crâne, l'ordre de la Tête de mort :

— Regardez, c'est mon plus cher trésor qui est accroché là. Mes jeunes gens, quand ils viennent ici, le saluent. Et dans les archives du château se trouvent toutes les chroniques manuscrites s'y rapportant. Il faut un estomac solide pour lire certaines d'entre elles, mais on doit apprendre à supporter ces choses-là. Le tribunal de Nuremberg a médit des chambres à gaz et des tortures, mais c'est une belle tradition que la force acquise à travers la douleur. Ils étaient entraînés très jeunes, les garçons, à ne pas reculer, à tenir bon et à ne souffrir aucune espèce de faiblesse. Lénine lui-même, quand il prêchait sa doctrine marxiste, déclarait : « Bannissez toute faiblesse ! » C'était, pour lui, une des premières règles à respecter si l'on voulait créer un État parfait. Mais nous n'avons pas vu assez grand. Nous avons voulu limiter notre beau rêve à la seule race germanique. Il existe pourtant d'autres races qui peuvent elles aussi, par la souffrance, la violence et la pratique intelligente de l'anarchie, atteindre à la maîtrise des hommes. Nous devons inlassablement abattre toutes les formes instituées de faiblesse. Abattre les formes de religion les plus humiliantes. Il existe une religion de la force, la vieille religion des Vikings. Et nous avons un guide, jeune encore mais qui gagne en pouvoir chaque jour. Quel est le grand homme qui a déclaré : « Donnez-moi les outils, je ferai le travail », ou je ne sais quelle formule similaire ? Notre guide a déjà les outils. Il en aura d'autres. Il aura des avions, des bombes, les moyens d'une guerre bactériologique. Il aura les hommes pour se battre. Il aura les moyens de transport. Il aura des navires et du pétrole. Il aura ce qu'on pourrait appeler le génie créateur d'Aladin. Vous frottez la lampe et le génie apparaît. Tout tient dans vos mains. Les moyens de production, les richesses... Notre jeune guide... un meneur d'hommes, un meneur d'hommes inné... il a tout ça.

Elle eut une toux sifflante d'asthmatique.

— Laissez-moi vous aider.

Lady Matilda la ramena jusqu'à son fauteuil. En s'asseyant, Charlotte reprit sa respiration.

— C'est dommage de vieillir, mais je durerai assez longtemps, reprit-elle. Assez longtemps pour assister au triomphe d'un monde nouveau, d'un monde recréé. C'est ce que vous désirez pour votre neveu ? J'y veillerai. Le pouvoir dans son propre pays, voilà ce qu'il souhaite, n'est-ce pas ? Seriez-vous prête à soutenir le mouvement, là-bas ?

— Il fut un temps où j'avais de l'influence, mais maintenant..., répondit lady Matilda en dodelinant tristement de la tête. Tout cela est bien passé...

— Cela reviendra, ma chère. Vous avez bien fait de venir me voir. Car moi, de l'influence, je n'en manque pas.

— C'est une grande cause, voulut bien admettre lady Matilda. Le jeune Siegfried, murmura-t-elle encore en soupirant.

*

— J'espère que vous avez eu plaisir à retrouver votre vieille amie ? lui dit Amy sur le chemin du retour.

— Tu ne peux imaginer toutes les inepties que j'ai pu proférer..., répondit lady Matilda Cleckheaton.

16

PIKEAWAY PARLE

— Les nouvelles de France sont très mauvaises, déclara le colonel Pikeaway en chassant de sa veste un nuage de cendre de cigare. J'ai entendu Winston Churchill dire ça pendant la dernière guerre. C'était un homme qui savait parler avec une franchise brutale, et sans un mot de trop. C'était très impressionnant. Il nous disait juste ce que nous avions besoin d'entendre. Enfin... il y a bien longtemps de ça, mais je le répète aujourd'hui : « Les nouvelles de France sont très mauvaises. »

Il toussa, respira bruyamment et brossa encore quelques cendres.

— Les nouvelles d'Italie sont très mauvaises, reprit-il. J'imagine que les nouvelles de Russie pourraient être également très mauvaises si seulement ils les laissaient filtrer. Ils ne sont pas exempts de troubles, eux non plus. Des bandes d'étudiants parcourent les rues, brisent les vitrines et attaquent les ambassades. Les nouvelles d'Égypte sont très mauvaises. Les nouvelles de Jérusalem sont très mauvaises. Les nouvelles de Syrie sont très mauvaises. Mais pour eux, c'est un état endémique et nous ne devons pas nous en inquiéter outre mesure. Les nouvelles d'Argentine sont, dirons-nous, assez spéciales, voire très spéciales. L'Argentine, le Brésil et Cuba ont partie liée. Ils se font appeler les États confédérés de la Jeunesse. Ils ont une armée. Bien entraînée et commandée. Ils ont des avions, ils ont des bombes et Dieu sait quoi encore. Et la plupart d'entre eux savent quoi en faire, ce qui ne fait qu'aggraver la situation. Apparemment, ils ont aussi une chorale : chansons pop, chansons folkloriques et hymnes guerriers. Elle se promène dans les rues à la manière de l'Armée du Salut – cela dit sans aucune intention blessante à l'égard de l'Armée du Salut. Elle a toujours fait du bon travail, et ses femmes... avec leur bonnet, elles sont jolies comme Polichinelle.

Il reprit haleine et poursuivit :

— J'ai entendu dire qu'il se passait des événements similaires dans nos pays civilisés, à commencer par le *nôtre*. Car on peut encore qualifier de civilisées certaines de nos contrées, je suppose ? Encore que, l'autre jour, un de nos hommes politiques a déclaré que, si nous étions une merveilleuse nation, cela tenait essentiellement à ce que nous étions laxistes, que nous autorisions toutes sortes de manifestations, que nous laissions démolir un tas de choses, que nous tabassions le premier venu si nous n'avions rien de mieux à faire, que nous nous débarrassions de nos ardeurs par la violence et de notre pureté morale en ôtant la plupart de nos vêtements. Je ne sais pas très bien s'il savait de quoi il parlait – les hommes politiques le savent rarement mais ils ont l'art de vous faire prendre des vessies pour des lanternes. C'est bien pourquoi ils entrent en politique.

Il s'arrêta et regarda ceux qui l'entouraient.

— Désolant... tristement désolant, déclara sir George Packham. On a du mal à croire... c'est inquiétant... si on pouvait seulement... Ce sont là toutes les nouvelles que vous nous apportez ? demanda-t-il d'un ton plaintif.

— Cela ne vous suffit pas ? Vous êtes difficile à contenter. Le monde est en marche vers l'anarchie, voilà qui résume toutes les nouvelles. Elle n'est pas encore tout à fait installée, mais elle est près de l'être... très près de l'être.

— Mais on peut certainement réagir contre ça !

— Ce n'est pas aussi simple que vous le pensez. Les gaz lacrymogènes font cesser les émeutes pour un temps et permettent à la police de reprendre son souffle. Et, évidemment, nous avons tout un tas de bactéries et de bombes atomiques, toutes sortes de charmants petits sacs à malice. Mais que se passerait-il si nous commencions à nous en servir ? Un massacre général de toutes ces filles et de tous ces garçons en marche, mais aussi de toutes les ménagères dans les magasins, de tous les vieux retraités chez eux, d'un bon nombre de nos pompeux hommes d'État tandis qu'ils seraient en train de nous expliquer que la situation n'a jamais été aussi bonne, et, par-dessus le marché, de vous et de moi... Ha ! Ha !

Le colonel Pikeaway fit une pause et ajouta :

— De toute façon, si ce sont seulement des nouvelles que vous voulez, j'ai cru comprendre que vous en aviez reçu de toutes fraîches ce matin. Top secret, en provenance d'Allemagne. Apportées par Herr Heinrich Spiess lui-même.

— Comment diable le savez-vous ? C'était censé être strictement...

— Nous savons tout, ici, l'interrompit le colonel Pikeaway selon sa formule favorite. C'est notre raison d'être. Il vous a amené en même temps un médecin, si j'ai bien compris, ajouta-t-il.

— Oui, un certain Dr Reichardt, un savant de haut niveau, je présume.

— Non. Docteur en médecine. Directeur d'une maison de fous...

— Oh ! seigneur... un psychanalyste ?

— Probablement. Ceux qui dirigent les asiles d'aliénés le sont pour la plupart. Avec un peu de chance, on l'a fait venir pour qu'il examine la cervelle de quelques-uns de nos jeunes boutefeux. Ceux-ci ont le cerveau farci de philosophie germanique, de philosophie du Black Power, de philosophie d'écrivains français morts depuis belle lurette, et ainsi de suite. On va peut-être aussi lui donner à examiner la cervelle des lumières judiciaires qui président nos cours de justice, lesquelles considèrent qu'il faut être très attentif à ne pas causer de tort à l'*ego* d'un jeune homme sous prétexte qu'il peut être appelé à gagner sa vie. On serait sans doute plus tranquille si on les dispensait de travail et si on les renvoyait dans leurs chambres à se délecter, aux frais de la Sécurité sociale, d'un peu plus de philosophie encore. De toute façon, je suis complètement démodé. Je le sais. Inutile de me le dire.

— Nous devons tenir compte des nouvelles manières de penser, fit valoir sir George Packham. On a l'impression... Je veux dire, on espère... enfin, c'est difficile à dire...

— Ça doit être bien gênant pour vous, remarqua le colonel Pikeaway, que ce que vous avez à dire soit si difficile à exprimer...

Son téléphone sonna. Après avoir écouté, il tendit le combiné à sir George.

— Oui ? dit sir George. Oui ? Oh ! oui. Oui. Je suis d'accord. Je pense... Non... non... pas au ministère. Non. En privé, vous voulez dire. Bon, nous ferions mieux d'utiliser... euh...

Sir George regarda autour de lui avec attention.

— Cette pièce n'est pas farcie de micros, lui fit obligeamment remarquer le colonel Pikeaway.

— Le mot de passe est Danube bleu, chuchota très fort sir George Packham, d'un ton rauque. Oui, oui, j'amènerai Pikeaway avec moi. Oh ! oui, évidemment. Oui. Oui. Mettez-vous en rapport avec lui. Oui, dites que vous tenez beaucoup à ce qu'il vienne, mais rappelez-lui que notre réunion doit être strictement privée.

— Alors nous ne pouvons pas prendre ma voiture, dit Pikeaway. Elle est trop connue.

— Henry Horsham viendra nous chercher avec la Volkswagen.

— Parfait, dit le colonel Pikeaway. Très intéressant tout ça, vous savez.

— Vous ne pensez pas... ? commença sir George, qui hésita à poursuivre.

— Je ne pense pas que quoi ?

— Je veux dire seulement... enfin, je veux dire... si vous me le permettez... peut-être qu'une brosse à habits...

— Oh ! ça, fit le colonel Pikeaway en se tapotant la poitrine.

Un nuage de cendres de cigare s'en échappa, qui fit suffoquer sir George.

— Nounou ! cria le colonel Pikeaway en appuyant sur la sonnette de son bureau.

Une femme entre deux âges, munie d'une brosse à habits, apparut avec la soudaineté du génie de la lampe d'Aladin précitée.

— Retenez votre respiration, s'il vous plaît, sir George. Cela pourrait vous irriter la gorge.

Elle lui tint la porte ouverte et, quand il fut sorti, elle se mit à brosser le colonel Pikeaway, qui toussa et gémit :

— Quels casse-pieds, ces gens-là ! Ils voudraient toujours vous voir pomponnés comme des mannequins de vitrine !

— Ce n'est pas exactement comme ça que je vous décrirais, colonel Pikeaway. Vous devriez être habitué à mes nettoyages, depuis le temps. Et vous savez que le ministre de l'Intérieur a de l'asthme.

— Ma foi, c'est sa faute. Il ne fait rien pour diminuer la pollution des rues de Londres.

Il quitta la pièce à son tour et lança :

— Allons-y, sir George. Allons écouter ce que notre ami allemand est venu nous révéler. Il semblerait qu'il y ait urgence.

17

HERR HEINRICH SPIESS

Herr Heinrich Spiess était inquiet. Il ne faisait rien pour le dissimuler. En fait, il reconnaissait sans ambages que la situation dont ils devaient s'entretenir tous les cinq était grave. Mais, en même temps, il y avait chez lui quelque chose de rassurant qui avait constitué son principal atout pour affronter les récents problèmes politiques de l'Allemagne. C'était un homme solide, réfléchi, qui pouvait ramener au bon sens n'importe quelle assemblée à laquelle il prenait part. Il ne donnait pas l'impression d'être brillant, ce qui était déjà rassurant en soi. C'étaient justement les hommes politiques brillants qui étaient les responsables, dans plus d'un pays, des trois quarts des crises nationales. Le dernier quart des ennuis était le fait des hommes politiques incapables de dissimuler leur remarquable absence de jugement.

— Ceci n'est en aucune façon une visite officielle, tint à prévenir, d'entrée de jeu, le chancelier.

— Oh ! bien sûr, bien sûr.

— Il est cependant venu à ma connaissance des faits qu'il me semble essentiel de vous communiquer. Ils jettent une lumière intéressante sur certains événements qui nous ont surpris autant que désolés. Voici le Dr Reichardt.

On fit les présentations. Le Dr Reichardt était un individu corpulent, à l'air bon enfant et qui sortait périodiquement des *Ach ja* ou des *Ach nein*.

— Le Dr Reichardt dirige un grand établissement dans les environs de Karlsruhe. On y traite des malades mentaux. Si je ne me trompe pas, vous avez là-bas entre cinq cents et six cents patients, c'est bien ça ?

— *Ach ja*, répondit le Dr Reichardt.

— Vous y traitez différentes formes de maladies mentales ?

— *Ach ja*, différentes, oui, mais néanmoins je m'intéresse surtout à un type particulier de ces troubles.

Il poursuivit en allemand et, à la fin de son exposé, Herr Spiess résuma en anglais ce qu'il avait dit, pour ceux de ses collègues anglais qui n'auraient pas compris. C'était une mesure à la fois courtoise et indispensable.

— Le Dr Reichardt, expliqua Herr Spiess, a obtenu ses plus grands succès dans le traitement de ce que, en tant que profane, j'appellerai la mégalomanie. Si vous pensez être quelqu'un d'autre, quelqu'un de plus important que vous ne l'êtes en réalité. Si vous avez la manie de la persécution...

— *Ach nein !* s'écria le Dr Reichardt. Non, je ne traite pas la manie de la persécution. Je n'ai aucun malade atteint de la manie de la persécution dans ma clinique. Pas dans le groupe auquel je m'intéresse plus particulièrement. Au contraire, ils aspirent au bonheur. Et ils sont heureux, je les rends heureux. Mais si je les guéris, voyez-vous, ils ne seront plus heureux. Il faut donc que je leur rende la santé mentale sans les priver de ce bonheur. Nous appelons cet état d'esprit particulier...

Il prononça un mot très long, férocement germanique, d'au moins huit syllabes.

— Au bénéfice de nos amis anglais, j'emploierai encore le mot « mégalomanie », bien que je sache, docteur Reichardt, que ce n'est pas celui que vous utilisez aujourd'hui, poursuivit Herr Spiess. Donc, comme je le disais, vous avez six cents patients dans votre clinique.

— Il fut un temps, à l'époque justement dont je vais parler, où j'en avais huit cents.

— Huit cents !

— *Ach ja !* C'était intéressant... Très intéressant.

— Vous aviez des personnes... pour commencer par le commencement...

— Nous avions Dieu le Père, expliqua le Dr Reichardt. Vous comprenez ?

M. Lazenby parut légèrement décontenancé :

— Oh... euh... oui... Très intéressant, je n'en doute pas.

— Il y a bien toujours deux ou trois jeunes gens qui se prennent pour Jésus-Christ. Mais ce n'est pas aussi bien porté que Dieu le Père. Et puis il y a les autres. À l'époque, je devais avoir environ vingt-quatre Adolf Hitler. C'était, bien sûr, au temps où il vivait encore. Oui, vingt-quatre ou vingt-cinq Hitler..., dit-il en sortant un petit carnet de

235

sa poche. J'ai pris quelques notes ici, oui... Quinze Napoléon. Napoléon a toujours été très populaire. Dix Mussolini, cinq réincarnations de Jules César, et beaucoup d'autres cas très curieux. Mais je ne vais pas vous ennuyer avec ça. L'aspect médical de la chose n'étant pas votre souci premier, cela ne vous intéresserait pas.

Le Dr Reichardt continua à parler, un peu moins longuement, et Herr Spiess continua à traduire :

— Il a un jour reçu la visite d'un personnage officiel, tenu alors en grande estime par le gouvernement en place. Cela se passait pendant la guerre. Pour l'instant, j'appellerai ce personnage Martin B... Vous comprendrez aisément de qui je veux parler. Il amenait son chef avec lui. En fait, il amenait... bon, je ne vais pas tourner plus longtemps autour du pot... il amenait le Führer lui-même.

— *Ach ja*, se rengorgea le Dr Reichardt. C'était un grand honneur, comprenez-vous, qu'il soit venu en personne nous inspecter. Il s'est montré très aimable, mon Führer. Il m'a dit que d'excellents échos lui étaient revenus des succès de mes traitements. Mais que, de leur côté, ils avaient récemment eu des ennuis. Au sein de l'armée. Des hommes s'étaient à plusieurs reprises pris pour Napoléon, ou parfois pour un de ses maréchaux, et étaient allés jusqu'à se conduire en conséquence, donnant des ordres et provoquant par là des désordres militaires. J'aurais été tout disposé à lui être utile en lui donnant mon avis de professionnel, mais Martin B. m'assura que ce n'était pas nécessaire. Notre grand Führer, poursuivit le Dr Reichardt en regardant Herr Spiess d'un air un peu gêné, ne voulait pas qu'on l'ennuie avec

236

de pareils détails. Il déclara que, sans aucun doute, il serait bon que des médecins qualifiés, des neurologues expérimentés, soient appelés en consultation. Mais que tout ce qu'il voulait pour l'instant, c'était... *ach ja*, eh bien, c'était visiter l'établissement, et je compris vite ce qu'il voulait vraiment voir. Cela n'aurait pas dû me surprendre. Oh ! non, parce que, voyez-vous, c'est un symptôme très reconnaissable. La tension dans laquelle vivait notre Führer sautait aux yeux.

— Je suppose qu'à cette époque-là, il commençait déjà à se prendre lui-même pour Dieu le Père, pouffa le colonel Pikeaway.

Le Dr Reichardt parut choqué.

— Il voulait que je lui précise certains détails, expliqua-t-il. Il me dit que Martin B. lui avait raconté que j'avais un grand nombre de patients qui, pour parler sans détour, se prenaient pour Adolf Hitler. Je lui expliquai que cela n'avait rien d'extraordinaire, que bien évidemment, étant donné tout le respect, toute l'adoration qu'ils lui vouaient et l'ardent désir qu'ils avaient tous de lui ressembler, il était normal qu'ils finissent par s'identifier à lui. J'étais un peu angoissé en lui expliquant ça, mais je fus ravi de voir qu'il accueillait mes propos avec de grands signes de satisfaction. Dieu merci, il prit comme un compliment ce désir passionné d'identification. Il me demanda ensuite s'il pouvait voir quelques-uns des patients atteints de cette affection particulière. Nous nous consultâmes. Martin B. paraissait hésitant. Il me prit à part pour m'assurer que Herr Hitler désirait vraiment faire cette expérience mais que, de son côté, il craignait... bref, il voulait être sûr que Herr Hitler ne courrait de ce fait aucun risque. Si jamais l'un de ces prétendus Hitler, convaincu qu'il était d'être le bon, se montrait soudain dangereux, violent... Je lui assurai qu'il n'avait rien à craindre. Je lui proposai de rassembler, pour qu'il puisse en juger lui-même, un groupe de nos plus aimables Führers. Herr B. insista sur le fait que le Führer tenait beaucoup à se mêler à eux et à les interroger en dehors de ma présence. Les patients, pensait-il, ne se conduiraient pas avec naturel s'ils voyaient là le directeur de l'établissement, et puisqu'il n'y avait pas de danger... Je l'en assurai de nouveau, tout en lui signalant cependant que je serais heureux si lui, Herr B., acceptait de veiller sur notre grand homme. Il en tomba d'accord. Tout fut donc arrangé. On fit demander aux divers Führers de se rassembler pour recevoir un très distingué visiteur désireux de comparer ses notes avec les leurs. On introduisit Martin B. et le Führer dans cette assemblée. Je me retirai, fermai la porte et bavardai avec les deux aides de camp qui les avaient accompagnés. Comme je l'ai dit, le Führer avait l'air particulièrement soucieux. À n'en pas douter, il venait d'avoir beaucoup de soucis. Cela se passait peu avant la fin de la guerre, quand tout allait déjà très mal. D'après les aides de camp, bien que grandement découragé ces derniers temps, le Führer était convaincu que la guerre pouvait encore être gagnée si son état-major voulait bien appliquer aussitôt toutes les idées qu'il lui soumettait.

— J'imagine que le Führer, hasarda George Packham, était à l'époque... je veux dire... il était sans aucun doute dans un état de...

— Inutile d'insister là-dessus, répliqua Herr Spiess. Il était complètement dépassé. On était souvent obligé de prendre les décisions à sa place. Mais tout cela, vous le savez déjà après les recherches que vous avez effectuées dans mon pays.

— Si l'on se rappelle le tribunal de Nuremberg...

— Inutile de remonter jusqu'à Nuremberg, répliqua fermement M. Lazenby. C'est trop loin derrière nous. Avec l'aide de votre gouvernement, du gouvernement de M. Grosjean et de vos autres collègues européens, nous envisageons un grand avenir dans le Marché commun. Le passé est le passé.

— Parfaitement, répondit Herr Spiess, mais c'est néanmoins du passé que nous sommes en train de parler. Martin B. et Herr Hitler restèrent très peu de temps dans la salle où se tenait l'assemblée. Ils en ressortirent sept minutes plus tard. Herr B. se déclara très satisfait, auprès du Dr Reichardt, de leur expérience. Leur voiture les attendait et il partit aussitôt avec Herr Hitler pour leur prochaine étape. Ils s'en allèrent précipitamment.

Un silence suivit.

— Et ensuite ? demanda le colonel Pikeaway. Un incident quelconque se produisit-il ? Ou bien s'était-il déjà produit ?

— L'un de nos Hitler présenta un comportement inhabituel, répondit le Dr Reichardt. C'était de tous celui qui ressemblait le plus à Herr Hitler, ce qui lui avait toujours permis de jouer son rôle avec une grande assurance. Il affirmait maintenant avec plus de force encore qu'il était bien le Führer, qu'il devait partir sans plus tarder pour Berlin où il devait présider une réunion de son état-major. En fait, il ne manifestait plus aucun des légers signes d'amélioration qui avaient caractérisé son état. Je n'arrivais pas à comprendre comment il avait pu changer si soudainement. Je fus vraiment soulagé quand, deux jours plus tard, ses parents vinrent le chercher pour lui faire suivre un traitement particulier à domicile.

— Et vous l'avez laissé partir, commenta Herr Spiess.

— Naturellement, je l'ai laissé partir. Ils étaient venus avec un médecin qui en prenait la responsabilité, et comme ce n'était pas un interné d'office mais un interné volontaire, je n'avais pas le droit de le retenir. Il est donc parti.

— Je ne vois pas..., commença sir George Packham.

— Herr Spiess a une théorie...

— Ce n'est pas une théorie, coupa Spiess. Ce que je vous raconte est un fait. Les Russes l'ont caché, nous l'avons caché. Mais nous en avons eu de nombreuses preuves. Hitler, notre Führer, *est resté dans l'asile de son plein gré* ce jour-là, et l'homme qui lui ressemblait le plus est parti avec Martin B. C'est le corps de ce dernier qui, par conséquent, a été retrouvé dans le bunker. Je ne vais pas tourner autour du pot. Nous n'avons pas besoin de détails superflus.

— Nous devons tous connaître la vérité, déclara Lazenby.

— On a fait passer le vrai Führer, par une voie bien préparée, en Argentine, où il a vécu quelques années. Là-bas, il a eu un fils d'une magnifique Aryenne de bonne famille. D'après certains, elle aurait été anglaise. L'état mental de Hitler ne fit qu'empirer et il mourut fou, se croyant en campagne à la tête de ses

240

armées. Ce plan était le seul qui lui permettait de fuir l'Allemagne et il l'avait accepté.

— Et vous prétendez que, pendant toutes ces années, rien de tout cela n'a jamais transpiré ?

— Il y a eu des rumeurs. Il y a toujours des rumeurs. Rappelez-vous, on a raconté que l'une des filles du tsar avait échappé au massacre de toute la famille.

— Mais c'était... faux, tout à fait faux, déclara George Packham après un temps d'arrêt.

— Il y a eu des gens pour soutenir que c'était faux, d'autres pour le croire, tous gens l'ayant connue. Anastasia était-elle vraiment Anastasia, ou cette grande-duchesse de Russie n'était-elle en réalité qu'une paysanne ? Où était la vérité ? Les rumeurs ! Plus elles durent, moins elles sont acceptées, excepté par les âmes romanesques qui s'obstinent à y croire. Le bruit a souvent couru que Hitler n'était pas mort. Personne n'a jamais affirmé avoir vu son cadavre. Les Russes l'ont prétendu, mais ils n'en ont jamais apporté la preuve.

— Vous voulez vraiment dire... Docteur Reichardt, vous vous portez garant de cette extraordinaire histoire ?

— *Ach ja*, répondit le Dr Reichardt. Je vous ai raconté ce dont j'ai été témoin. C'est certainement Martin B. qui est venu dans mon établissement de santé. C'est Martin B. qui avait amené avec lui le Führer. C'est Martin B. qui le traitait, qui lui parlait avec la déférence que l'on doit au Führer. Quant à moi, je vivais déjà avec une centaine de Führers, de Napoléon et de Jules César. Il faut bien comprendre que les Hitler qui vivaient dans mon établissement se ressemblaient tous, que presque tous *auraient pu* être Adolf Hitler. Ils n'auraient d'ailleurs pas pu croire en eux-mêmes, jouer leur rôle avec pareille ardeur, pareille véhémence, s'ils n'avaient pas eu avec lui une certaine ressemblance, entretenue par le maquillage, le costume et un jeu permanent. Jc n'avais jamais eu l'occasion de rencontrer Herr Adolf Hitler auparavant. On voyait des photos de lui dans les journaux, on savait en gros de quoi avait l'air notre grand génie, mais on ne connaissait que l'image qu'il voulait donner de lui. Il est venu, il était le Führer. Martin B., l'homme le mieux placé pour le savoir, disait qu'il était le Führer. Non, je n'ai eu aucun doute. J'ai obéi aux ordres. Herr Hitler a désiré entrer seul dans la pièce où était réuni un choix de ses... comment les appeler ? ... de ses répliques. Il y est entré. Il en est ressorti. Un échange de vêtements avait pu se faire, de toute façon ils n'étaient pas très différents. Est-ce lui-même qui est sorti ou une de ses copies autoproclamées, vivement embarquée par Martin B., tandis que le vrai serait resté en arrière ? C'était le seul moyen pour lui de s'enfuir du pays qui menaçait à tout moment de se rendre. Il avait déjà le cerveau dérangé, affecté qu'il était par la rage en voyant que les ordres invraisemblables et les messages délirants dont il bombardait ses états-majors étaient désormais reçus dans l'indifférence et demeuraient sans effet. Il se rendait compte qu'il n'exerçait plus le commandement suprême. Mais il avait deux ou trois fidèles qui avaient projeté de le faire sortir du pays et d'Europe, pour l'installer dans un autre continent où il pourrait rallier autour de lui ses adeptes nazis, les jeunes qui croyaient encore passionnément en lui.

Le svastika pourrait s'y dresser de nouveau. Hitler a sans aucun doute éprouvé beaucoup de plaisir à prendre part à ce jeu, qui convenait parfaitement à un homme dont la raison commençait déjà à vaciller. Il allait leur montrer, à tous ceux-là, qu'il pouvait incarner mieux qu'eux le rôle d'Adolf Hitler. De temps à autre, il se souriait à lui-même et mes médecins, mes infirmières avaient peut-être remarqué en lui un certain changement. Ils le trouvaient sans doute plus dérangé qu'à l'habitude. Mais bah ! cela n'avait rien d'extraordinaire. Cela arrivait tout le temps avec nos Napoléon, nos Jules César, avec tous les autres. Comme dirait un profane, il y a des jours où ils sont plus fous que d'autres. C'est comme ça. Maintenant, je cède la parole à Herr Spiess.

— Fantastique ! s'écria le Premier ministre.

— Oui, fantastique, confirma tranquillement Herr Spiess, mais des événements fantastiques se produisent plus souvent qu'on ne pense.

— Et personne n'a rien soupçonné, n'a rien su ?

— L'opération avait été parfaitement conçue et mise au point. On n'en connaît pas exactement les détails, mais on peut s'en faire une assez bonne idée. Après enquête, nous avons découvert que plusieurs des personnes impliquées dans l'affaire, qui avaient fait passer certain personnage d'un endroit à l'autre sous différents noms, sous divers déguisements, que plusieurs de ces personnes, donc, n'avaient pas vécu aussi longtemps qu'elles auraient dû.

— Vous voulez dire... qu'on avait fait en sorte qu'elles ne puissent pas dévoiler le secret, ni même parler un peu trop ?

— Les SS y avaient en effet veillé. Riches récompenses, louanges et promesses de postes importants dans l'avenir, tout cela est bel et bon, mais quand on veut que quelqu'un se taise... la mort est la plus simple des réponses. Et les SS étaient coutumiers de la mort. Ils connaissaient les différentes manières de la donner, les moyens de faire disparaître les corps... Oh ! oui, je peux vous dire que nous enquêtons depuis longtemps déjà. Nous avons eu connaissance des événements petit à petit, nous avons acquis des documents, et la vérité nous est enfin apparue. Adolf Hitler a sans aucun doute atteint l'Amérique du Sud. On dit qu'un mariage a eu lieu, qu'un enfant est né. Encore bébé, cet enfant aurait été marqué au pied d'un svastika. J'ai été en contact avec des agents dignes de foi qui l'ont vu, ce pied marqué. L'enfant a été élevé en Amérique du Sud, soigneusement gardé, protégé et préparé, comme peut l'être le dalaï-lama, à sa grande destinée. Car l'idée de tous ces jeunes gens fanatiques n'était plus la même qu'au début. Il ne s'agissait plus simplement de ranimer le nazisme, de créer une nouvelle super-race allemande. C'était ça, oui, bien sûr, mais c'était beaucoup plus encore. Il fallait que les jeunes de bien d'autres pays, la super-race des jeunes gens de presque tous les pays d'Europe, s'assemblent, rejoignent les rangs de l'anarchie afin, par le meurtre et la violence, de détruire le vieux monde, le monde matérialiste. Des jeunes gens occupés d'abord à détruire, et ensuite à prendre le pouvoir. Et qui désormais avaient un chef. Un chef dans les veines duquel coulait un sang pur, un chef qui, bien qu'il n'eût guère de traits communs avec son père défunt, était... non, *est* un garçon nordique aux cheveux blonds, ressemblant sans doute à sa mère. Un garçon blond. Un garçon que le monde entier peut adopter. Les Allemands et les Autrichiens tout d'abord, parce qu'il représente le jeune Siegfried, l'objet de leur foi et l'inspiration de leur musique. Ce jeune Siegfried a donc été élevé pour les commander tous, pour les conduire jusqu'à la terre promise. Pas la terre promise où Moïse a conduit les Juifs qu'ils méprisent. Les Juifs étaient morts et enterrés, ils avaient été exterminés dans les chambres à gaz. Non, cette terre-là, elle devait leur appartenir en propre, ils devaient la gagner grâce à leur vaillance. Les pays d'Europe devaient se liguer avec les pays d'Amérique du Sud. Là-bas, ils avaient déjà leur avant-garde, leurs anarchistes, leurs prophètes, leurs Guevara, leurs Castro, leurs guérilleros, leurs disciples. Là-bas encore, ils avaient subi un long et pénible entraînement à la cruauté, à la torture, à la violence et à la mort. Un entraînement censé les mener ensuite à une vie glorieuse. Une vie de liberté, où ils prendraient la tête du Monde nouveau.

— Ridicule, se récria M. Lazenby. Dès qu'on y mettra le holà, tout s'écroulera. C'est absurde. Que pourraient-ils bien faire ?

Le ton de Cedric Lazenby avait une connotation plaintive. Herr Spiess secoua la tête :

— Puisque vous posez la question, je vais y répondre : *ils n'en savent rien eux-mêmes*. Ils ne savent pas où ils vont. Ils ne savent pas ce qu'on va faire d'eux.

— Vous voulez dire qu'ils ne sont pas les vrais chefs ?

— Ce sont de jeunes héros en marche sur le chemin de la gloire, grimpant les échelons de la violence, de la douleur et de la haine. Ils n'ont pas fait des adeptes seulement en Amérique du Sud et en Europe. Le culte a atteint le Nord. Aux États-Unis aussi, les jeunes gens se révoltent, se mettent en marche derrière la bannière du jeune Siegfried. On les dresse pour ça, on leur enseigne à tuer, à jouir de la douleur, on leur apprend les règles de la Tête de mort, les règles de Himmler. On les entraîne, comprenez-vous. On les forme. On les endoctrine en secret. Ils ignorent pourquoi ils subissent cet entraînement, mais nous, nous le savons. Du moins, certains d'entre nous le savent. Et chez vous ? Dans votre pays ?

— Quatre ou cinq d'entre nous, peut-être, répondit le colonel Pikeaway.

— En Russie, ils le savent ; en Amérique, ils commencent à le savoir. Ils savent qu'ils sont les disciples du jeune Siegfried, le héros des légendes nordiques, et qu'un jeune Siegfried les commande. Que c'est là leur religion. La religion du triomphe de la jeunesse. En ce glorieux jeune homme, les dieux nordiques ont trouvé une nouvelle vie. Mais tout cela, bien sûr, poursuivit Herr Spiess, d'un ton moins exalté, est bien loin de la prosaïque réalité. Derrière tout ça, il y a quelques puissantes personnalités. Des hommes diaboliques aux brillants cerveaux. Un financier de premier ordre, un grand industriel, quelqu'un qui a la haute main sur les mines, le pétrole, les stocks d'uranium, qui dispose de savants du plus haut niveau... Ces gens-là, qui apparemment n'ont rien d'extraordinaire, forment un comité qui est aux commandes de tout. Ils contrôlent les sources du pouvoir et, par des moyens qui leur sont propres, ils dirigent les jeunes gens vers le meurtre ou l'esclavage. Maîtres du marché de la drogue, ils se procurent également des esclaves de cette façon. Des esclaves qui, dans tous les pays, passent petit à petit des drogues douces aux drogues dures et qui deviennent alors complètement dépendants d'hommes qu'ils ne connaissent même pas mais qui, secrètement, les possèdent corps et âme. Leur besoin irrésistible d'une drogue précise en fait des esclaves mais, au bout du compte, ces esclaves se révèlent inaptes, leur dépendance ne leur permettant que de rester inertes, apathiques, plongés dans leurs rêves, si bien qu'on les laisse mourir ou même qu'on les aide à mourir. Ils ne connaîtront pas ce royaume dans lequel ils croient. On leur inculque délibérément d'étranges religions. Les dieux de nos ancêtres, sous d'autres déguisements.

— Et la liberté sexuelle y joue aussi son rôle, je suppose ?

— Le sexe peut s'autodétruire. Au temps des Romains, il arrivait que les hommes qui se baignaient dans le vice, qui abusaient du sexe, qui jouissaient à mort du sexe jusqu'à en être écœurés, se mettent à le fuir, s'enfoncent dans le désert et deviennent des anachorètes, comme saint Siméon le Stylite. Le sexe s'épuisera. Il fait son œuvre pour l'instant, mais il ne peut pas vous dominer comme le fait la drogue. La drogue, le sadisme, l'amour du pouvoir et la haine. Le désir de souffrir pour le plaisir de souffrir. Pour le plaisir d'infliger la souffrance. Ils se nourrissent ainsi de plaisirs diaboliques. Et quand ces plaisirs diaboliques vous tiennent, vous ne pouvez plus revenir en arrière.

— Mon cher chancelier, j'ai du mal à vous croire...
je veux dire, enfin... si ces tendances existent, il faut
prendre des mesures énergiques pour les éradiquer.
Je veux dire que... qu'on ne peut pas encourager ce
genre de comportements. Il faut s'y opposer absolument... absolument.

— Taisez-vous, George ! ordonna M. Lazenby
en sortant sa pipe de sa poche et en la remettant en
place après l'avoir regardée. La meilleure conduite
à tenir, je pense, poursuivit-il, retournant à son
idée fixe, serait que je parte pour la Russie. J'ai cru
comprendre que... enfin, que ces faits sont connus
des Russes.

— Ils en savent suffisamment, répondit Herr
Spiess. Mais jusqu'où accepteront-ils de l'admettre,
ajouta-t-il en haussant les épaules, c'est difficile
à dire. Ce n'est jamais simple de les amener à se
découvrir. Ils ont leurs propres ennuis à la frontière
chinoise et ils sont peut-être moins conscients que
nous des progrès de ce mouvement.

— Je devrais me charger d'une mission spéciale...

— Si j'étais vous, je m'en garderais bien, Cedric,
déclara lord Altamount de sa voix tranquille, alors
que la fatigue le retenait adossé à son fauteuil. Nous
avons besoin de vous ici, Cedric, poursuivit-il avec
une douce autorité. Vous êtes à la tête du gouvernement, vous devez rester ici. Nous avons des agents
entraînés pour les missions à l'étranger, nos propres
émissaires qualifiés pour ça.

— Des agents ? répéta sir George Packham, sceptique. Qu'est-ce que des agents peuvent bien faire à
ce stade ? Il nous faut un rapport de... Ah ! Horsham,
vous êtes là... Je ne vous avais pas remarqué. Dites-

nous un peu... de quels agents disposons-nous ? Et que peuvent-ils faire ?

— Nous en avons d'excellents, répondit Henry Horsham. Ces agents nous fournissent des informations. Herr Spiess aussi vous a donné des informations. Des informations que *ses* agents ont obtenues pour *lui*. L'ennui – et cela a toujours été comme ça, il suffit de lire ce qui s'est passé pendant la dernière guerre –, l'ennui, c'est que personne ne veut croire les nouvelles qu'ils apportent.

— Certainement... L'intelligence...

— Que les agents soient intelligents, personne ne veut en convenir. Mais ils le sont, je vous assure. Ils sont grandement entraînés et neuf fois sur dix leurs rapports sont exacts. Mais que se passe-t-il alors ? Les gens haut placés n'y croient pas et, ensuite, refusent d'agir en conséquence.

— Vraiment, mon cher Horsham, je ne peux pas...

Horsham se tourna vers l'Allemand :

— Cela n'est-il pas arrivé aussi dans votre pays, monsieur ? On vous faisait des rapports véridiques dont vous ne teniez pas toujours compte. Quand la vérité est difficile à avaler, les gens refusent de la voir.

— Je dois reconnaître que... que cela peut arriver... Oh ! pas souvent, je vous l'assure, mais oui... quelquefois...

M. Lazenby avait recommencé à tripoter sa pipe.

— Laissons tomber le problème des informations, dit-il. L'urgence est maintenant d'agir en fonction des informations que nous possédons déjà. Nous n'avons pas affaire à une crise nationale mais à une crise internationale. Des décisions doivent être prises au plus haut niveau... Nous devons agir. Munro, il faut renforcer la police et la faire appuyer par l'armée... prendre des mesures militaires. Herr Spiess, votre pays a toujours été une grande nation militaire... Les révoltes doivent être écrasées par les armes avant qu'elles n'échappent à notre contrôle. Vous serez certainement d'accord avec cette politique...

— Avec cette politique, oui. Mais ces insurgés ont déjà, comme vous dites, échappé à notre contrôle. Ils ont des fusils, des mitrailleuses, des explosifs, des grenades, des bombes chimiques et autres...

— Mais avec nos armes nucléaires... une simple menace de guerre nucléaire et...

— Nous n'avons pas affaire à de simples écoliers mécontents. Dans cette armée de jeunes, il y a des savants : des biologistes, des chimistes, des physiciens. S'engager dans une guerre nucléaire en Europe..., fit Herr Spiess en secouant la tête. Nous avons déjà eu une tentative d'empoisonnement de l'eau à Cologne... par la typhoïde...

— Toute cette situation est invraisemblable...

Cedric Lazenby chercha des yeux du secours autour de lui.

— Chetwynd... Munro... Blunt ?

À la surprise de Lazenby, l'amiral Blunt fut le seul à répondre :

— J'ignore où intervient l'amirauté... ce n'est pas vraiment notre affaire. Mais pour votre bien, je vous conseille vivement, Cedric, de partir avec votre pipe et une grosse provision de tabac le plus loin possible de toute espèce de guerre nucléaire que vous désireriez entreprendre. Allez camper dans l'Antarctique ou quelque part où la radioactivité mettra du temps à vous atteindre. Le Pr Eckstein vous a mis en garde, si vous vous en souvenez, et il connaît son sujet.

18

POST-SCRIPTUM DE PIKEAWAY

La réunion prit fin là-dessus et les assistants se regroupèrent autrement.

Le chancelier allemand, le Premier ministre, sir George Packham, Gordon Chetwynd et le Dr Reichardt s'en allèrent déjeuner à Downing Street. L'amiral Blunt, le colonel Munro, le colonel Pikeaway et Henry Horsham restèrent sur place pour échanger plus librement leurs commentaires, maintenant que les gros bonnets n'étaient plus là.

Leurs premières remarques furent plutôt décousues.

— Heureusement qu'ils ont emmené George Packham avec eux, dit le colonel Pikeaway. Il est toujours inquiet, agité, étonné, soupçonneux... il me fatigue vraiment !

— Vous auriez dû partir avec eux, amiral, fit observer le colonel Munro. Gordon Chetwynd et George Packham ne me paraissent pas de taille à empêcher notre Cedric de se rendre à une consul-

251

tation au sommet en Russie, en Chine, en Éthiopie, en Argentine, ou n'importe où il lui en prendra fantaisie.

— J'ai d'autres chats à fouetter, grommela l'amiral. Je dois aller voir une amie à moi à la campagne. (Il jeta un coup d'œil plein de curiosité au colonel Pikeaway.) Cette histoire concernant Hitler, ç'a été une surprise pour vous, Pikeaway ?

Celui-ci secoua la tête :

— Pas vraiment. Nous avions eu vent de toutes ces rumeurs qui le donnaient en Amérique de Sud, faisant flotter le svastika pendant quelques années encore. Il y avait une chance sur deux pour que ce soit vrai. Mais qu'il ait été un fou, un imposteur ou le vrai Hitler, il n'a pas tardé à passer l'arme à gauche. Il court d'ailleurs aussi de fâcheuses histoires à ce sujet... il n'était pas vraiment une aubaine pour ses partisans.

— Quel peut donc bien être le cadavre qu'on a trouvé dans le bunker ? La question est toujours valable, reprit Blunt. Il n'a jamais été définitivement identifié. Les Russes y ont veillé.

Il se leva, salua de la tête les deux autres et se dirigea vers la porte.

— Je suppose que le Dr Reichardt connaît la vérité, bien qu'il joue les cachottiers.

— Et le chancelier ?

— C'est un homme plein de bon sens, grommela l'amiral en tournant la tête. Il était en train d'amener son pays là où il voulait quand ces jeunes se sont mis à créer des ennuis au monde civilisé. Dommage !

Il jeta un coup d'œil perçant au colonel Munro :

— Qu'en est-il de ce jeune prodige blond ? S'agit-il du fils de Hitler ? Savez-vous bien tout de lui ?

— Aucune inquiétude à se faire dans ce domaine, intervint inopinément le colonel Pikeaway.

L'amiral lâcha la poignée de la porte et revint s'asseoir près d'eux.

— Tout cela n'est qu'un immense bobard, poursuivit le colonel Pikeaway. Hitler n'a jamais eu de fils.

— Vous ne pouvez pas en être sûrs.

— Nous le sommes pourtant. Franz Joseph, le jeune Siegfried, l'idole, le guide, n'est qu'un vulgaire imposteur. Il est le fils d'un charpentier argentin et d'une chanteuse allemande, jolie blonde qui tenait de petits rôles à l'opéra. C'est d'elle qu'il a hérité son physique avantageux et sa voix bien timbrée. Il a été soigneusement choisi pour le rôle qu'il devait jouer, et tout aussi soigneusement éduqué pour le vedettariat. Dès sa prime jeunesse, il a été comédien professionnel, et c'est alors qu'il a été marqué au pied du svastika et qu'une belle légende fourmillant de détails romanesques a été bâtie de toutes pièces pour lui. Il a été traité en homme prédestiné, comme le dalaï-lama.

— Et vous en avez la preuve ?

— Toute une documentation, répondit le colonel Pikeaway en souriant. Un de mes meilleurs agents se l'est procurée. Dépositions sous serment, photocopies, témoignages signés, y compris celui de la mère, certificat médical concernant la date de la marque faite sur son pied, copie de l'acte de naissance de Karl Aguileros, et preuve signée qu'il n'est autre que le dénommé Franz Joseph. Tout le tremblement. Mon agent a réussi à le sortir de justesse. Ils étaient après elle... et ils l'auraient eue si elle n'avait pas bénéficié d'un coup de chance à Francfort.

— Et où sont maintenant ces documents ?

— En lieu sûr. En attendant que le moment soit venu de démasquer cet imposteur de première classe...

— Le gouvernement est au courant ?... Le Premier ministre ?

— Je ne révèle jamais tout ce que je sais aux hommes politiques... pas tant que je peux l'éviter, ou jusqu'à ce que je sois tout à fait sûr qu'ils vont l'employer à bon escient.

— Vous êtes un vieux démon, Pikeaway, dit le colonel Munro.

— Il faut bien que quelqu'un assume ce rôle, répliqua tristement le colonel Pikeaway.

19

SIR STAFFORD NYE REÇOIT DE LA VISITE

Sir Stafford Nye avait des invités. Des gens qu'il n'avait jamais rencontrés auparavant, mis à part l'un d'eux qu'il connaissait assez bien de vue. Des jeunes gens à la belle allure, sérieux et intelligents, du moins le paraissaient-ils. Ils étaient bien coiffés, leurs vêtements étaient bien coupés sans être outrageusement démodés. Stafford Nye devait reconnaître qu'ils lui plaisaient. Ce qui ne l'empêchait pas de se demander ce qu'ils attendaient de lui. Il savait que l'un d'eux était le fils d'un roi du pétrole. Un autre s'intéressait à la politique depuis qu'il avait quitté l'université. Son oncle était à la tête d'une chaîne de restaurants. Le troisième était un jeune homme aux sourcils broussailleux constamment froncés, dont l'air soupçonneux semblait être la seconde nature.

— C'est très aimable à vous de nous recevoir, sir Stafford, dit le blond qui paraissait être le chef du groupe.

Il avait une voix très agréable. Il s'appelait Clifford Bent.

— Voici Roderick Ketelly et lui, c'est Jim Brewster. Nous sommes tous les trois très inquiets pour l'avenir, s'il nous est toutefois permis de nous exprimer ainsi.

— À quoi je vous répondrai : ne le sommes-nous pas tous ?

— Nous n'aimons pas le tour que prennent les événements, enchaîna Clifford Bent. La révolte, l'anarchie, tout ça. Ma foi, en tant que philosophie, c'est parfait. Pour dire la vérité, il semble bien que nous passions tous par une phase de ce genre, mais il faut en sortir. Nous voulons pouvoir poursuivre des carrières académiques sans être interrompus. Nous voulons bien des manifestations, mais pas des manifestations de hooliganisme et de violence. Nous voulons des manifestations intelligentes. Et tout à fait franchement, ce que nous voulons, à mon avis du moins, c'est un nouveau parti politique. Jim Brewster, ici présent, s'est sérieusement penché sur les toutes nouvelles idées et les nouveaux projets en matière syndicale. Il a été hué, on a essayé de le faire taire, mais il a continué à parler, n'est-ce pas, Jim ?

— Des imbéciles à l'esprit confus, tous autant qu'ils sont, appuya Jim Brewster.

— Nous voulons une politique sérieuse et sensée pour la jeunesse, une méthode de gouvernement plus efficace. Nous voulons des idées nouvelles en matière d'éducation, mais rien d'extravagant ni de prétentieux. Et ce que nous voulons, si nous obtenons des sièges et si nous parvenons finalement à former un gouvernement – et je ne vois pas pourquoi nous n'y parviendrions pas –, c'est mettre ces idées en pratique. Nous sommes très nombreux dans notre mouvement. Nous sommes pour la jeunesse, vous savez, ni plus ni moins que les violents. Seulement nous sommes pour la modération, nous entendons former un gouvernement de sages, avec un nombre réduit de parlementaires et nous avons commencé à établir la liste des hommes politiques déjà en place, quelles que soient leurs opinions, qui nous paraissent doués de bon sens. Si nous sommes venus jusqu'à vous, c'est pour voir si nous pouvions vous intéresser aux buts que nous poursuivons. Pour l'instant, ceux-ci ne sont pas encore très bien fixés, mais nous savons déjà quels sont les hommes qu'il nous faudrait. Je peux dire que nous ne voulons pas de ceux qui sont là actuellement ni de ceux qu'on pourrait mettre à leur place. Quant à la troisième force, il semble qu'elle soit hors jeu, bien qu'il s'y trouve encore quelques personnes de qualité qui souffrent maintenant d'être en minorité, mais je pense qu'elles finiront par se rallier à notre manière de voir. Nous voulons attirer votre attention. Un de ces jours, dans un avenir peut-être moins lointain que vous ne pourriez le penser, nous trouverons un individu capable d'imaginer et de mettre sur pied une politique étrangère digne de ce nom. Le reste du monde est dans un état pire que le nôtre. Washington n'est plus que ruines fumantes. L'Europe est la proie constante d'actions militaires, de manifestations, de sabotages d'aéroports. Oh ! mais à quoi bon vous faire le dessin de ce qui s'est passé ces six derniers mois... D'autant que notre but est moins de remettre le monde sur pied que de remettre l'Angleterre sur ses pieds. Et pour cela, de réunir les hommes nécessaires. Nous voulons des hommes jeunes, beaucoup d'hommes jeunes, et il existe un grand nombre de jeunes gens, ni révolutionnaires ni anarchistes, tout disposés à prendre la direction d'un pays pour son plus grand bien. Et nous aurons besoin de quelques individus plus âgés aussi – pas d'hommes de soixante ans et plus, mais des hommes dans la quarantaine – et si nous sommes venus vous voir, eh bien, c'est parce que nous avons entendu parler de vous. Nous savons qui vous êtes et vous êtes le genre d'homme qu'il nous faut.

— Vous vous croyez bien avisés ? demanda sir Stafford.

— Ma foi, oui.

L'un des deux autres jeunes hommes eut un petit rire :

— Nous espérons que vous serez d'accord avec nous sur ce point.

— Je n'en suis pas certain. Vous vous exprimez bien librement, dans cette pièce.

— C'est votre salon.

— Oui, oui, c'est mon appartement et c'est mon salon. Mais il est peut-être mal avisé de dire ici ce que vous dites, et ce que vous êtes sans doute sur le point de dire. Pour vous trois comme pour moi.

— Ah ! Je vois où vous voulez en venir.

— Vous me proposez une nouvelle manière de vivre, une nouvelle carrière. Et vous me suggérez de rompre certains liens. Autrement dit, une forme de déloyauté.

— Nous ne vous invitons pas à devenir un transfuge, si c'est ce que vous craignez.

— Non, non, ce n'est pas une invitation pour la Russie, pour la Chine ou pour tout autre pays déjà mentionné, mais je crois que cette invitation est en relation avec des intérêts étrangers. Je reviens justement de l'étranger, poursuivit sir Stafford. D'un voyage passionnant. J'ai passé les trois dernières semaines en Amérique du Sud. Et il faut que je vous signale un fait : depuis que je suis de retour en Angleterre, j'ai la sensation d'être suivi.

— Suivi ? Vous ne pensez pas que c'est un effet de votre imagination ?

— Non, je ne le crois pas. C'est le genre de situation que j'ai appris à subodorer au cours de ma carrière. Je suis allé dans un certain nombre de contrées relativement lointaines. Et vous, vous êtes venus me voir pour me soumettre une proposition. Cependant, il aurait été plus prudent de nous rencontrer ailleurs.

Il se leva, poussa la porte de la salle de bains et ouvrit en grand un robinet :

— À en croire les films que j'ai vus il y a plusieurs années, quand on voulait parler dans une pièce truffée de micros, on ouvrait les robinets. C'est sans doute passé de mode, et on utilise probablement aujourd'hui des méthodes plus efficaces. Quoi qu'il en soit, nous pouvons peut-être parler un peu plus clairement maintenant, même si je pense toujours qu'il vaut mieux se montrer prudents. L'Amérique du Sud est un endroit bien intéressant. La fédération des pays d'Amérique du Sud comprend maintenant Cuba, l'Argentine, le Brésil, le Pérou et encore un ou deux autres pays à venir. Oui. Très intéressant.

— Et quelle est votre opinion ? demanda Jim Brewster de son air soupçonneux. Qu'avez-vous à dire à ce sujet ?

— Je continuerai à me montrer prudent, répondit sir Stafford. Si je ne parle pas à tort et à travers, vous n'en aurez que plus confiance en moi. Cela dit, je dois pouvoir y parvenir même en fermant le robinet de la baignoire.

— Va le fermer, Jim, ordonna Cliff Bent.

Jim eut un brusque sourire et obéit.

Stafford Nye ouvrit un tiroir de sa table et en sortit une flûte à bec.

— Je ne suis, hélas ! pas très doué, dit-il en portant l'instrument à ses lèvres et en jouant quelques notes.

Jim Brewster revint en grommelant :

— Qu'est-ce que c'est que ça ? On donne un concert, maintenant ?

— La ferme, Ignorantus, lui enjoignit Cliff Bent. Tu ne connais rien à la musique.

Stafford Nye sourit :

— Vous partagez, à ce que je vois, mon goût pour la musique de Wagner. Je suis allé au Festival de la jeunesse cette année, et j'ai beaucoup apprécié les concerts qu'on y a donnés.

Et il rejoua les mêmes notes sur sa flûte.

— Je ne connais pas cet air-là, déclara Jim Brewster. Pour moi, cela pourrait tout aussi bien être *l'Internationale*, le *Drapeau rouge, God save the Queen, Yankee Doodle* ou *la Bannière étoilée*. Qu'est-ce que c'est, bon sang de bonsoir ?

— C'est un air d'opéra, répondit Ketelly. Et maintenant, motus et bouche cousue. Nous savons tout ce que nous voulions savoir.

— L'appel du cor d'un jeune héros, déclara Stafford Nye.

De la main, il fit un geste rapide, le geste qui, dans un passé pas si lointain, signifiait « Heil Hitler ! » Puis il murmura très doucement :

— Le nouveau Siegfried.

Ils se levèrent tous les trois.

— Vous avez tout à fait raison, déclara Clifford Bent. Nous devons être très prudents, tous autant que nous sommes. (Il lui serra la main.) Nous sommes heureux de savoir que vous serez avec nous. L'un des éléments dont ce pays aura besoin dans l'avenir – avenir brillant, comme je l'espère –, c'est d'un ministre des Affaires étrangères de premier ordre.

Ils sortirent par la porte entrouverte et prirent l'ascenseur pour descendre. Stafford Nye les suivit des yeux, referma la porte avec un curieux sourire, jeta un coup d'œil à la pendule et prit place dans un fauteuil, pour attendre...

*

Il retourna en pensée au jour où, une semaine auparavant, Mary Ann et lui s'étaient séparés au Kennedy Airport de New York. Ils étaient restés un moment debout, n'arrivant ni l'un ni l'autre à parler. Stafford Nye avait fini par rompre le silence :

— Croyez-vous que nous nous reverrons ? Je me le demande...

— Y aurait-il une raison pour que nous ne nous revoyions pas ?

— Toutes les raisons, à mon avis.

Elle l'avait regardé, puis avait détourné vivement les yeux :

— Ces séparations sont nécessaires. Elles font partie de la profession.

— La profession ! Vous n'en avez que pour la profession, n'est-ce pas ?

— Impossible de faire autrement.

— Vous êtes une professionnelle. Je ne suis qu'un amateur. Vous êtes... mais qu'est-ce que vous êtes ? Qui êtes-vous ? Je ne le sais pas vraiment, n'est-ce pas ?

— Non.

Son visage exprimait la tristesse, lui avait-il semblé. Presque la douleur.

— Il ne me reste donc qu'à me poser des questions... À votre avis, je devrais vous faire confiance, je suppose ?

— Non, pas ça. Si j'ai appris quelque chose, si la vie m'a enseigné quelque chose, c'est qu'on ne peut faire confiance à personne. Il ne faut jamais l'oublier.

— Ainsi, c'est là votre univers ? Un univers de méfiance, de crainte et de danger ?

— Je souhaite rester en vie. Pour l'instant, je suis en vie.

— Je sais.

— Et je désire que vous restiez en vie.

— Je vous ai fait confiance... à Francfort...

— Vous avez pris un risque.

— Le risque en valait la chandelle. Vous le savez aussi bien que moi.

— Vous voulez dire, parce que... ?

— Parce que cela nous a réunis. Et maintenant... c'est mon vol qu'on appelle. Le tandem que nous formons et qui a vu le jour dans un aéroport va-t-il se disloquer dans un autre aéroport ? Où allez-vous ? Pour faire quoi ?

— Pour faire ce que j'ai à faire. À Baltimore, à Washington, au Texas. Faire ce qu'on m'a demandé de faire.

— Et moi ? On ne m'a rien demandé. Je dois rentrer à Londres et après, qu'est-ce que je vais faire là-bas ?

— Attendre.

— Attendre quoi ?

— Les propositions qui vont certainement vous parvenir.

— Et alors ?

Elle lui avait souri soudain, de ce joyeux sourire qu'il lui connaissait si bien, avant de répondre :

— Alors, il faudra réagir au pifomètre. Nul mieux que vous ne saurait le faire. Les gens qui vous approcheront vous plairont. Ils seront bien choisis. Il est important, très important que nous sachions qui ils sont.

— Je dois y aller. Au revoir, Mary Ann.

— *Auf wiedersehen.*

*

Le téléphone sonna, l'arrachant à ses souvenirs à un moment particulièrement approprié, au moment de leurs adieux.

— *Auf wiedersehen*, murmura-t-il en se levant pour aller répondre. *Auf wiedersehen* et ainsi soit-il.

— Stafford Nye ?

On ne pouvait pas s'y tromper, cette voix sifflante était reconnaissable entre toutes. Il fit la réponse requise :

— Il n'y a pas de fumée sans feu.

— Mon médecin prétend que je devrais cesser de fumer. Le pauvre, dit le colonel Pikeaway, il ferait mieux de renoncer à cet espoir. Des nouvelles ?

— Oh ! oui. Trente deniers. Mais attention : sous forme de belles promesses.

— Les salopards !

— Oui, oui, du calme.

— Et que leur avez-vous dit ?

— Je leur ai joué un petit air. L'appel du cor de Siegfried. J'ai suivi le conseil de ma vieille tante. Cela m'a très bien réussi.

— Cela me paraît n'avoir ni queue ni tête !

— Connaissez-vous une chanson intitulée *Juanita* ? Il faut que je l'apprenne aussi, en cas de besoin.

— Vous savez qui est Juanita ?

— Je crois que oui.

— Hum ! ... Je me demande... Sa présence a été signalée à Baltimore, ces temps derniers.

— Et votre Grecque, Daphné Theodofanous ? Où est-elle à présent ?

— Dans un quelconque aéroport européen, sans doute en train de vous attendre, répondit le colonel Pikeaway.

— La plupart des aéroports d'Europe sont apparemment fermés, soit qu'ils aient sauté, soit qu'ils aient subi des dommages plus ou moins graves... Super-explosifs, super-pirates de l'air, super-guignolades...

Venez vous amuser, les garçons et les filles
Comme en plein jour, la lune brille...
Laissez votre souper, laissez là votre lit
Et foncez dans la rue rejoindre votre ami.

— La « Croisade des enfants » nouvelle manière.

— Je n'y connais pas grand-chose. Je ne connais que celle à laquelle a participé Richard Cœur de Lion. Mais, dans un sens, tout cela ressemble assez à la Croisade des enfants. Avec un début très idéaliste, commençant avec l'idée que le monde chrétien allait délivrer la Ville sainte des païens et se terminant par la mort, encore la mort et toujours la mort. Presque tous les enfants sont morts. Ou ont été vendus comme esclaves. Cela se terminera de la même façon, à moins que nous ne trouvions le moyen de les sortir de là...

20

L'AMIRAL REND VISITE À UNE VIEILLE AMIE

— Je vous croyais tous morts, ici, ronchonna l'amiral Blunt.

Cette remarque ne s'adressait pas au maître d'hôtel qu'il aurait aimé voir lui ouvrir la porte, mais à la jeune femme dont il n'arriverait décidément jamais à se rappeler le nom, mais dont le prénom était Amy.

— Je vous ai téléphoné au moins quatre fois la semaine dernière. En voyage à l'étranger, voilà ce qu'on m'a répondu.

— Nous étions à l'étranger, en effet. Nous venons juste de rentrer.

— Matilda ne devrait pas aller faire des siennes à l'étranger. Pas à son âge. Elle finira par mourir d'une poussée de tension, d'une crise cardiaque ou au cours d'une de ces galipettes que font désormais nos aéroplanes modernes, bourrés qu'ils sont d'explosifs par les Arabes, les Israéliens ou Dieu sait qui encore. On n'y est plus du tout en sécurité.

— C'est son médecin qui le lui avait conseillé.

— Peuh ! Nous savons tous ce que valent ces charlatans.

— Et elle est rentrée de très bonne humeur.

— Où est-elle allée ?

— Oh ! faire une cure. En Allemagne ou... je n'arrive jamais à me rappeler si c'est l'Allemagne ou l'Autriche. Dans ce nouvel endroit, vous savez, l'*Auberge d'Or*.

— Ah ! oui, je sais de quoi vous parlez. Ça coûte les yeux de la tête, n'est-ce pas ?

— Ma foi, les résultats sont paraît-il remarquables.

— Ils ont probablement inventé une manière nouvelle et plus rapide de vous tuer, fit observer l'amiral Blunt. Le séjour vous a plu ?

— Eh bien, pas vraiment. Le paysage est très beau, mais...

Une voix impérieuse retentit à l'étage au-dessus :

— Amy, Amy ! Qu'avez-vous à bavarder comme ça dans le hall ? Faites monter l'amiral Blunt. Je l'attends.

— Toujours par monts et par vaux, remarqua l'amiral Blunt après avoir salué sa vieille amie. Vous finirez par y laisser un jour ou l'autre votre peau, c'est moi qui vous le dis.

— Mais non. Rien n'est plus facile que de voyager, de nos jours.

— À courir dans les aéroports, dans les escaliers, après les bus...

— Pas du tout. J'avais un fauteuil roulant à ma disposition.

— L'année dernière encore, vous clamiez à tous les échos que vous ne vouliez pas en entendre parler. Vous vous prétendiez trop fière pour admettre que vous en aviez besoin.

— Ma foi, il faut bien que j'abdique un peu de ma fierté à l'heure qu'il est, Philip. Venez, asseyez-vous là et racontez-moi pourquoi vous avez eu soudain tellement envie de me voir. Vous m'avez pourtant beaucoup négligée, cette année.

— Bah ! je n'ai pas été très bien moi-même. Et, d'autre part, je me suis occupé de certaines affaires. Vous savez à quoi je fais allusion. Des affaires pour lesquelles on sollicite votre avis sans la moindre intention de le suivre. Ils ne peuvent pas laisser la Marine tranquille, il faut à tout prix qu'ils viennent y fourrer leur nez. Qu'ils aillent au diable !

— Vous m'avez l'air en pleine forme, remarqua lady Matilda.

— Vous n'avez pas l'air mal non plus, ma chère. Vous avez les yeux qui pétillent.

— Je suis plus sourde que lorsque vous m'avez vue la dernière fois. Il va falloir que vous parliez plus fort.

— Très bien. Je vais hausser le ton.

— Qu'est-ce que vous voulez ? Gin-tonic ? Whisky ? Rhum ?

— Vous semblez encline à me dispenser des liqueurs fortes. Si ça ne doit pas vous compliquer la vie, j'opterai pour un gin-tonic.

Amy se leva et quitta la pièce.

— Et quand elle l'apportera, dit l'amiral, débarrassez-vous d'elle de nouveau, voulez-vous ? J'ai à vous parler. À vous parler en particulier, veux-je dire.

Une fois servis les rafraîchissements, lady Matilda fit un geste de la main et Amy s'éclipsa comme si elle le faisait de son propre chef, et non sur injonction de sa patronne. C'était une jeune femme pleine de tact.

— Charmante, dit l'amiral. Absolument charmante.

— C'est pour ça que vous vouliez que je me débarrasse d'elle et qu'elle ferme la porte ? Pour qu'elle n'entende pas les fadaises que vous aviez à débiter sur son compte ?

— Non. Je voulais vous consulter.

— À quel propos ? De votre santé, de l'endroit où l'on peut encore se procurer des domestiques, ou de ce qu'il convient de planter dans son jardin ?

— Je veux vous consulter de façon très sérieuse. J'ai pensé que vous pourriez vous rappeler quelque chose pour moi.

— Cher Philip, cela me touche beaucoup que vous supposiez que je puisse me rappeler *quoi que ce soit*. Ma mémoire se fait de plus en plus mauvaise chaque année. J'en suis arrivée à penser qu'on ne se rappelle que les amis d'enfance. On se rappelle même les horribles filles avec lesquelles on était à l'école et qu'on voudrait oublier. C'est d'ailleurs là que je suis allée, justement.

— Où ça ? Visiter des écoles ?

— Non, non, non. Je suis allée chez une vieille camarade d'école que je n'avais pas revue depuis trente... quarante... cinquante ans... quelque chose comme ça.

— À quoi ressemble-t-elle maintenant ?

— Elle est énorme, encore plus laide et plus antipathique que dans mon souvenir.

— Et vous rappelez-vous un autre de vos amis, Robert Shoreham ?

— Robbie Shoreham ? Bien sûr que je m'en souviens.

— L'homme de science. Le savant de haut niveau.

— Bien sûr. Ce n'est pas le genre d'homme qu'on oublie. Qu'est-ce qui vous a fait penser à lui ?

— Le fait que le monde a besoin de lui.

— C'est drôle que vous pensiez cela, remarqua lady Matilda. Je me suis dit exactement la même chose l'autre jour.

— Vous vous êtes dit quoi ?

— Qu'on avait besoin de lui. Ou de quelqu'un comme lui... si toutefois ce quelqu'un existe.

— Non, il n'existe pas. Maintenant, écoutez-moi, Matilda. Les gens vous parlent, à vous. Ils vous racontent des choses. Moi-même je vous en ai raconté.

— Je me suis d'ailleurs toujours demandé pourquoi, parce que vous ne pouvez tout de même pas penser que je vais les comprendre, ou que je vais être capable de me les représenter. Et c'est encore plus vrai pour Robbie que pour vous.

— Je ne vous ai jamais confié les secrets de la Marine.

— Ma foi, il ne m'a pas confié de secrets scientifiques. Il n'exprimait que des idées générales.

— Oui, mais il vous en parlait, n'est-ce pas ?

— Eh bien, il aimait me dire des choses qui me frappaient parfois d'étonnement.

— Parfait, nous y voilà. Je voudrais savoir s'il vous a jamais parlé, du temps où il pouvait encore le faire correctement, le pauvre, d'un certain Projet B.

— Un Projet B..., répéta Matilda, songeuse. Cela éveille un vague écho en moi. Il parlait quelquefois de tel ou tel projet, ou de telle ou telle opération. Mais vous devez bien comprendre que rien de tout cela n'avait le moindre sens pour moi, et qu'il le savait. Mais ce qu'il aimait, c'était... comment dire ? ... me surprendre, voyez-vous. Il me racontait ça à la manière d'un prestidigitateur qui sort un lapin de son chapeau. Projet B, dites-vous ? Ah ! mais oui, en effet, il y a très longtemps... Ça l'excitait beaucoup. Je lui demandais souvent : « Alors, ce Projet B., où en est-il ? »

— Je sais, je sais. Vous avez toujours fait preuve de délicatesse. Vous vous rappelez toujours ce que les gens ont fait ou à quoi ils s'intéressent. Et même si vous n'y connaissez rien, vous y prêtez attention. Un jour, je vous ai décrit un nouveau modèle de canon, ce qui a dû vous ennuyer à mourir. Mais vous m'avez écouté comme si vous aviez toute votre vie rêvé d'entendre ça.

— Autrement dit, même si je n'ai jamais été très gâtée en matière de cervelle, je suis une femme pleine de délicatesse et qui sait écouter.

— Enfin bref, je voudrais en savoir un peu plus sur ce que Robbie a pu vous confier à propos du Projet B.

— Il m'a dit... Seigneur ! c'est très difficile de se rappeler tout ça maintenant. Il m'en a parlé à propos d'une opération du cerveau. Vous savez, sur ces gens qui sont terriblement mélancoliques, qui ont des idées de suicide, qui sont si inquiets et neurasthéniques qu'ils s'enfoncent dans d'horribles crises d'angoisse. Des malaises comme ça, le genre de troubles qui ont à voir avec Freud. Il disait que les effets secondaires de l'opération sont effrayants. Je veux dire, les gens guérissent, deviennent tout à fait heureux, doux et obéissants, ils ne se font plus de souci, ne cherchent plus à se suicider, mais ils...

eh bien..., comment dire ? ils ne se font soudain plus assez de souci, ils passent sous les voitures et il leur arrive toutes sortes d'accidents du même ordre, et ce parce qu'ils ne pensent plus au danger et ne le remarquent même pas. J'explique tout ça très mal, mais vous voyez ce que je veux dire. Quoi qu'il en soit, il disait que c'était ça l'ennui, avec le Projet B.

— Il ne vous a pas donné plus de précisions ?

— Il prétendait que c'était moi qui lui avais mis ce sujet en tête, déclara Matilda Cleckheaton de façon tout à fait inattendue.

— Comment ? Vous voulez dire qu'un savant du plus haut niveau comme Robbie vous a vraiment déclaré que vous aviez fait entrer une idée dans son cerveau d'homme de science ? Mais vous n'avez pas la moindre notion de science !

— Bien sûr que non. Mais j'ai toute ma vie essayé de mettre un peu de bon sens dans la cervelle des gens. Plus ils sont intelligents, moins ils ont de bon sens. En réalité, les gens qui comptent sont ceux qui pensent à des choses simples et évidentes, comme faire des perforations autour des timbres-poste, ou ceux qui comme Adam, non McAdam ou Dieu sait quel est son nom, a fait étaler ce truc noir sur les routes en Amérique pour que les fermiers puissent transporter leur grain jusqu'à la côte et en tirer un meilleur profit. Ce que je veux dire, c'est qu'ils font beaucoup plus de bien que tous ces sacro-saints hommes de science. Ceux-là, tout ce qu'ils inventent, ce sont des moyens de destruction. Voilà, c'est le genre de propos que j'avais tenus à Robbie. Gentiment, bien sûr, en manière de plaisanterie. Il venait de me raconter toutes les merveilles qu'avait accomplies le monde scientifique en matière de guerre microbienne, d'expériences biologiques et de tout ce qu'on pouvait faire à des bébés avant la naissance si on s'y prenait à temps. Et aussi à propos de gaz particulièrement néfastes et déplaisants, et de ce que les gens sont stupides de manifester contre la bombe atomique parce que c'est pain bénit à côté de quelques-unes des inventions plus récentes. Du coup, je lui avais rétorqué qu'il vaudrait beaucoup mieux que lui, ou quelqu'un d'intelligent comme lui, imagine quelque chose de vraiment sensé. Alors il m'avait regardé avec cette petite lueur qu'il a quelquefois dans l'œil et m'avait répondu : « Bon, et qu'est-ce qui vous paraîtrait sensé ? » À quoi je lui avais dit : « Eh bien, au lieu d'inventer toutes ces guerres bactériologiques, ces gaz toxiques et tout le fourbi, pourquoi n'inventeriez-vous pas un produit, une substance quelconque susceptible de rendre les gens heureux ? » Je lui avais fait remarquer que cela ne devrait pas être beaucoup plus difficile. Et j'avais ajouté : « Vous m'avez parlé de cette opération où, si j'ai bien compris, on vous enlève un morceau du devant du cerveau, ou de l'arrière, je ne sais plus. Quoi qu'il en soit, cela vous change totalement votre homme. Il devient complètement différent. Il ne se fait plus aucun souci, il n'a plus envie de se suicider. Eh bien, en ce cas, si vous pouvez vraiment changer quelqu'un en lui enlevant un petit bout d'os, de muscle ou de nerf, ou en lui bricolant une glande, en la lui ôtant ou en lui en mettant un peu plus, si vous pouvez, disais-je donc, changer à ce point les états d'âme d'un individu, pourquoi ne pas inventer un médicament qui le rendrait heureux, ou juste un peu somnolent ? Imaginons, non pas un somnifère mais un comprimé qui vous procurerait de beaux rêves, assis dans votre fauteuil ? Un bienheureux sommeil de vingt-quatre heures dont on vous tirerait de temps à autre pour vous nourrir ? Ce serait une bien meilleure idée », avais-je conclu.

— Et c'est en cela que consistait le Projet B ?

— Eh bien, il ne m'a jamais expliqué de quoi au juste il s'agissait. Mais il était fou d'enthousiasme à propos d'une idée dont il disait que c'était moi qui la lui avais mise dans la tête, alors ce devait être quelque chose de plutôt agréable, n'est-ce pas ? Car enfin je ne lui aurais jamais suggéré une façon plus horrible encore de tuer les gens, voyez-vous, je n'ai même pas envie de les faire pleurer, comme avec les gaz lacrymogènes ou quoi que ce soit de ce genre. Rire, peut-être... oui, je crois lui avoir parlé de gaz hilarants. Je lui avais dit que, si on peut vous faire rire avec trois bouffées de gaz quand on vous arrache les dents, alors on peut sûrement inventer un produit similaire dont l'effet durerait un peu plus longtemps. Parce que l'effet des gaz hilarants, je crois que cela ne dure pas plus de cinquante secondes, n'est-ce pas ? Je le sais parce qu'on a un jour arraché je ne sais combien de dents à mon frère. Le fauteuil du dentiste était tout près de la fenêtre et mon frère a tellement ri et rué dans les brancards pendant qu'il était inconscient qu'il a traversé la vitre avec sa jambe gauche et tous les morceaux de verre sont tombés dans la rue. Le dentiste était furieux.

— Vos histoires ont toujours d'étranges à-côtés..., remarqua l'amiral. Quoi qu'il en soit, c'est ce que Robbie Shoreham avait tiré de vos conseils ?

— Encore une fois, je ne sais pas exactement de quoi il retournait. Je ne crois pas qu'il s'agissait de rire ou de sommeil. De toute façon, c'était un produit quelconque... Le nom exact n'était d'ailleurs pas Projet B tout court. Il avait un autre nom.

— Quel autre nom ?

— Du diable si je m'en souviens. Il a pourtant bien dû le prononcer une fois ou deux. Un produit qu'on inhalait. À moins qu'il ne se soit agi d'une glande qu'on vous trafiquait. Nous parlions tellement de tout et de rien, vous savez, que je ne savais jamais exactement de quoi il était question au moment même.

— C'est tout ce que vous pouvez vous rappeler à ce sujet ?

— J'ai bien peur que oui. Nous n'avons eu cette conversation qu'une seule fois, et longtemps après il m'a dit que je lui avais mis quelque chose en tête pour son Projet B-je-ne-sais-quoi. Après ça, je me rappelle lui avoir demandé à l'occasion s'il travaillait toujours à son Projet B-machin-chouette et qu'une fois il m'a répondu, exaspéré, que non, qu'il était tombé sur un os et qu'il abandonnait maintenant tout ça parce que c'était... enfin, bon, je ne me souviens pas des mots suivants, du pur jargon scientifique que vous ne comprendriez pas vous non plus si je vous les disais. Mais à la fin, je crois bien... oh ! mon Dieu, il y a au moins huit ou neuf ans de cela... il m'a demandé un beau jour : « Vous vous rappelez le Projet B ? » Bien sûr, lui ai-je répondu. « Vous y travaillez encore ? » Et il m'a dit non, qu'il était décidé à l'abandonner. Je lui ai déclaré que je trouvais ça bien dommage. Alors il m'a dit : « Ma foi, ce n'est pas parce que je n'arrive pas à ce que je voulais. Je sais maintenant qu'il serait possible d'obtenir un résultat. J'ai compris ce qui n'allait pas. Je sais où était l'obstacle. Je sais exactement comment je pourrais l'éviter. J'ai convaincu Lisa d'y travailler avec moi. Oui, cela pourrait marcher. Cela exigerait un certain nombre d'expériences, mais cela pourrait marcher. » Bon, lui ai-je dit, alors qu'est-ce qui vous inquiète ? Et il m'a répondu : « C'est que je ne sais pas quel effet cela aurait sur les gens. » Je lui ai demandé s'il avait peur de les tuer ou de les mutiler à vie, mais il m'a dit : « Non, ce n'est pas ça. C'est... » Ah ! oui, maintenant je me rappelle. Son projet, il l'appelait B parce qu'il avait à voir avec la Bienveillance.

— La Bienveillance ? répéta l'amiral, ahuri. La Bienveillance ? Vous voulez dire la charité ?

— Non, non, non. Il voulait simplement dire, je crois, qu'on pouvait rendre les gens bienveillants. Les faire se sentir bienveillants.

— Paix et bonne volonté parmi les hommes ?

— Ma foi, ce n'est pas comme ça qu'il l'entendait.

— Non, ça, c'est réservé aux chefs religieux. C'est ce qu'ils prêchent, et si on obéissait à leurs prêches, le monde serait merveilleux. Mais je suppose que Robbie ne prêchait pas. Il se proposait de concocter dans son laboratoire une invention qui aboutirait à ce résultat par des moyens purement physiques.

— Ce genre-là, oui. Et il prétendait qu'on ne peut jamais savoir si une invention nouvelle va ou non être bénéfique pour les gens. Elle peut l'être dans un sens et ne pas l'être dans l'autre. Et il était intarissable à propos de... oh ! de la pénicilline, des sulfamides, des greffes du cœur et des pilules pour les femmes – bien que « la pilule » n'existât alors pas encore. Mais, vous comprenez, vous inventez des médicaments merveilleux ou des gaz merveilleux, ou des merveilles d'un genre ou d'un autre, et puis tout à coup un détail vient à clocher, le bon a aussi son mauvais côté, et vous en venez à souhaiter que ces merveilles-là n'aient jamais existé. Voilà ce qu'il essayait de me faire comprendre. Ce n'était pas facile. Je lui ai demandé : « Vous voulez dire que vous ne voulez pas prendre ce genre de risque ? » et il m'a répondu : « Vous y êtes. Je n'ai pas envie de prendre le moindre risque parce que, voyez-vous, je n'ai pas la moindre idée de ce que sera ce risque. C'est notre lot à nous, malheureux hommes de science. Nous prenons des risques, mais les risques ne sont pas dans ce que nous avons découvert. Ce sont ceux que les gens auxquels nous en parlerons prendront avec nos découvertes. » « Voilà que vous parlez de nouveau d'armes nucléaires et de bombe atomique », lui ai-je reproché, et il m'a répondu : « Oh ! au diable les armes nucléaires et la bombe atomique. Tout ça est bien dépassé ! » « Mais si vous donnez bon caractère à tout le monde, si vous rendez tout le monde bienveillant, lui ai-je dit, de quoi pouvez-vous bien avoir peur ? » À quoi il m'a répondu : « Vous ne comprenez pas, Matilda. Vous ne comprendrez jamais. Selon toutes probabilités, mes savants collègues ne comprendront pas non plus. Pas plus que nos hommes politiques. Et pourtant, voyez-vous, c'est un risque à prendre beaucoup trop grand. De toute façon, il faudrait y réfléchir longtemps. » « Mais, objectai-je, vous pourriez toujours sortir les gens de l'état dans lequel vous les auriez mis, de même qu'on cesse de rire une fois passé l'effet des gaz hilarants, non ? Je veux dire, vous pourriez rendre les gens bienveillants pendant un certain laps de temps, et puis de nouveau ils iraient bien, ou mal, tout dépend du point de vue où on se place, non ? » Et il me répondit : « Non. Voyez-vous, ce serait définitif. Définitif, parce que mon traitement affecterait le... » et là il a de nouveau employé son jargon. Des mots très longs, vous savez, et des chiffres. Des changements dans les molécules, quelque chose comme ça. En fait, je crois qu'il s'agissait d'un traitement comme on en fait subir aux crétins, vous savez, pour les empêcher d'être crétins, en leur donnant de la thyroïde ou en leur en enlevant. Je ne me rappelle plus dans quel sens ça fonctionne. Quelque chose comme ça. Bon, je suppose qu'il y a une gentille petite glande quelque part, et si vous la retirez, si vous la réduisez à néant ou si vous lui infligez n'importe quel remède draconien... Dans ce cas, les gens sont définitivement...

— Définitivement *bienveillants* ? Vous êtes sûre que c'est bien le mot ? Bienveillant ?

— Oui, puisque c'est de là que vient le nom de son projet.

— Mais qu'ont pensé ses collègues de ce brusque retrait ?

— Je crois que fort peu d'entre eux étaient au courant. Lisa Je-ne-sais-quoi, l'Autrichienne, a travaillé avec lui là-dessus. Et puis un jeune homme du nom de Leadenthal ou quelque chose de ce genre, mais il est mort de tuberculose. Les autres, il en parlait plutôt comme d'assistants qui ne savaient pas au juste ce qu'il essayait de faire. Ah ! je vois où vous voulez en venir, déclara soudain Matilda. Je crois qu'il n'en a jamais parlé à personne, en vérité. Je pense qu'il a détruit ses rapports, ses notes, tout ce qui concernait l'idée qu'il a complètement abandonnée. Et puis il a eu cette attaque, il est tombé malade et maintenant, le pauvre cher homme, il ne peut plus guère parler. Il a un côté paralysé. En revanche, il entend très bien. Il écoute de la musique. C'est toute sa vie, aujourd'hui.

— Vous pensez qu'il a cessé tout travail ?

— Il ne voit même plus ses amis. Je pense que cela lui est trop douloureux. Il trouve toujours des prétextes pour se dérober.

— Mais il vit toujours, répliqua l'amiral Blunt. Il est encore en vie. Vous avez son adresse ?

— Je l'ai quelque part, dans un carnet. Il est toujours au même endroit. Au nord de l'Écosse, quelque part. Mais... oh ! comprenez-moi bien... ç'a été un homme si extraordinaire... Il ne l'est plus. Il est... presque mort. À tous égards.

— Il faut toujours espérer, répliqua l'amiral Blunt. Croire. Avoir foi.

— Et aussi une bonne dose de bienveillance, je suppose, ajouta lady Matilda.

21

LE PROJET B

Assis dans son fauteuil, le Pr John Gottlieb regardait fixement la belle jeune femme installée en face de lui. Il se grattait l'oreille d'un geste simiesque qui lui était coutumier. Front haut, mâchoire prognathe et petit corps ratatiné, il avait d'ailleurs assez l'air d'un singe.

— Ce n'est pas tous les jours, disait-il, qu'une jeune femme m'apporte une lettre du président des États-Unis. Il faut avouer, ajouta-t-il gaiement, que les présidents ne savent pas toujours exactement ce qu'ils font. De quoi s'agit-il ? J'imagine que vous êtes investie de la confiance des plus hautes autorités.

— Je suis venue vous demander ce que vous savez, ou à tout le moins ce que vous pouvez me dire au sujet d'un certain Projet B.

— Êtes-vous réellement la comtesse Renata Zerkowski ?

— Techniquement, cela ne fait guère de doute. Mais je suis plus connue sous le nom de Mary Ann.

— Oui, c'est ce qu'on m'a écrit sous pli séparé. Et vous voulez des renseignements à propos du Projet B. En effet, il y a bien eu un projet de ce genre. Mais il est mort et enterré, et son concepteur aussi, je crois.

— Vous voulez parler du Pr Shoreham ?

— Tout juste. Robert Shoreham. Un des plus grands génies du siècle. Avec Einstein, Niels Bohr et quelques autres. Seulement la carrière de Robert Shoreham a été beaucoup trop courte. Cela a été une grande perte pour la science, mais que voulez-vous ?... Qu'est-ce que Shakespeare a dit de lady Macbeth ?... *Il fallait bien qu'elle meure un jour*.

— Il n'est pas mort, signala Mary Ann.

— Ah ! Vous en êtes sûre ? Il y a bien longtemps que je n'ai plus entendu parler de lui.

— Il est quasi grabataire et vit quelque part au nord de l'Écosse. Il est à demi paralysé, parle à peine, marche à peine. Il reste assis la plupart du temps, à écouter de la musique.

— Oui, je vois ça d'ici. Eh bien, j'en suis fort aise. S'il peut faire ça, il ne doit pas être trop malheureux. Sinon, ce serait l'enfer pour quelqu'un qui a été si brillant et qui ne l'est plus. Pour quelqu'un qui est pour ainsi dire réduit à l'état de cadavre dans un fauteuil d'infirme.

— Il y a bien eu quelque chose qui s'est appelé Projet B ?

— Oui. Il en était très emballé.

— Il vous en a parlé ?

— Il en a parlé à quelques-uns d'entre nous au début. Vous n'êtes pas une scientifique vous-même, jeune personne ?

— Non, je suis...

— Vous êtes juste un agent secret, j'imagine. J'espère que vous êtes du bon côté. De nos jours, nous ne pouvons espérer qu'en un miracle, mais je ne pense pas que vous puissiez tirer quoi que ce soit du Projet B.

— Pourquoi pas ? Vous dites qu'il y a travaillé. Cela aurait été une très grande invention, n'est-ce pas ? Ou une découverte, ou comment appelle-t-on ces choses-là ?

— Oui, cela aurait été l'une des plus grandes découvertes du siècle. Je ne sais pas ce qui a mal tourné. Ce n'est pas la première fois que cela arrive. Un projet se présente très bien puis, à la dernière minute, ça ne colle plus. Il s'effondre. Il ne donne pas ce qu'on en attendait et, la mort dans l'âme, on y renonce. Ou on fait comme Shoreham.

— Qu'est-ce qu'il a fait ?

— Il l'a détruit. De fond en comble. Il me l'a dit lui-même. Il a brûlé toutes les formules, tous les papiers le concernant, toutes les données. Et trois semaines plus tard, il a eu son attaque. Désolé. Vous voyez, je ne peux pas vous aider. Je n'ai jamais connu que l'idée générale, rien de précis. Et même ça, je ne m'en souviens plus aujourd'hui. Je me rappelle seulement que B était l'abréviation de Bienveillance.

22

JUANITA

Lord Altamount était en train de dicter.

Sa voix qui, naguère, sonnait, pleine d'autorité, avait acquis, maintenant qu'elle était réduite à la douceur, une séduction inattendue. On aurait dit qu'elle venait des profondeurs du passé, mais avec quelque chose d'émouvant qu'un ton plus dominateur n'aurait pas pu avoir.

James Kleek notait les mots comme ils venaient, s'arrêtant patiemment lorsque lord Altamount hésitait.

— L'idéalisme, disait celui-ci, peut naître, et naît généralement d'une révolte naturelle contre l'injustice. D'une répulsion naturelle pour le bas matérialisme. L'idéalisme naturel à la jeunesse se nourrit d'un désir de plus en plus vif de détruire ces deux aspects de la vie moderne que sont l'injustice et le bas matérialisme. Le désir de détruire le mal conduit parfois à l'amour de la destruction pour elle-même. Il peut mener à jouir de la violence et à trouver du plaisir à faire souffrir. Tout cela peut être entretenu et renforcé de l'extérieur par ceux qui possèdent un don naturel pour le commandement. Cet idéalisme naît avant l'âge adulte. Il pourrait et devrait conduire à l'amour des êtres humains, à la bonne volonté envers eux. Mais ceux qui ont appris à aimer la violence pour la violence ne deviendront jamais des adultes. Ils seront arrêtés dans leur développement et le resteront toute leur vie.

L'Interphone retentit. Lord Altamount fit un geste, James Kleek obéit et prit l'appareil :

— M. Robinson est ici.

— Ah ! oui, qu'il entre. Nous reprendrons cela plus tard.

James Kleek posa son carnet et son crayon et se leva. M. Robinson entra. James Kleek lui avança un fauteuil, qu'il choisit suffisamment large pour que les formes du visiteur y reposent sans trop d'inconfort. M. Robinson le remercia d'un sourire et s'installa près de lord Altamount.

— Eh bien, fit celui-ci. Vous avez du neuf pour moi ? Des diagrammes ? Des cercles ? Des chimères ?

Il avait l'air vaguement amusé.

— Pas exactement, répondit M. Robinson, imperturbable. Il s'agirait plutôt de suivre le cours d'une rivière...

— D'une rivière ? Quelle sorte de rivière ?

— D'une rivière d'argent, déclara M. Robinson de ce ton d'excuse qu'il empruntait généralement quand il faisait allusion à sa spécialité. L'argent, c'est exactement comme une rivière, qui a sa source en un point donné et s'en va gonfler un fleuve. Vraiment très intéressant... pour ceux, toutefois, que le sujet intéresse. Comme la rivière, l'argent raconte sa propre histoire, voyez-vous...

James Kleek n'avait pas l'air de très bien voir, mais Altamount acquiesça :

— Je comprends. Poursuivez.

— Cette rivière, elle coule de la Scandinavie, de la Bavière, des États-Unis, du Sud-Est asiatique... grossie en chemin par de moindres affluents...

— Pour aboutir... où ?

— Surtout en Amérique du Sud... afin de répondre à la demande des états-majors maintenant bien implantés de la Jeunesse militante...

— Qui représentent quatre des cinq cercles entrelacés dont vous nous avez parlé : les armes, la drogue, la science – missiles bactériologiques et autres –, et la finance, ou le financement, au choix ?

— Oui. Nous nous faisons maintenant une idée assez nette de ceux qui contrôlent ces différents groupes...

— Et qu'en est-il du cercle *J* ? J pour Juanita ? demanda James Kleek.

— Nous ne sommes encore sûrs de rien.

— James a des idées, lui, à ce propos, dit lord Altamount. J'espère qu'il se trompe... oui, je l'espère. Le J initial est intéressant. Que désigne-t-il ? La Justice ? Le Jugement ?

— Une tueuse-née, répondit James Kleek. La femelle de notre espèce est beaucoup plus dangereuse que le mâle.

— Il y a des précédents historiques, reconnut Altamount. Jahel donnant à boire à Sisera et lui enfonçant ensuite un clou dans la tempe. Judith exécutant Holopherne et applaudie pour cet exploit par ses compatriotes. Oui, vous tenez peut-être là quelque chose.

— Ainsi, vous pensez savoir qui est Juanita, n'est-ce pas ? demanda M. Robinson. Voilà qui est intéressant.

— Je me trompe peut-être, monsieur, mais certains faits, certains événements récents m'ont amené à penser que...

— Oui, l'interrompit M. Robinson, nous avons tous été plus ou moins amenés à penser, n'est-ce pas ? Dites-nous plutôt qui vous avez en tête, James.

— La comtesse Renata Zerkowski.

— Qu'est-ce qui vous a amené à jeter votre dévolu sur elle ?

— Les endroits qu'elle a fréquentés, les gens avec lesquels elle est entrée en contact. Il y a eu trop de coïncidences dans la manière dont elle s'est trouvée à différents endroits, des détails de ce genre. Elle a été en Bavière. Elle est allée là-bas voir la grosse Charlotte. Qui plus est, elle a emmené Stafford Nye avec elle. Cela me paraît significatif...

— Vous croyez qu'ils sont de mèche tous les deux ? demanda Altamount.

— Je ne me permettrais pas de dire ça. Je ne le connais pas assez, mais...

Il s'arrêta.

— Oui, reconnut lord Altamount, il a été soupçonné. Dès le début.

— Par Henry Horsham ?

— Peut-être par Henry Horsham pour commencer. Le colonel Pikeaway n'est pas sûr de lui non plus, j'imagine. On le tient en observation. Il le sait probablement. C'est loin d'être un imbécile.

— Encore un ! s'écria James Kleek, avec rage. C'est incroyable de voir ça ! Nous les formons, nous leur faisons confiance, nous leur communiquons tous nos secrets, nous leur laissons savoir tout ce que nous faisons et nous nous obstinons à répéter chaque fois : « S'il y a au moins quelqu'un dont je suis absolument sûr, c'est... eh bien, c'est McLean, ou Burgess, ou Philby, ou n'importe quel autre de la bande. » Et maintenant... Stafford Nye !

— Stafford Nye, endoctriné par Renata *alias* Juanita, déclara M. Robinson.

— Il y a eu cette curieuse histoire à l'aéroport de Francfort, remarqua Kleek, et la visite à Charlotte. Depuis, Stafford Nye est allé avec elle en Amérique du Sud, je crois. Quant à elle, savons-nous seulement où elle est en ce moment ?

— Je crois bien que M. Robinson le sait, répondit lord Altamount. N'est-ce pas, monsieur Robinson ?

— Elle est aux États-Unis. J'ai entendu dire que, après avoir séjourné chez des amis à Washington, ou dans les environs, elle s'est rendue à Chicago et en Californie puis qu'elle est parvenue à se faire admettre chez un savant de haute volée. J'en suis resté là.

— Qu'est-ce qu'elle fait là-bas ?

— On peut supposer, répondit M. Robinson de son ton calme, qu'elle essaie d'obtenir des renseignements.

— Quel genre de renseignements ?

M. Robinson soupira :

— C'est ce qu'on aimerait bien savoir. Je présume que ce sont les mêmes que ceux que nous brûlons d'obtenir, et qu'elle le fait pour notre compte. Mais on ne sait jamais... elle pourrait travailler pour l'autre bord.

Il se tourna vers lord Altamount :

— Si j'ai bien compris, vous partez ce soir pour l'Écosse. C'est ça ?

— Tout à fait ça.

— À mon avis, il ne devrait pas, monsieur, remarqua James Kleek en regardant son patron avec inquiétude. Vous n'avez pas été très bien ces derniers temps, monsieur. Que vous y alliez par avion ou en train, le voyage sera fatigant. Vous ne pouvez pas en charger Munro et Horsham ?

— À quoi bon prendre des précautions à mon âge ? répliqua lord Altamount. Si je peux être utile, que je meure sous le harnois, comme on dit. (Il sourit à M. Robinson et continua :) Vous devriez venir avec nous.

23

VOYAGE EN ÉCOSSE

Le commandant d'aviation se demandait vaguement ce que tout cela signifiait. Il avait l'habitude de n'être que partiellement mis dans la confidence. Problèmes touchant à la Sécurité du territoire, sans doute. Inutile de prendre des risques. Il avait déjà plus d'une fois piloté un avion plein de passagers inhabituels vers une destination inhabituelle, ayant été soigneusement prié de s'abstenir de toute autre question que d'ordre strictement pratique. Il connaissait quelques-uns des passagers de ce vol, mais pas tous. Il avait reconnu lord Altamount. Un malade, un homme au bout du rouleau et qui, d'après lui, ne se maintenait en vie que par un pur effet de sa volonté. L'espèce d'oiseau de proie qui l'accompagnait était sans doute son garde du corps. Moins occupé de sa sécurité que de son confort. Style bon chien fidèle, il ne le quittait pas d'un pas. Il devait avoir sur lui des reconstituants, des stimulants, toute la panoplie médicale nécessaire. Le commandant de bord se demandait bien pourquoi il n'y avait pas de médecin avec eux. Ça n'aurait pas été une précaution superflue. Le vieux avait une vraie tête de mort. Une noble tête de mort. Comme celles, en marbre, qui sont exposées dans les musées. Henry Horsham, lui, le pilote le connaissait très bien. Il connaissait plusieurs agents de la Sécurité. De même que le colonel Munro, qui, tout au long du voyage, avait eu l'air légèrement moins féroce que d'habitude. Inquiet, plutôt. Pas très à l'aise, en tout cas. Il y avait aussi un homme corpulent, au teint jaune. Un étranger, sans doute. Un Asiatique ? Que faisait-il sur un vol à destination de l'Écosse ?

Son appareil une fois immobilisé sur la piste improvisée, le pilote demanda respectueusement au colonel Munro :

— Vous êtes prêt, monsieur ? La voiture attend.

— C'est à quelle distance, exactement ?

— Vingt-cinq kilomètres, monsieur. La route n'est pas goudronnée, mais elle n'est pas trop mauvaise. Et il y a des roues de secours dans la voiture.

— Vous avez retenu les instructions ? Répétez-les, s'il vous plaît, commandant Andrews.

Le pilote les répéta, et le colonel hocha la tête, satisfait. Comme la voiture démarrait enfin, le pilote la suivit des yeux en se demandant pourquoi diable ces gens-là se dirigeaient à travers la lande déserte vers le vénérable vieux château où un vieillard malade vivait en reclus, sans amis ni visiteurs la plupart du temps. Horsham le savait, sans doute. Horsham savait un tas de choses étranges. Oh ! et puis tant pis, Horsham ne lui dirait certainement jamais rien.

Les vingt-cinq kilomètres parcourus sans encombre, la voiture s'arrêta enfin devant le porche d'une lourde bâtisse flanquée de tours. La grande porte était éclairée de chaque côté par des lanternes. Elle s'ouvrit sans même qu'il ait été besoin de sonner. Une vieille Écossaise d'une soixantaine d'années, au visage froid et sévère, apparut sur le seuil. Le chauffeur s'occupa de faire sortir les passagers de la voiture.

James Kleek et Horsham aidèrent lord Altamount à escalader les marches du perron. La vieille Écossaise lui fit une respectueuse révérence :

— Bonsoir, Votre Seigneurie. Le maître vous attend. Nous vous avons préparé des chambres et il y a du feu dans chacune.

Quelqu'un d'autre venait d'apparaître dans le hall. Une grande femme mince d'environ cinquante à soixante ans, encore belle. Ses cheveux noirs étaient partagés par une raie médiane, elle avait le front haut, le nez aquilin et le teint hâlé.

— Voici Mlle Neumann qui va s'occuper de vous, précisa l'Écossaise.

— Merci, Janet, dit Mlle Neumann. Assurez-vous que le feu ne s'éteigne pas dans les chambres.

— J'y veillerai.

Lord Altamount lui serra la main :

— Bonsoir, mademoiselle Neumann.

— Bonsoir, lord Altamount. J'espère que le voyage ne vous a pas trop fatigué.

— Nous avons eu un vol sans problème. Je vous présente le colonel Munro, et voici M. Robinson, sir James Kleek et M. Horsham, de la Sécurité du territoire.

— J'ai déjà rencontré M. Horsham il y a quelques années, il me semble.

— Je ne l'ai pas oublié, confirma Henry Horsham. C'était à la Fondation Levenson. À cette époque, vous étiez déjà la secrétaire du Pr Shoreham, je crois.

— J'ai d'abord été son assistante au laboratoire, et ensuite sa secrétaire. Je le suis toujours, dans la mesure où il a encore besoin de moi. Il a aussi une infirmière à demeure, qui change de temps à autre. Mlle Ellis, celle qui est ici maintenant, remplace Mlle Bude depuis deux jours seulement. Je lui ai suggéré de s'installer non loin de votre chambre également. J'imagine que vous tenez à votre intimité, mais il vaut mieux qu'elle se trouve à portée de voix, si jamais vous aviez besoin d'elle.

— Il est vraiment en très mauvaise santé ? demanda le colonel Munro.

Pour l'instant, il ne souffre pas, répondit Mlle Neumann, mais si vous ne l'avez pas vu depuis longtemps, il vaut mieux que vous vous attendiez à ce que vous allez voir. Il n'est plus que l'ombre de lui-même.

— Une question encore, avant que vous nous conduisiez à lui. Il n'est pas trop diminué mentalement ? Est-ce qu'il comprend ce qu'on lui dit ?

— Oh ! oui, il comprend parfaitement. Mais comme il est à demi paralysé, il ne peut pas parler très clairement – et encore, cela dépend – et il ne peut pas marcher sans aide. Cependant, son cerveau fonctionne à mon avis tout aussi bien que par le passé. Il se fatigue très vite, c'est la seule différence. Mais voulez-vous boire quelque chose d'abord ?

— Non, déclina lord Altamount. Non, je préfère le voir tout de suite. Ce qui nous amène est assez urgent, alors si vous voulez bien nous conduire à lui... Il nous attend, si j'ai bien compris.

— Il vous attend, oui, répondit Mlle Neumann.

Elle les fit monter quelques marches, longea un corridor et leur ouvrit la porte d'une chambre de taille moyenne. Il y avait des tapisseries sur les murs, et des têtes de cerfs pour les contempler. La maison était visiblement un ancien pavillon de chasse, auquel on n'avait apporté que peu de changements. Un gros électrophone se trouvait dans un coin.

Un homme de grande taille était assis dans un fauteuil, près du feu. Sa tête tremblait un peu, de même que sa main gauche. La peau de son visage tombait d'un côté. Pour dire les choses crûment, ce n'était plus qu'une épave. Celle d'un homme qui avait été autrefois grand, fort et robuste. Il lui restait un beau front, des yeux enfoncés dans les orbites, un menton proéminent et volontaire. Le regard, sous les épais sourcils, était intelligent. Il dit quelque chose. La voix n'était pas faible, les sons étaient relativement clairs mais pas toujours reconnaissables. Il avait partiellement perdu l'usage de la parole, mais il pouvait encore se faire comprendre.

Lisa Neumann s'était installée debout à côté de lui, les yeux fixés sur ses lèvres, prête à traduire sa pensée quand cela deviendrait nécessaire.

— Le Pr Shoreham vous souhaite la bienvenue. Il est très content de vous voir ici, lord Altamount, colonel Munro, sir James Kleek, M. Robinson et M. Horsham. Il tient à ce que je vous dise que son ouïe est encore bonne et qu'il peut vous écouter sans difficulté. S'il s'en présentait une, je suis là pour l'aider. Ce qu'il aura à vous dire, il pourra le faire par mon intermédiaire. Quand il sera trop fatigué pour articuler, je pourrai lire sur ses lèvres, et nous nous entendons également parfaitement par signes.

— Je vais essayer de ne pas vous faire perdre votre temps, dit le colonel Munro, et de vous fatiguer le moins possible, professeur Shoreham.

Le professeur inclina la tête pour indiquer qu'il avait compris.

— Il y a des questions que je peux poser à Mlle Neumann.

Shoreham fit un vague geste de la main en direction de celle-ci. Quelques sons s'échappèrent de ses lèvres, difficiles à distinguer, mais qu'elle traduisit aussitôt :

— Il dit qu'il me fait entièrement confiance pour tout ce que lui ou moi pouvons avoir à vous communiquer.

— Vous avez déjà dû recevoir une lettre de moi, reprit le colonel Munro.

— Le Pr Shoreham l'a bien reçue, en effet, et en connaît la teneur.

Une infirmière entrouvrit la porte et, sans entrer, chuchota :

— Puis-je faire quelque chose pour vous, mademoiselle Neumann ? Pour un de vos invités ou pour le Pr Shoreham ?

— Je ne pense pas, merci, mademoiselle Ellis. Je vous serais cependant reconnaissante si vous pouviez rester dans le salon voisin, pour le cas où nous aurions besoin de vous.

— Mais certainement, c'est entendu, dit-elle en refermant doucement la porte.

— Ne perdons pas de temps, déclara le colonel Munro. Le Pr Shoreham est sans nul doute au courant des événements actuels ?

— Parfaitement, dans toute la mesure où ils l'intéressent, répondit Mlle Neumann.

— Est-ce qu'il suit les développements scientifiques ?

Robert Shoreham remua légèrement la tête de droite à gauche et répondit lui-même :

— J'en ai fini avec tout ça.

— Mais vous savez en gros où en est le monde ? Vous êtes au courant du succès de ce qu'on a appelé la Révolution de la jeunesse ? Ces commandos de jeunes qui veulent s'emparer du pouvoir ?

— Il est au courant de tout ce qui se passe... du point de vue politique, du moins, répondit Mlle Neumann.

— Le monde est présentement livré à la violence, à la souffrance, à des doctrines révolutionnaires, à une étrange et incroyable philosophie qui veut que l'autorité soit exercée par une minorité d'anarchistes.

Une ombre d'impatience passa sur le visage décharné du professeur.

— Il le sait très bien, déclara M. Robinson, prenant impromptu la parole. Inutile de revenir sur tout ça. Cet homme-là est au courant de tout. Vous vous rappelez l'amiral Blunt ? lui demanda-t-il.

De nouveau, le professeur inclina la tête et un semblant de sourire lui tordit les lèvres.

— L'amiral Blunt se rappelle le travail que vous avez fait sur un certain projet scientifique... si projet est bien le mot qui convient... Le Projet B.

Ils virent une lueur s'allumer dans l'œil du professeur.

— Le Projet B, répéta Mlle Neumann. Vous retournez bien loin en arrière, M. Robinson.

— C'était bien un projet, à vous n'est-ce pas ? demanda ce dernier.

— Oui, c'était bien son projet, répondit Mlle Neumann qui, le plus naturellement du monde, parlait maintenant en son nom.

— Nous ne pouvons pas utiliser les armes atomiques, ni user d'explosifs, de gaz ou d'armes chimiques, mais nous pourrions nous servir de *votre* projet, du Projet B.

Un silence suivit. Puis de nouveaux sons discordants s'échappèrent des lèvres du Pr Shoreham.

— Il dit que, bien évidemment, le facteur B *aurait pu* être utilisé avec succès dans les circonstances actuelles...

Le professeur s'était tourné vers elle et lui faisait comprendre quelque chose.

— Il veut que je vous donne quelques explications, poursuivit Mlle Neumann. Il a travaillé pendant de longues années sur ce Projet B, mais il a fini par l'abandonner pour raisons personnelles.

— Parce qu'il n'a pas réussi à le rendre réalisable ?

— Non, il a parfaitement réussi, répliqua Lisa Neumann. Nous avons réussi. J'ai travaillé avec lui sur ce projet. Il l'a abandonné, mais pas faute d'avoir réussi. Il était sur le bon chemin, il l'a développé, il l'a testé au cours d'expériences multiples et variées, et cela marchait.

Elle se tourna de nouveau vers le Pr Shoreham, se toucha les lèvres puis l'oreille en une étrange espèce de gesticulation codée.

— Il veut que je vous explique ce qu'est exactement le Projet B.

— Nous ne demandons que ça.

— Et il veut savoir comment vous en avez entendu parler.

— Nous l'avons appris par une de vos vieilles connaissances, professeur Shoreham. Pas par l'amiral Blunt, qui ne s'en souvient plus très bien, mais par quelqu'un d'autre à qui vous en aviez également touché un mot : lady Matilda Cleckheaton.

Mlle Neumann se tourna de nouveau vers lui et observa ses lèvres. Elle eut un petit sourire en traduisant :

— Il dit qu'il la croyait morte depuis longtemps.

— Elle est parfaitement vivante. C'est elle qui a voulu que nous soyons mis au courant de la découverte du Pr Shoreham.

— Le Pr Shoreham va vous en donner les grandes lignes, mais il tient à vous prévenir que cela ne vous sera d'aucune utilité. Tous les documents, formules, rapports et preuves de cette découverte ont été détruits. Mais pour vous faire plaisir, je peux vous expliquer assez clairement en quoi elle consistait. Vous connaissez les gaz lacrymogènes dont se sert la police pour mater les émeutes, les manifestations violentes, etc. Ils provoquent des pleurs, des larmes de douleur et une inflammation des sinus.

— Et c'est une invention du même genre ?

— Non, pas du tout, mais elle peut atteindre au même but. Il est venu à l'esprit de quelques savants qu'on pouvait changer non seulement les réactions et les sentiments d'un individu, mais aussi ses caractéristiques mentales. Qu'on pouvait transformer le caractère d'un homme. Les vertus des aphrodisiaques sont bien connues : ils vous mettent en état de désir sexuel. Toutes sortes de drogues, de gaz, d'opérations des glandes peuvent agir sur votre esprit, accroître son énergie, par des altérations de la glande thyroïde, par exemple. Ce que le Pr Shoreham veut vous faire comprendre, c'est qu'il existe un certain procédé – il ne vous dira pas en quoi il consiste, s'il est glandulaire ou si c'est un gaz qu'on peut fabriquer – par lequel la vision qu'un homme a de la vie peut être transformée, qui peut changer ses réactions envers autrui et envers l'existence en général. Qu'un individu soit en état de fureur homicide, qu'il soit même peut-être pathologiquement violent, il devient, sous l'influence du facteur B, complètement différent. Il devient... il n'y a guère qu'un mot qui soit de nature à l'exprimer... il devient *bienveillant*. Il désire le bonheur d'autrui. Il suinte de bonté. La violence, la souffrance des autres lui font horreur. Le facteur B peut être répandu sur de grandes surfaces,

296

il peut affecter des centaines, des milliers d'individus s'il est fabriqué en quantités suffisantes et bien distribué.

— Combien de temps dure son effet ? demanda le colonel Munro. Vingt-quatre heures ? Plus ?

— Vous ne comprenez pas, répondit Mlle Neumann. L'effet est *définitif*.

— Définitif ? Vous changez la nature d'un individu, vous altérez une de ses composantes, une composante physique bien sûr, et vous ne pouvez plus revenir en arrière ? Vous ne pouvez plus lui rendre son ancienne personnalité ? Vous l'avez définitivement changé ?

— Oui. Cette découverte avait évidemment un intérêt médical, mais le Pr Shoreham l'avait surtout conçue comme une arme de dissuasion à utiliser en cas de guerre, d'émeutes, de révolutions ou d'anarchie. Elle n'apportait pas le bonheur mais seulement le désir de rendre les autres heureux. C'est un sentiment que tout le monde a éprouvé au moins une fois dans sa vie, ce désir de faire le bonheur de son prochain. Et puisque ce sentiment existe, nous avons pensé tous les deux qu'il devait y avoir une composante du corps chargée du contrôle de ce désir et que, par conséquent, si on la rendait opérationnelle, son action pourrait se prolonger perpétuellement.

— Merveilleux ! dit M. Robinson, d'un ton plus songeur qu'enthousiaste. Merveilleux ! Quelle découverte ! Qu'un tel résultat soit possible en cas de... mais de quoi ?

Le professeur tourna lentement la tête vers M. Robinson.

— Il dit que vous comprenez mieux que les autres, déclara Mlle Neumann.

— Mais c'est la solution ! s'écria James Kleek, surexcité. C'est exactement la solution ! C'est fantastique !

Mlle Neumann secoua la tête :

— Le Projet B n'est pas sur le marché : il n'est ni offert ni à vendre. Il a été abandonné.

— Seriez-vous en train de nous dire que la réponse est non ? demanda le colonel Munro, qui n'en croyait pas ses oreilles.

— En effet. La réponse du professeur est non. Il est parvenu à la conclusion que c'était contraire à...

Elle s'arrêta un instant pour le regarder. Il fit de vagues gestes de la tête et de la main, et quelques sons gutturaux lui échappèrent. Elle attendit un peu avant de déclarer :

— Il va vous le dire lui-même. Il a eu peur. Peur des avancées de la science à son apogée. Peur de ses découvertes et de ses progrès : des drogues merveilleuses qui ne se sont pas toujours révélées merveilleuses, de la pénicilline qui a sauvé des vies et de la pénicilline qui a coûté des vies, des transplantations cardiaques qui ont conduit à des déceptions et à des morts inattendues. Il a vécu la fission de l'atome, les tragédies de la radioactivité, les pollutions que les nouvelles industries ont provoquées. Il a été effrayé par les conséquences que peut avoir la science, utilisée sans discernement.

— Mais cela n'aurait que des avantages. Des avantages pour tout le monde ! s'écria Munro.

— Comme en ont eu bien d'autres... Des découvertes accueillies d'abord comme de grands bienfaits

298

pour l'humanité, comme de purs miracles. Et puis sont venus les effets secondaires et, pis encore, l'avantage s'est parfois transformé en simple désastre. Il a donc décidé d'abandonner. Il dit :

Elle tenait un papier à la main qu'elle se mit à lire, tandis que le professeur hochait la tête en signe d'assentiment :

« Je suis satisfait d'avoir fait cette découverte, d'avoir mené à bien mon projet. Mais j'ai résolu de ne pas le mettre en application. Il devait être détruit. Et il a été détruit. Non, telle est donc la réponse que je vous fais. Le robinet de bienveillance est fermé. Il aurait pu y en avoir un, mais maintenant toutes les formules, toutes mes notes, toutes les marches à suivre ont été réduites en cendre. J'ai anéanti l'œuvre de mon cerveau. »

Robert Shoreham ajouta avec difficulté, d'une voix rauque :

— J'ai détruit l'œuvre de mon cerveau et absolument personne ne sait comment j'étais parvenu à cette découverte. Une seule personne y a travaillé avec moi et elle est morte de tuberculose un an après notre succès. Vous devez partir. Je ne peux rien pour vous.

— Mais ce savoir pourrait sauver le monde !

Un son étrange sortit de la bouche du professeur. Un rire. Le rire d'un condamné :

— Sauver le monde ! Sauver le monde ! Quelle expression ! C'est exactement ce que vos jeunes gens pensent qu'ils font ! Ils usent de plus en plus de violence et de haine pour sauver le monde ! Mais ils ne savent pas comment le faire ! Il faudra qu'ils le trouvent eux-mêmes, dans leur propre cœur, dans leur propre esprit. Nous ne pouvons pas leur procurer un moyen artificiel d'y parvenir. Non. Une bienveillance artificielle ? Une bonté artificielle ? Rien de tout ça. Cela ne serait pas réel. Cela ne signifierait rien. Ce serait contre nature. *Contre Dieu*, ajouta-t-il lentement, de façon tout à fait inattendue et pour une fois clairement articulée.

Il regarda tour à tour ses auditeurs, comme s'il les suppliait – mais sans grand espoir – de le comprendre et ajouta :

— J'ai le droit de détruire ce que j'ai créé...

— Je n'en suis pas sûr du tout, répliqua M. Robinson. Le savoir, c'est le savoir. Vous n'auriez pas dû détruire ce que vous avez fait naître.

— Vous êtes libre d'en penser ce que vous voudrez, mais le fait est là et vous devez l'accepter.

— Non ! s'écria M. Robinson avec force.

— Qu'entendez-vous par « Non » ? demanda Lisa Neumann d'un ton furieux.

Ses yeux lançaient des éclairs. Une belle femme, se dit M. Robinson. Une femme qui avait sans doute été amoureuse de Robert Shoreham toute sa vie. Qui l'avait aimé, qui avait travaillé avec lui et qui vivait maintenant à son côté, prenant soin de lui avec le dévouement le plus pur.

— La vie vous apprend forcément bien des choses, reprit M. Robinson. La mienne ne va sans doute plus durer très longtemps. Ne serait-ce qu'à cause du poids excédentaire que je traîne, soupira-t-il en regardant son ventre. Mais j'ai acquis des certitudes, Shoreham, dont vous serez bien obligé d'admettre, vous aussi, le bien-fondé. Vous êtes un homme honnête. Jamais vous n'auriez détruit votre œuvre.

Jamais vous n'auriez pu vous résoudre à le faire. Vous la tenez cachée, enfermée, quelque part, probablement pas dans cette maison. Je serais prêt à parier que vous l'avez déposée en sûreté dans un coffre, à l'abri d'une banque. Et Mlle Neumann le sait aussi. Vous avez confiance en elle. C'est la seule personne au monde en qui vous ayez confiance.

— Qui êtes-vous ? riposta Shoreham, la voix presque claire. Mais qui diable êtes-vous ?

— Je suis un homme qui s'occupe d'argent, répondit M. Robinson, et de tout ce qui est lié à l'argent, comprenez-vous. Les gens, leurs idiosyncrasies, leurs habitudes de vie. Si vous le vouliez, vous pourriez remettre la main sur le travail effectué. Vous nous avez expliqué votre point de vue, et je ne peux pas vous donner tout à fait tort. Il est bien délicat de vouloir faire le bonheur de l'humanité. Libérer l'homme du besoin, le libérer de la peur... Ce pauvre vieux Beveridge pensait vraiment créer le paradis sur Terre en disant cela et en posant les bases de ce qui allait devenir la Sécurité sociale. Mais il n'a pas apporté le paradis sur Terre et j'imagine que votre facteur B, ou quel que soit le nom que vous lui donnez, ne l'apportera pas non plus. Comme n'importe quoi d'autre, la bienveillance recèle aussi ses dangers. Mais il éviterait bien des souffrances en éradiquant la violence, l'anarchie, l'esclavage de la drogue. Oui, il éviterait que ne se produisent bien des atrocités et il se pourrait même qu'il sauve quelque chose d'important. Il se pourrait – je dis bien *se pourrait* – que cela fasse une grande différence chez les gens. Chez les jeunes gens. Si votre facteur B les rend bienveillants, je reconnais qu'il pourrait du même coup les rendre condescendants, suffisants et satisfaits d'eux-mêmes, mais il y a également une chance pour que, si vous changez de force la nature des hommes et les obligez à conserver cette nouvelle nature jusqu'à leur mort, il s'en trouve quelques-uns – oh ! pas beaucoup – qui se découvrent une vocation à l'humilité plutôt qu'à l'orgueil. En qui se serait *réellement* opéré un changement.

— De quoi diable parlez-vous ? Je n'y comprends rien ! s'écria le colonel Munro.

— Pures absurdités, s'écria Mlle Neumann. Vous devez respecter la décision du Pr Shoreham. Il peut faire ce qu'il veut de ses propres découvertes. Vous ne pouvez le contraindre en rien.

— Non, déclara lord Altamount, nous n'allons ni user de force ni vous torturer, Robert, pour que vous nous révéliez l'emplacement de vos cachettes. Vous ferez ce qui vous paraît juste. C'est entendu.

— Edward ? tenta d'articuler Robert Shoreham.

Mais la parole lui manqua de nouveau et il fit un geste de la main que Mlle Neumann traduisit aussitôt :

— Edward ? Il dit que vous êtes Edward Altamount.

Shoreham s'agita de nouveau et elle poursuivit :

— Il vous demande, lord Altamount, si vous désirez vraiment, en votre âme et conscience, qu'il mette le Projet B entre vos mains. Il dit..., ajouta-t-elle après avoir encore écouté et observé le professeur un moment, il dit que vous êtes la seule personne publique à laquelle il ait jamais fait confiance. Et que si *vous* le voulez...

James Kleek bondit brusquement sur ses pieds. Rapide comme l'éclair, il se retrouva près de lord Altamount :

— Laissez-moi vous aider, monsieur. Vous êtes malade. Vous n'êtes pas bien du tout. S'il vous plaît, écartez-vous un peu, mademoiselle Neumann. Je... laissez-moi approcher. Je... j'ai ses médicaments sur moi. Je sais ce qu'il faut faire...

Il mit la main à sa poche et en sortit une seringue hypodermique.

— Si on ne lui fait pas cette piqûre tout de suite, il sera trop tard...

Il avait attrapé le bras de lord Altamount, relevé sa manche et lui serrait la peau entre ses doigts, la seringue à la main.

Mais quelqu'un d'autre avait bougé aussi. Poussant de côté le colonel Munro, Horsham avait traversé la pièce et il fit sauter la seringue de la main de James Kleek. Celui-ci se débattit, mais Horsham était plus fort que lui. Et Munro était arrivé à la rescousse, lui aussi.

— Alors, c'était *vous*, James Kleek, dit-il. Vous, le traître, vous le fidèle disciple qui n'en étiez pas un !

Mlle Neumann s'était précipitée à la porte et appelait :

— Infirmière ! Vite ! Venez vite !

L'infirmière apparut. Elle jeta un rapide coup d'œil au Pr Shoreham mais celui-ci lui désigna Horsham et Munro qui se débattaient avec Kleek. Elle plongea la main dans la poche de son uniforme.

— C'est Altamount ! bafouilla Shoreham. Une crise cardiaque !

— Crise cardiaque, mon œil ! rugit Munro. C'est une tentative d'assassinat ! Tenez bien le bonhomme, intima-t-il à Horsham en bondissant sur l'infirmière.

— Mademoiselle Cortman ? Depuis quand avezvous embrassé la profession d'infirmière ? Nous vous avions perdu de vue depuis que vous nous aviez glissé des mains à Baltimore !

Milly Jane farfouillait encore dans sa poche. Cette fois, elle en sortit un petit automatique. Elle jeta un coup d'œil à Shoreham, mais Lisa Neumann était debout devant lui, et Munro s'interposa.

— Tire sur Altamount, Juanita. Vite ! Tire-lui dessus ! hurla James Kleek.

Elle leva la main et tira.

— Bravo ! Bien visé ! s'écria James Kleek.

Lord Altamount avait eu une solide éducation classique. Il regarda James Kleek.

— Jamie ? murmura-t-il. *Et toi aussi, Brutus ?*

Et il s'effondra dans son fauteuil.

*

Le Dr McCulloch regarda autour de lui, ne sachant trop que dire ni que faire. La soirée avait été plutôt inhabituelle. Lisa Neumann s'approcha de lui avec un verre.

— Un grog, expliqua-t-elle en le lui offrant.

— J'ai toujours pensé que vous n'étiez pas une femme ordinaire, Lisa, déclara-t-il en en prenant une gorgée avec plaisir. Évidemment, j'aimerais bien savoir de quoi il s'agit, mais je suppose que c'est tellement top secret que personne ne m'en dira rien.

— Le professeur... il va bien, n'est-ce pas ?

— Le professeur ? répéta-t-il en regardant avec bonté son visage anxieux. Il va très bien. Si vous voulez mon avis, ça lui a donné un fameux coup de fouet.

— J'avais peur que le choc...

— Je me sens très bien, dit Shoreham. Les chocs, c'est ce qu'il me faut. Je me sens... comment dire ? ... de nouveau *vivant*, déclara-t-il, l'air étonné.

— Sa voix est beaucoup plus forte, vous avez remarqué ? demanda McCulloch à Lisa. L'ennemi, dans ces cas-là, c'est l'apathie. Ce qui lui manque, c'est de travailler, c'est d'avoir le cerveau stimulé. La musique, c'est bien beau, cela vous adoucit la vie. Mais, en vérité, le professeur est un homme d'une grande puissance intellectuelle, qui a besoin d'une forte activité cérébrale. C'était l'essence même de sa vie. Si vous le pouvez, faites en sorte qu'il la retrouve.

Comme elle le regardait d'un air dubitatif, il lui fit un petit signe d'encouragement de la tête.

— Je pense, McCulloch, que nous vous devons quelques explications à propos de ce qui s'est passé ici ce soir, dit le colonel Munro, même si, comme vous vous en doutez, les pouvoirs en place vont exiger le secret. La mort de lord Altamount...

Il hésita à continuer.

— Ce n'est pas la balle qui l'a tué, déclara le médecin. La mort a été causée par le choc. La seringue aurait fait l'affaire : elle contenait de la strychnine. Ce jeune homme...

— Je l'ai arrêté à temps, remarqua Horsham.

— Il a toujours été le ver dans le fruit, depuis le début ? demanda le médecin.

— Oui, et traité avec confiance et affection pendant plus de sept ans. C'est le fils d'un des plus vieux amis de lord Altamount...

— Ce sont de ces choses qui arrivent. Et la femme ? Dans le coup aussi, si j'ai bien compris.

— Oui. Elle a obtenu son poste ici grâce à de faux certificats. Elle est également recherchée pour meurtre.

— Pour meurtre ?

— Oui. Le meurtre de son mari, Sam Cortman, l'ambassadeur des États-Unis. Elle a tiré sur lui sur les marches de l'ambassade et a raconté qu'il avait été attaqué par des jeunes gens masqués...

— De quel ordre étaient ses griefs envers lui ? Politiques ou personnels ?

— Nous pensons qu'il avait dû percer à jour certaines de ses activités.

— En fait, il la soupçonnait d'infidélité, expliqua Horsham. Au lieu de quoi il découvre un nid d'espions et que sa femme est à la tête de la conspiration. Que faire ? C'était un brave garçon, mais à l'esprit lent. Elle, en revanche, a réagi au quart de tour. Étonnantes, les manifestations de chagrin qu'elle a pu déployer pendant les obsèques.

— Obsèques..., articula le Pr Shoreham. (Avec un peu d'étonnement, tout le monde se tourna vers lui.) Drôle de mot, difficile à prononcer. Mais sérieusement, Lisa, vous et moi nous allons recommencer à travailler.

— Mais, Robert...

— Je suis de nouveau vivant. Demandez donc au docteur si je dois abandonner.

Lisa regarda McCulloch d'un air interrogateur.

— Dans ce cas, vous retomberez dans l'apathie et vous vous raccourcirez la vie...

— Et voilà, déclara Shoreham, la nouvelle mo-mode... la nouvelle mode médicale, de nos jours : personne... ne doit s'arrêter de travailler... même aux portes de la mort.

Le Dr McCulloch se mit à rire et se leva :

— Ce n'est pas tout à fait faux. Je vais vous faire parvenir quelques comprimés qui vous y aideront.

— Je ne les prendrai pas.

— Si, vous les prendrez.

Le médecin s'arrêta à la porte pour demander :

— J'aimerais savoir... comment avez-vous fait pour avoir la police si rapidement ?

— Le commandant Andrews, le pilote, avait tout organisé, le renseigna Munro. Il est arrivé à point. Nous savions que la femme était quelque part, dans les environs, mais nous ne pensions pas qu'elle était déjà dans la place.

— Eh bien... au revoir. C'est bien vrai, tout ce que vous m'avez raconté ? J'ai l'impression que je vais me réveiller d'une minute à l'autre après m'être endormi sur le thriller que j'étais en train de lire. Espions, meurtres, traîtres, savants...

Il sortit. Un silence suivit. Puis, lentement, en articulant soigneusement, le Pr Shoreham déclara :

— Au travail...

Comme toute femme digne de ce nom, Lisa objecta :

— Il faut être *prudent*, Robert...

— Non... pas prudent. Le temps m'est compté.

Et puis il articula :

— *In memorium*...

— Que voulez-vous dire ?

— Pour Edward. Son mémorial ! J'ai toujours pensé qu'il avait le visage d'un martyr.

Shoreham paraissait perdu dans ses pensées. Il poursuivit :

— Je voudrais bien mettre la main sur Gottlieb. Peut-être est-il mort ? Ce serait pourtant bien de pouvoir travailler avec lui. Avec lui et avec vous, Lisa. Allez, sortez-moi toute cette paperasse de la banque...

— Le Pr Gottlieb est vivant, il est à Austin, au Texas, à la Fondation Baker, intervint M. Robinson.

— Mais à quoi avez-vous l'intention de travailler ? demanda Lisa.

— Au Projet B, bien sûr ! En hommage à Edward Altamount. C'est pour lui qu'il est mort, non ? Personne ne doit mourir en vain.

ÉPILOGUE

Sir Stafford Nye rédigeait pour la troisième fois son télégramme :

ZP 354XB 91 DEP S. Y.

AI FIXÉ CÉRÉMONIE MARIAGE JEUDI PROCHAIN ÉGLISE ST CHRISTOPHE 14 H 30 STOP CULTE ANGLICAN OU GREC ORTHODOXE AU CHOIX STOP PRIÈRE CÂBLER INSTRUCTIONS STOP OÙ ÊTES-VOUS ET QUEL NOM CHOISISSEZ-VOUS POUR CÉRÉMONIE STOP VILAINE NIÈCE SALE GOSSE 5 ANS RÉPONDANT DOUX NOM DE SYBIL DÉSIRE ÊTRE DEMOISELLE D'HONNEUR STOP LUNE DE MIEL SUR PLACE CAR AVONS SUFFISAMMENT VOYAGÉ CES TEMPS-CI STOP SIGNÉ : PASSAGER POUR FRANCFORT.

À STAFFORD NYE BXY42698

ACCEPTE SYBIL COMME DEMOISELLE D'HONNEUR STOP SUGGÈRE GRAND-TANTE MATILDA COMME DAME D'HONNEUR STOP ACCEPTE AUSSI PROPOSITION MARIAGE BIEN QUE NON OFFICIELLEMENT FORMULÉE STOP D'ACCORD POUR CULTE ANGLICAN ET POUR DISPOSITIONS LUNE DE MIEL STOP TIENS AUSSI À PRÉSENCE PANDA STOP INUTILE DIRE OÙ JE SUIS PUISQUE N'Y SERAI PLUS QUAND CECI VOUS ATTEINDRA STOP SIGNÉ : MARY ANN.

*

— Est-ce que j'ai l'air convenable ? demanda Stafford Nye qui tourna la tête, nerveux, pour se regarder dans la glace.

Il était en train d'essayer son costume de mariage.

— Ni plus ni moins que n'importe quel marié, répondit lady Matilda. Les hommes sont toujours inquiets, dans ce genre de circonstances. Les femmes, bien au contraire, exultent, en général.

— Et si elle ne venait pas ?

— Elle viendra.

— Je me sens... Je me sens plutôt bizarre, intérieurement.

— Ça, c'est parce que tu as repris du foie gras. Tu as tout simplement la fièvre du mariage. Calme-toi, Staffy. Tout ira bien... Je veux dire tout ira bien dès que tu arriveras à l'église.

— Ça me fait penser...

— Tu n'as pas acheté la bague ?

— Si, si... J'ai simplement oublié que j'avais un cadeau pour vous, tante Matilda.

— C'est très gentil de ta part, mon garçon.

— Vous m'aviez dit que l'organiste était parti...

— Oui, Dieu merci.

— Je vous en ai amené un autre.

— Vraiment, Staffy, quelle idée incroyable ! Où l'as-tu déniché ?

— En Bavière. Il chante comme un ange...

— Il n'a pas besoin de chanter. Il faut qu'il joue de l'orgue.

— Il sait faire ça aussi... C'est un excellent musicien.

— Pourquoi quitterait-il la Bavière pour l'Angleterre ?

— Parce que sa mère est morte.

— Oh ! mon Dieu. C'est ce qui est arrivé aussi à notre organiste. Les mères d'organistes doivent être très fragiles. Est-ce qu'il faudra le materner ? Je ne suis pas très douée pour ça.

— Il suffira de le grand-materner, ou de le grand-grand-materner.

La porte s'ouvrit brusquement et une petite fille angélique en pyjama rose bonbon fit une entrée théâtrale et déclara, du ton suave de quelqu'un qui s'attend à un accueil enthousiaste :

— C'est moi.

— Sybil ! Pourquoi n'es-tu pas couchée ?

— Ce n'est pas drôle du tout, dans la nursery.

— Autrement dit, tu as encore été vilaine et Nannie n'est pas contente de toi. Qu'est-ce que tu as fait ?

Sybil leva les yeux au plafond et se mit à rire :

— Il y avait une chenille... une avec de la fourrure. Je l'ai posée sur elle et elle est descendue *par là*...

Du doigt, Sybil montra le milieu de sa poitrine, endroit que les tailleurs nomment d'ordinaire « échancrure du corsage ».

— Ça ne m'étonne pas que Nannie soit furieuse... quelle horreur ! frissonna lady Matilda.

Nannie entra à ce moment-là pour se plaindre de ce que Mlle Sybil était surexcitée, refusait de dire ses prières et ne voulait pas se coucher. Sybil se précipita sur lady Matilda :

— Je veux dire mes prières avec vous, Tilda...

— Très bien... mais ensuite, droit au lit.

— Oh ! oui, Tilda.

Sybil se mit à genoux, joignit les mains et émit quelques sons plus ou moins bizarres, préliminaires apparemment nécessaires à l'approche du Tout-Puissant. Elle soupira, grogna, gémit, se gratta la gorge et se lança :

— S'il vous plaît, mon Dieu, bénissez papa et maman à Singapour, et tante Tilda, et l'oncle Staffy, et Amy, et Cook, et Ellen, et Thomas, et tous les chiens, et mon poney Grizzle, et Margaret et Diana, mes meilleures amies, et Joan, ma nouvelle amie, et faites que je sois sage pour l'amour de Jésus, amen. Et s'il vous plaît, faites que Nannie soit gentille.

Sybil se remit sur ses pieds, échangea un regard avec Nannie lui notifiant sa victoire, leur souhaita le bonsoir et disparut.

— Quelqu'un a dû lui parler du Projet B, déclara lady Matilda. Au fait, Staffy, qui va être ton garçon d'honneur ?

— Je n'y ai pas pensé. Il faut absolument que j'en aie un ?

— C'est la coutume.

Sir Stafford Nye prit un petit animal en peluche dans les bras :

— Mon garçon d'honneur, si toutefois Mary Ann et Sybil n'y trouvent rien à redire, ce sera sa majesté le Panda. Et après tout pourquoi pas ? Il ne nous a pas quittés depuis le début... depuis Francfort...

LE MASQUE
s'engage pour l'environnement
en réduisant l'empreinte carbone
de ses livres.
Celle de cet exemplaire est de :
390 g éq. CO_2
Rendez-vous sur
www.lemasque-durable.fr

PAPIER À BASE DE
FIBRES CERTIFIÉES

Composition réalisée par JOUVE – 45770 Saran

Achevé d'imprimer en juillet 2012, en France sur Presse Offset par
Maury-Imprimeur - 45330 Malesherbes
N° d'imprimeur : 174808
Dépôt légal : septembre 2012 – Édition 01